dtv

Ein Indizienprozess erschüttert Jütland. Der für sein Mitgefühl und seine Güte bekannte und hochgeschätzte Pastor Sören Qvist steht vor Gericht: Er soll seinen Knecht Niels in einem Anfall von Jähzorn ermordet und in seinem Garten verscharrt haben. Niemand kann sich vorstellen, dass dieser freundliche Mann zu einer solchen Tat fähig wäre, obwohl alle Indizien gegen ihn sprechen. Und tatsächlich lässt Sören Qvist sich für ein Verbrechen verurteilen, das er nicht begangen hat. Freunde bemühen sich um entlastende Aussagen, seine Kinder eröffnen ihm in der Nacht vor der Hinrichtung eine Fluchtmöglichkeit aus dem Gefängnis. Doch Sören Qvist bleibt standhaft. Was bewegt einen Menschen dazu, seine moralische Integrität über sein Leben zu stellen?

Janet Lewis (1899–1998) stammte aus Chicago und lebte zumeist in Kalifornien. Sie lehrte sowohl in Berkeley als auch in Stanford und gründete gemeinsam mit ihrem Mann, dem Dichter Yvor Winters, eine Literaturzeitschrift. Zunächst war sie vor allem als Lyrikerin bekannt, bevor ihre Romane um berühmte strittige Justizfälle Furore machten.

Susanne Höbel, geboren 1953, lebt in Südengland und arbeitet seit fast dreißig Jahren als Übersetzerin englischer und amerikanischer Literatur. Sie wurde vielfach ausgezeichnet. Zu den von ihr übersetzten Autoren gehören Graham Swift, John Updike, Margaret Forster und William Faulkner.

JANET LEWIS

DER MANN, DER SEINEM GEWISSEN FOLGTE

Roman

Aus dem amerikanischen Englisch
von Susanne Höbel

Mit einem Nachwort
von Rainer Moritz

dtv

Von Janet Lewis ist bei dtv außerdem lieferbar:
Die Frau, die liebte (14724, 28155)
Verhängnis (28233)

Ausführliche Informationen über unsere Autorinnen und Autoren und ihre Bücher finden Sie unter www.dtv.de

MIX
Papier aus verantwortungsvollen Quellen
FSC® C019821

2020 dtv Verlagsgesellschaft mbH & Co. KG, München

Die Originalausgabe erschien erstmals 1983 unter dem Titel ›The Trial of Sören Qvist‹ bei Swallow Press/Ohio University Press.
Die Übersetzung fußt auf der Ausgabe von 2013, erschienen bei Swallow Press/Ohio University Press.

Die Bibel-Zitate sind der folgenden Ausgabe entnommen: ›Die Bibel oder die ganze Heilige Schrift des Alten und des Neuen Testaments nach der deutschen Übersetzung D. Martin Luthers‹ (nach dem 1912 vom Deutschen Evangelischen Kirchenausschuss genehmigten Text). Privileg. Württemb. Bibelanstalt Stuttgart (ohne Erscheinungsdatum).
Umschlaggestaltung: Wildes Blut, Stephanie Weischer, München unter Verwendung eines Bildes von Orlovsky Vladimir Donatovitch: »At the Seashore«, Painters/Alamy
Gesetzt aus der Janson MT Pro 10,9/15,2˙
Satz: Greiner & Reichel, Köln
Druck und Bindung: Druckerei C.H.Beck, Nördlingen
Gedruckt auf säurefreiem, chlorfrei gebleichtem Papier
Printed in Germany · ISBN 978-3-423-14763-7

1

Das Wirtshaus lag in einer Mulde, dahinter erhob sich der niedrige, sanft geschwungene und mit winterlich kahlen Buchen bestandene Hügelzug, der gerade hoch genug war, dass die darüber steigenden Fallwinde den Rauch, der an diesem kalten Tag aus den Schornsteinen des Wirtshauses aufstieg, zu Boden drückten. Die Luft war klamm. Es war ein Spätnachmittag Ende November, im Westen schien keine Sonne, und nach Osten hin verdichtete sich der Nebel über der Küste Jütlands zu einer dichten Wolkenbank. Selbst hier, einige Meilen von der Küste entfernt, roch die Luft nach Meer, aber der Wanderer, der jetzt vor sich das Wirtshaus erblickte, war schon seit so vielen Tagen in Meeresnähe unterwegs, dass er das Salzaroma nicht mehr wahrnahm.

Er kannte das Wirtshaus und glaubte sich an das zu erinnern, was hinter der Biegung der Straße lag, die um den bewaldeten Hügel herumführte und in den Schatten verschwand. Doch etwas erschien ihm an dem Anblick auch unvertraut, als er hinunterblickte auf das Haus, das von seinen eigenen Dünsten eingehüllt war. Das Schild mit der Aufschrift »Zum goldenen Löwen« hing noch über der Tür, aber ein guter Teil der leuchtend gelben Farbe war abgeblättert. Die letzten verblassten

Farbplacken hatten denselben Ton wie die wenigen verbliebenen Blätter an den Buchenschösslingen am Waldrand. Als er das Haus das letzte Mal gesehen hatte, war die Farbe so leuchtend wie die von Butterblumen gewesen. Damals, in der Hochzeit der Liebschaften des Königs, hatte man das Wirtshaus zu Ehren der Bastardkinder des Königs so benannt – alles Goldene Löwen und edler als die ehelichen Kinder der meisten anderen Menschen. Jetzt, da der König alt und Dänemark unter seiner Herrschaft geschrumpft und verarmt war, hatten sich einige der Goldenen Löwen als wahrhaftig edel erwiesen. Andere hingegen waren untereinander zerstritten. Aber selbst hier in Jütland, das am meisten unter den Kriegen des Königs gelitten hatte, galt die Regentschaft von Christian IV. noch immer als ruhmreich. Auch der Wanderer, der auf das Schild des Goldenen Löwen hinuntersah, dachte an den König – wenn er denn an ihn dachte – als glorreichen Herrscher. Obwohl die Gesundheit des Königs inzwischen nachgelassen hatte, man schrieb das Jahr 1646, und er seit der großen Seeschlacht auf der Kolberger Heide auf einem Auge blind war, genoss Christian im Alter von neunundsechzig Jahren beim Volk noch größeres Ansehen als damals in seiner ungezügelten, ausschweifenden Jugend.

Aber es war nicht nur die fehlende Farbe auf dem Schild, die das Äußere des Wirtshauses verändert hatte. Der Wanderer hatte Bilder im Kopf von einer offen stehenden Tür, von Licht, das hell zur Straße hinausströmte, von Menschen, die kamen und gingen. An diesem Abend waren die Tür und sämtliche Fensterläden geschlossen. Kein Mensch war zu sehen. Auch an der Form des Hauses hatte sich etwas verändert, aber nachdem der Wanderer sein Gedächtnis gründlich durchforscht hatte, kam er zu dem Schluss, dass es nicht am Haus lag, sondern dass in seiner Umgebung etwas fehlte. Ganz bestimmt erinnerte er sich an ein kleines Holzhaus am anderen Ende des Hofes und an ein zweites auf der gegenüberliegenden Straßenseite, aber beide waren verschwunden. Das Wirtshaus stand allein.

Vor verrammelten Türen und geschlossenen Fenstern zu stehen, war für ihn, seit er die Randbezirke Jütlands erreicht hatte, nichts Neues. Er hatte ungastliches Land mit halb verlassenen Dörfern durchwandert. Er war an schlecht bewirtschafteten Höfen vorbeigekommen und an Bauernhäusern ohne Dächer, wo das robuste Gras Jütlands verkohlte und eingestürzte Balken überwucherte. Aber in seinem Stumpfsinn hatte er fest daran geglaubt, dass in seiner Heimatregion und seiner eigenen Gemeinde alles so sein würde wie früher, die Türen offen und die Menschen freundlich.

Er stieg den kleinen Hügel hinunter, humpelnd, da an einem Stiefel der Absatz fehlte und sich an dem anderen die Sohle löste, sodass Sand und lauter Steinchen hineindrangen. Er kam zum Wirtshaus und klopfte an die Tür. Das Schild des Goldenen Löwen hing reglos und ohne zu quietschen über ihm in der unbewegten, feuchten Luft. Ein hellbrauner Hund mit einem Schwanz so lang wie eine Peitsche kam um die Ecke und sah ihn misstrauisch aus gelben Augen an, und als er die Tür aufgehen hörte, machte er kehrt und rannte davon, den langen Schwanz unter dem Bauch zusammengerollt. Eine junge Frau, hochgewachsen und von ansehnlicher Erscheinung, mit fester Brust und geraden Schultern, trat aus dem Haus und zog die Tür hinter sich zu, ließ aber eine Hand auf dem Riegel liegen.

Sie brachte den Wirtshausgeruch mit sich. Er hing in ihrer Kleidung aus grober Baumwolle, und sie stand, umgeben von sinnlicher Wärme, vor dem Fremden. Bier und Holzfeuer, Fleisch und Fisch vom Grill, Wolle und Leder, vollgesogen mit Fett und Schweiß – dieses Gemisch aus Gerüchen, das von Geselligkeit und guten Speisen zeugte, bewirkte, dass der Magen des Fremden sich schmerzhaft zusammenzog. Sie stand in der Tür, die Arme wegen der Kälte vor dem Körper verschränkt, und wartete, dass er etwas sagte.

Der Fremde nahm seinen breitkrempigen Filzhut ab, steckte ihn sich unter den rechten Arm und fragte die Frau unterwürfig, ob sie die neue Wirtin des Goldenen Löwen sei. Ihr Blick ging kurz zu dem Schild über ihren Köpfen, dann hinunter zu seinem Aufzug, zu seinen abgetragenen Stiefeln, und sie antwortete, ja, sie sei die neue Wirtin.

»Dann könntest du mir Essen und einen Schlafplatz für die Nacht geben?«, fragte er.

Ihr Blick wanderte immer noch prüfend über ihn, und obwohl sie Wärme und Gastlichkeit ausstrahlte, blieb der Ausdruck in ihren Augen abweisend und kalt. Ein Mundwinkel zog sich kaum merklich in die Höhe, als sie sagte:

»Als Gast oder als Bettler?«

»Ja, heute Abend«, sagte er, sah hinunter zu seinen abgewetzten Stiefeln und hob den Blick verlegen zu ihren kalten, hellen Augen, »heute Abend bin ich mittellos. Aber das könnte sich ändern«, fügte er schnell hinzu. »Und ich bin fast am Verhungern.«

»Aber heute Abend«, sagte sie, »habe ich Gäste, eine Hochzeitsgesellschaft, und das Haus ist voll belegt. Ich habe keinen Platz für Bettler.«

»Ich war Soldat«, sagte er.

»Soldaten sind bei uns nicht sonderlich beliebt«, gab sie zur Antwort.

»Du solltest den Hungrigen Nahrung geben, dann wirst du einen Schatz im Himmel haben«, sagte er, aber es klang nicht so, als glaubte er wirklich an solche Schätze. »Wenn gefeiert wird, fällt manches vom Tisch ab«, sagte er mit größerer Überzeugung.

Sie musterte ihn weiter, vielleicht hoffte sie, doch noch etwas zu finden, das ihre ablehnende Haltung ändern würde. Dass der Mann erschöpft war, sah sie deutlich an seiner grauen Haut und dem erschlafften Gesicht. Er war nicht rasiert, die untere Gesichtshälfte war schwarz von Bartstoppeln, und das strähnige schwarze Haar, in das sich etwas Grau mischte, fiel auf den Kragen seines Wamses. Er trug kein Leinen, aber dem Wams sah man an, dass es einst ein gutes Stück gewesen war, es bestand aus rotem gefüttertem Satin, die Steppnähte waren mit goldenem Faden in einem Rautenmuster genäht, und es hatte Volants im französischen Stil. Jetzt war es schmutzig und am rechten Ellbogen gerissen. Sehr gut möglich, dass er Soldat gewesen war. Über diesem feinen französischen Wams trug er eine schwere Lederweste, und darüber war ein Lederband diagonal über eine Schulter geschlungen, in dem er eine Pistole oder ein Messer bei sich hätte tragen können. Der linke Ärmel seines Wamses war ab dem Ellbogen leer und steckte hochgeklappt im Armloch der Lederweste. Seine zerschlissenen derben Stiefelhosen wollten nicht recht zu dem purpurnen Wams passen. Der Hut, den der Mann unter seinem rechten Arm hielt, war mit den Jahren grün geworden und hatte weder Feder noch Schnalle. Die kleinen grünen Augen in dem erschöpften Gesicht des Mannes waren auf die Wirtin geheftet und bar jeden Ausdrucks, außer dem von Hunger. Unterwürfigkeit und Furcht waren daraus verschwunden. Sein Flehen war so stark, dass sie sich wünschte, er möge verschwinden.

»Soldaten und Bettler sind hier nicht sonderlich beliebt«, sagte sie wieder. »Geh am besten deines Weges.«

Sie wandte sich um und hätte den Schnappriegel gedrückt, wäre da nicht sein bitterer Ausruf gewesen.

»Meines Weges! Als wäre ich nicht schon seit Wochen, ach, Monaten, meines Weges gegangen. Und wenn ich in meine eigene Gemeinde komme, wo ich eines Tages wieder reich sein könnte – ja, reich und ehrenwert –, da sagt man mir, ich soll meines Weges gehen.« Dann, als hätte er sich von den Veränderungen in der Landschaft täuschen lassen, fragte er: »Dies ist doch die Gemeinde Aalsö, oder?«

»Doch, schon«, sagte sie, »und ein paar Meilen weiter liegt das Dorf Aalsö, immer die Straße entlang.«

»Dann sag mir noch eines«, sagte er, »bevor du die Tür zuschlägst – nur noch eines.«

»Und was soll das sein?«

»Kennst du einen Morten Bruus?«

»Schon, warum?«, antwortete sie knapp.

»Ja, und lebt er oder ist er tot?«

»Tot«, sagte sie. »Tot, seit vor dem Johannistag.«

Der Bettler hob jetzt die Hand, in der er immer noch den Hut hielt, und fuhr sich mit dem Handrücken mehrmals über den Mund, fuhr hin und her, fast als wollte er das Lächeln verbergen, das auf seinen Lippen lag, oder als wollte er seine Zufriedenheit über diese Mitteilung ausdrücken, und diese Zufriedenheit war offensichtlich und entsetzlich. Sie leuchtete in den kleinen grünen Augen, die jetzt hell in dem dumpfen Gesicht standen. Dann sagte er:

»Tot, seit fast einem halben Jahr, das versprichst du mir?«

»Gewiss tot, tot wie ein Stein«, sagte sie.

»Warte noch«, sagte der Bettler. »Es ist mir ein Trost, das zu hören.«

»Und vielen anderen auch«, sagte sie. »Dann gute Nacht.«

Diesmal drückte sie den Riegel, und er hörte das Klicken.

»Warte«, rief er. »Wenn du mich heute Abend nicht einlässt, wo soll ich Rast finden? Du wirst doch nicht so hartherzig sein, gute Wirtin, und einen armen Soldaten ins Nasse und Kalte hinausschicken. Du merkst ja selbst, wie kalt es heute Nacht wird. Gibt es in Jütland keine Barmherzigkeit mehr?«

Die Wirtin des Goldenen Löwen zuckte die Schultern. »Du kannst den Pastor fragen«, sagte sie.

»Den Pastor?«, fragte der Bettler. Dann, als müsste er den Namen aus dem tiefen Schlamm seines Gedächtnisses hervorholen, sagte er: »Das ist der Pastor Peder Korf.«

»Nein«, sagte sie knapp. »Peder Korf ist tot, Friede seiner Seele. Der neue Pastor ist Juste Pedersen, und das ist ein sehr guter Mensch.«

»Pastor Juste«, wiederholte der Bettler. »Ist er ein gütiger und gastfreundlicher Mann?«

»So gütig wie Sören Qvist«, sagte sie und öffnete die Tür wieder einen Spalt.

»Ah!«, rief der Bettler plötzlich. »Kanntest du Pastor Sören denn?«

»Wie soll ich ihn gekannt haben?«, sagte die Frau. »Als er lebte, lag ich noch in der Wiege. Die Leute sagen das so in dieser Gegend. So gütig wie Sören Qvist. So großzügig wie Sören Qvist – das sagt man so. So reden die Menschen.«

»Und sagen sie nie: So zornig wie Sören Qvist?«, fragte der Bettler mit dem Anflug eines verschlagenen Grinsens.

Die Frau sah ihn einigermaßen überrascht an, gab aber keine Antwort, als verdiente die Frage keine. Einen Moment lang schien der Bettler sie weiter ausfragen zu wollen. Doch dann setzte er sich seinen alten Hut auf und sagte listig unter der Krempe hervor, in einem Ton, der einem Bettler angemessen war:

»Ich bin in diesen Landen ein Fremder – vielmehr, ich war so lange fort, dass ich jetzt als Fremder gelte. Aber steht das Pfarrhaus noch da, wo es früher war?«

»Warum sollte sich das geändert haben?«, sagte sie.

Darauf gab er keine Antwort, sondern warf ihr unter der Krempe seines Huts hervor noch einmal einen merkwürdigen Blick zu und machte sich auf den Weg. Trotz der Kälte blieb die Wirtin stehen und sah ihm nach, die Hand weiterhin auf dem Riegel, bis die humpelnde Gestalt um die Biegung der Straße aus ihrem Blickfeld verschwunden war. Während sie noch dastand, wurde die Tür hinter ihr aufgezogen, und ein Mann trat neben sie und legte ihr den Arm um die Schultern.

»Was verweilst du so lange, mein Mädchen?«, fragte er. Er

war ein stattlicher Mann von Mitte vierzig, nur wenige Falten durchzogen sein wettergebräuntes Gesicht, und das volle blonde Haar fiel auf einen sauberen weißen Leinenkragen. Die Wirtin drehte sich lächelnd zu ihm um und sah ihn eindringlich an, als müsste sie ein unangenehmes Bild vor ihrem inneren Auge tilgen.

»Ein Bettler, nichts weiter«, sagte sie schließlich, »aber ein verdreckter Hund, ein Teufelssohn. Er hat nach Morten Bruus gefragt. Und jetzt kommt es mir so vor, als hätte er eine seltsame Ähnlichkeit mit Morten. Hatte Morten einen Bruder?«

Der Mann schüttelte den Kopf. »Nur den, von dem du schon gehört hast. Und das waren zwei zu viel von einem Wurf«, sagte er.

»Er war erfreut, von Mortens Tod zu hören.«

»Selbst die Bettler auf der Straße«, sagte der Mann.

In dem Saal hinter ihnen fing jemand mit tiefer, wohlklingender Stimme zu singen an, und bald stimmten die anderen Festgäste ein. Die Wirtin und ihr Gefährte standen noch draußen, das Licht strömte aus der offenen Tür um sie herum und verschwamm in der nebelfeuchten Luft. Dann beugte sich der Mann zum Ohr der Frau und sagte, ohne die Stimme zu heben:

»Morten Bruus, möge Gott ihm, obwohl er tot ist, für alle Zeiten einen fühlenden Körper geben, dass er sämtliche Qualen des Fleisches in alle Ewigkeit erleiden muss. Möge ihm die Haut in kleinen Fetzen, nicht größer als ein Fingernagel, abgezogen werden. Mögen Würmer seine Eingeweide durchwühlen, möge sein Magen mit Glasscherben gefüllt und sein Gaumen versengt werden, mögen ihm seine Augenlider weggeschnitten werden und seine Augen schutzlos auf das Feuer um ihn herum gerichtet sein, für alle Zeiten. Möge Gott ihm nie erlauben, für sein Leben Buße zu tun, damit er für seine begangenen Taten nie Vergebung erlangen kann. Amen.«

Dieser Redefluss, Ausdruck eines stillen, unpersönlichen und wohl abgewogenen Hasses, wurde Satz für Satz in aller Ruhe vorgetragen und von dem fröhlichen Gesang im Saal begleitet. »Amen«, sagte die Wirtin, und dann war nur noch die Musik zu hören.

2

Der einarmige Bettler schlug die Richtung zum Dorf Aalsö ein. Nachdem ihm die zum Greifen nahe Wärme und Nahrung verweigert worden waren, kam ihm der Abend umso einsamer vor, und die Kälte fuhr ihm noch mehr in die Knochen. Das Zwielicht schwand so langsam, dass es im Vergehen eher wie eine Verdichtung der Luft schien, und die Nachtdünste, die als ungut und schädlich galten, sammelten sich in den Kuhlen neben der Straße, im niedrigen Gebüsch und in den Schatten der Buchenhaine. Die hellbraunen und blassgelben Farbtöne der trockenen Gräser und der sandigen Straße in der sanften Landschaft überzogen sich langsam mit Dunkelheit, und das stumpfe Gold der Stoppelfelder fand im Himmel keine Entsprechung von Mattgold. Der Bettler in seinem schmutzigen Purpurwams, einem Stück verglühender Kohle gleich, humpelte mühsam zwischen den Feldern und Hecken entlang und erreichte schließlich Aalsö. Vom Krieg gezeichnet wie alle Dörfer Jütlands lag es da, verschlossen und dunkel, obwohl es noch früh am Abend war. Aber es war bewohnt, das konnte er erkennen. Rauch stieg aus den Schornsteinen auf. Er bog von der Straße in einen Weg ein, der durch ein gepflügtes und bestelltes Feld führte, und während ihm beim Gehen die

Einzelheiten des Geländes immer vertrauter wurden, überquerte er auf einer Planke einen Bach und erreichte so ein kleines geweißeltes Fachwerkhaus.

Das musste das Pfarrhaus von Aalsö sein, auch wenn es kleiner war als in seiner Erinnerung. Zwar war er als Junge nicht so oft dorthin gegangen, wie er geschickt worden war, aber er erinnerte sich an das Haus. Er ging zur Tür und klopfte, und während er auf ein Geräusch wartete, hob er die rechte Hand und berührte das dunkel gewordene Reetdach, das wie ein Schal über dem Eingang lag.

Rechts von der Tür hätte ein Vorsprung sein sollen und darüber das höhere Dach des Anbaus, der, wie er sich erinnerte, die neue Stube genannt wurde. Der war jedoch nicht mehr da, offenbar schon seit geraumer Zeit nicht mehr; das alte Haus hatte ein neues Reetdach, und der noch stehende Teil der Außenwand der neuen Stube war bis auf Schulterhöhe abgetragen worden und bildete jetzt die Grenzmauer des Hofes. Der Bettler warf einen Blick über die Mauer und sah, dass zwischen den Backsteinen des ehemaligen Fußbodens Gras wuchs. Auf der gegenüberliegenden Seite des Hofes war ein kleiner Kuhstall, dessen Tor halb offen stand; in dem Moment kam eine alte Frau heraus, die unter jedem Arm ein braunes Huhn trug. Sie bemerkte ihn nicht gleich, da sie beim Gehen den Blick auf die unebenen Backsteine gesenkt hielt, und als sie schließlich den Kopf hob und ihn sah, erschrak sie. Sie blieb stehen, wich zurück zum Kuhstall und drückte die Hennen fester an sich. An seiner Erscheinung – der Umriss des breitkrempigen, verwegenen Hutes, das lange schwarze Haar und das schimmernde Purpur des französischen Wamses – erkannte sie, dass sie einen Soldaten vor sich hatte, und so wie die Wirtin vom Goldenen Löwen mochte auch sie keine Soldaten. Doch nachdem der erste Schreck verflogen war, ging sie festen Schrittes weiter, trat durch das schwingende Holztor in der Seitenmauer und blieb vor dem wartenden Fremden stehen.

Der Fremde hatte nie eine große Fähigkeit zum Betteln besessen, aber während er sich der Wirtin als Soldat vorgestellt hatte, war er jetzt klug genug, den Bettler herauszukehren. Er zog den zerdrückten Hut ab und bat um Essen und Unterkunft. In seiner Unterwürfigkeit lag eine gewisse Aufrichtigkeit, denn Hunger und Erschöpfung hatten ihn all seiner Kräfte beraubt.

Das Gesicht der alten Frau war freundlich, ihre zarte und gesunde Haut voller Runzeln. Die blauen Augen waren sanft und rund, und sie trug eine Haube aus mattblauer Wolle. Die weiße Umrahmung ihres Gesichts bestand nicht, wie man zunächst denken mochte, aus Leinen, sondern aus ihrem weißen, weichen Haar. Sie fragte:

»Kommst du von weit her?«

»Von Hamburg, allein im letzten Monat. Davor aus Böhmen. Aber als Junge habe ich in der Gemeinde Aalsö gelebt. Hier habe ich meinen Katechismus gelernt«, erzählte er ihr redselig, »bei Pastor Peder Korf.«

»Ach, wirklich«, sagte sie und trat einen Schritt vor. »Und wolltest du zu Pastor Peder?«

»Ich habe gehört, er ist tot.«

Sie nickte.

»Und dass Pastor Juste so gütig ist wie Sören Qvist.«

Sie lächelte nicht, sondern nickte ernst. »Ja«, sagte sie, »er ist gütig. Wenn du wartest, sage ich ihm Bescheid, dass du hier bist.«

Sie schob sich an ihm vorbei, drückte die Tür mit dem Ellbogen auf, wobei sie darauf achtgab, dass sie die Hennen nicht fallen ließ, und schloss die Tür hinter sich. Kurz darauf kam sie zurück und ließ den Bettler in die Küche des Pfarrhauses von Aalsö.

Weil es in dem Raum so dunkel war, konnte der Mann zunächst außer der erhöhten Feuerstelle nichts erkennen, aber es war warm, warm und behaglich. Mit Wohlgefühl nahm er die nahen Wände und schweren Balken der niedrigen Decke wahr. Er war zu lange ohne Schutz gewesen, unter freiem Himmel heftigem Wind oder dichtem Nebel ausgesetzt. Jetzt empfand er es als angenehm, das Dach nah über dem Kopf zu spüren. Er ging über den Backsteinboden zu einem Schemel beim Kamin, setzte sich darauf und streckte die Hand zum Feuer aus. Die alte Frau machte sich in der dunklen Ecke der Küche zu schaffen. Er hörte das Klappern ihrer Holzschuhe auf dem Fußboden, das Rascheln ihrer schweren Röcke und hinter sich Flügelflattern und ein verschlafenes Glucksen. Kurz darauf kam die alte Frau mit einem Holzteller, auf dem ein ungeschnittener Laib Brot lag. Sie zog eine kleine Bank zum Feuer und stellte den Teller darauf, dann machte sie einen Schritt zurück und wickelte ihre Hände in die Schürze. Der Bettler sah von dem Brotlaib zu der Frau, die mit ihrem weißen Mieder und ihrer blauen Schürze, den hellen Widerschein des Feuers im Gesicht, aufrecht vor ihm stand und ihn betrachtete. Das Licht schimmerte golden auf der glasierten

Seite des Laibs. Sein Blick ging zu dem Brot, dann, weil sie keine Anstalten machte, streckte er die Hand danach aus.

»Halt!«, rief die alte Frau, ließ die Schürze los und griff selbst nach dem Laib. »Du wirst doch mein gutes Brot nicht mit deinen schmutzigen Fingern anfassen! Wo ist dein Messer? Kannst du dir keine Scheibe abschneiden wie ein Christenmensch?«

»Ich habe kein Messer«, sagte der Bettler verblüfft. »Hätte ich ein Messer, hätte ich es im Wirtshaus gegen einen Krug Bier eingetauscht. So hilf mir, bitte, ich habe kein Messer, und wenn ich eins hätte, könnte ich es nicht sehr geschickt führen.«

Die alte Frau musterte ihn. »Dreh dich zum Feuer«, befahl sie ihm. Folgsam drehte er sich auf dem Schemel um. »Gut«, sagte sie, »auf dem Rücken wenigstens trägst du kein Messer, und« – sie zögerte ein wenig, wie zur Entschuldigung – »mir ist nicht gleich der leere Ärmel aufgefallen. Ich habe einmal einen spanischen Soldaten gesehen«, fuhr sie fort, »der mit Wallensteins Armee kam, und der hatte einen Gurt wie du über der Schulter, in dem er einen langen Dolch auf dem Rücken trug. Ich schneide das Brot. Warst du Soldat?«

»Bis ich den Arm verlor«, sagte er. »Aber was kann ein Mann mit nur einem Arm ausrichten? Seitdem bin ich Bettler.«

Nachdem sie das Brot geschnitten hatte, gab sie ihm auch eine Scheibe Käse, und sie bemerkte, dass seine Hand, die sich nach dem Essen ausstreckte, vor Erregung zitterte und dass er aß, als hätte er alles um sich herum vergessen, alles außer dem Geschmack von Brot und Käse in seinem Mund. Während sie ihm zusah, so wie sie vielen anderen vor ihm in der Küche des Pastors zugesehen hatte, spürte sie Mitleid, das an die Stelle von Angst trat, und sie füllte einen Zinnkrug mit Bier und stellte ihn, um das Bier zu wärmen, zu den Kohlen. Hungernde Menschen, hungernde Tiere, seit über vierzig Jahren bestand eine ihrer Aufgaben darin, ihnen Speise und Obdach zu geben. Die Vorräte waren kleiner als früher, sodass es weniger zu verteilen gab, aber was der Pastor erübrigen konnte, bekamen die Bedürftigen, und ihr oblag die Zuteilung.

»Du kannst im Kuhstall schlafen«, sagte sie. »Da ist es sauber, und bei den Tieren ist es warm.«

Er verzehrte Brot und Käse bis auf die letzte Krume und trank das gewärmte Bier, dann saß er mit dem Krug in der Hand da und starrte eine Weile ins Feuer, bevor er wieder sprach.

Er sagte, fast wie zu sich selbst: »Ich habe nichts, nicht einmal ein Messer. Nichts außer den Lumpen an meinem Körper. Aber das ist vielleicht nicht für alle Zeiten so.« Das warme Bier in seinem leeren Magen hatte sein Selbstmitleid geweckt. Bei einem warmen Feuer Selbstmitleid zu empfinden, war angenehm. Langsam regte sich auch sein Verstand wieder, und ihm fiel ein, warum er nach Aalsö gekommen war. Bestimmt nicht, um in der neuen Stube, die jetzt nicht mehr da war, Luthers Katechismus zu lernen, sondern weil er mit Pastor Peder hatte sprechen wollen. Zu der alten Frau sagte er bedächtig und zugleich unbeteiligt: »Kennst du einen Morten Bruus?«

»Ja«, sagte sie kühl. »Er hat in dieser Gemeinde gelebt.«

»Dann ist er also tot? Wie ich schon gehört habe?«

»Ja, tot, und niemandem ist es leid drum.«

»Mir sicherlich nicht«, sagte der Bettler. »Na, wir können nicht alle betrauert werden.«

»Wir müssen aber nicht gehasst werden«, sagte sie.

»Er war verhasst, ja?«, fragte der Bettler.

»Wenn du seinen Namen kennst, dann weißt du, dass er verhasst war«, gab sie zur Antwort.

Sie stand auf und verstaute den restlichen Laib Brot in einer Holztruhe auf der anderen Seite des Feuers, und der Bettler sah ihr mit einem bedauernden Blick zu, wagte aber nicht zu protestieren. Neben der Truhe gab es eine Tür, die, wie er sich erinnerte, zum Schlafzimmer des Pastors führte, und eingelassen in die Wand war der Alkoven, wo die Kissen und Decken der Haushälterin gestapelt lagen. In all den Jahren, die er fort gewesen war, hatte er nicht ein einziges Mal versucht, sich diesen Raum zu vergegenwärtigen, aber jetzt, da er hier saß, kehrte seine Erinnerung zurück und es war so, wie es immer gewesen war, nur dass man die Tür zur neuen Stube vermauert hatte. Was die alte Frau betraf, so glaubte er sich auch an sie zu erinnern, aber je länger er darüber nachdachte, desto überzeugter war er, dass die Haushälterin des Pastors kleiner gewesen war, mit stechenden schwarzen Augen und flinken Händen. Sie hatte nicht dieselbe Langmut gehabt wie Peder Korf.

»Dann ist der alte Pastor also tot«, sagte er nach einer Weile. »Ist das lange her?«

Die alte Frau ließ sich auf der Bank nieder, die als Tisch für das Brot gedient hatte.

»Ziemlich lange«, sagte. »Ich war noch jung. Oder vielmehr, ich war noch in den Vierzigern, und das zählt heute als jung.« Sie seufzte, und der Bettler fragte:

»Dann war nicht das Alter der Grund, warum der Pastor gestorben ist. Wahrscheinlich eher die Pest.«

»Eine Pest von katholischen Banditen«, sagte die alte Frau. »Eine Bande von Wallensteins Männern. Möge Gott ihnen nie vergeben.«

Der Bettler dachte darüber nach. »Ja, das ist lange her, denn damals war ich noch nicht lange aus Jütland weg.«

»Torstensons Männer waren Diebe und Plünderer«, sagte die Alte, »aber wenigstens waren sie keine Katholiken, sondern einfach nur Schweden. Ach, aber Jütland hat gelitten, gelitten für ganz Dänemark. Ich weiß nicht, warum Gott uns so viel Leid zugedacht hat. Wallensteins Männer aber, die waren die schlimmsten.«

Der Bettler sagte nichts, und die Alte, die aus einer tiefen, alten Traurigkeit heraus sprach, fuhr fort:

»Wer die Kraft dazu hatte, floh auf die Inseln, die meisten taten das. Der Pastor wollte nicht weg, und ich bin bei ihm geblieben. Aber als sie kamen und wir über Aalsö und den Höfen in der Nähe die Flammen lodern sahen, bin ich in den Wald gerannt. Der Pastor blieb bei der Kirche. Er war ein tapferer Mann, der Pastor Peder Korf. Er sagte, womöglich kämen seine Gemeindemitglieder um Hilfe zu ihm gelaufen, und er wollte bleiben und sie beschützen.« Sie hörte auf zu sprechen, und der Bettler schwieg, er hatte den Kopf vorgebeugt und sah sie unter schwarzen Brauen aus seinen kleinen grünen Augen an. Die Alte atmete tief ein und fuhr fort: »Als ich zurückkam, hing der Pastor an der Buche, bei der Tür da, man hatte ihn am Bart aufgehängt und er war von Messerstichen übersät; er war tot. Das Haus stand in Flammen. Das Vieh war verschwunden. Bis auf das letzte Huhn. Das Gerstenfeld, das kurz vor der Ernte stand, war in Brand gesetzt worden. Ich kam zurück und sah ihn an, und ich sah das Blut auf dem Boden, da, wo er hing. Sie haben das getan, um ihn zu verspotten, um einen Pastor wegen seines Bartes zu verspotten. Er hatte einen sehr kräftigen Bart, und wenn er nachdachte, fuhr er sich mit den Fingern hindurch. Das Feuer brannte fast die ganze Nacht. Dann, kurz vor Tagesanbruch, fing es an zu regnen. Und als Torstenson vorletztes Jahr hier durchzog, haben wir uns alle versteckt. Pastor Juste ist durchs Dorf gegangen und hat alle seine Leute eingesammelt, wir haben uns im Buchenhain versteckt, und so sind wir am Leben geblieben. Die Schweden haben viel niedergebrannt und alles gestohlen. Es war trotzdem nicht so schlimm wie damals, als die Katholen kamen.« Sie hielt inne. Dann sagte sie: »Dass Gott solche Männer macht.«

»Ich war in Wallensteins Armee«, murmelte der Bettler, fast wie zu sich selbst. »Ich war mit ihm in Böhmen. Aber«, sagte er scheinheilig, »als er Richtung Jütland zog, habe ich mich abgesetzt. Ich wollte auf keinen Fall als Soldat nach Jütland ziehen.«

»Möge Gott das bedenken, wenn deine Zeit gekommen ist«, sagte die Haushälterin, »dass du Häuser nur in fremden Ländern angesteckt hast. Aber es ist spät. Komm. Ich zeige dir, wo du schlafen kannst.«

Der Bettler nahm seinen Hut vom Boden auf und erhob sich widerstrebend. Er blickte in die Glut, rotgolden und fast durchsichtig in der Herdstelle, einige Stücke noch in der exakten Form von Ast oder Zweig, verwandelt, aber heil, und umflackert von blauen Flämmchen.

»Es ist jammerschade, ein so gutes Feuer zu verlassen«, sagte er.

Die Haushälterin hatte eine Hand auf die Klinke gelegt und wartete auf ihn.

»Ich hätte nie gedacht, dass ich einmal einem von Wallensteins Männern Essen und Trinken geben würde«, sagte sie nur.

»Vielen Dank für das Essen«, sagte der Soldat. »Trotz alledem.«

Er zog ein Bein nach, als er zur Tür ging, den Hut in der Hand, drehte sich aber noch einmal nach der Glut im Herd um.

»Ich kann den Pastor bestimmt morgen früh sprechen?«, fragte er.

Die Alte antwortete mit einem Kopfnicken.

»Dieser Morten Bruus«, sagte er und verweilte noch. »Wenn alle Höfe in Jütland zweimal geplündert wurden, dann kann er ja nicht mehr sehr reich gewesen sein. Wurden seine Häuser auch angesteckt, wie die der anderen?«

»Aber nein«, sagte die Alte. »Der Teufel hat ihm Schutz geboten, wenn du mich fragst. Seine Häuser wurden nicht angezündet, seine Felder nicht niedergetrampelt, und als er starb, war er der reichste Mann von Vejlby, und von dieser Gemeinde auch.«

»Ist das so? Ah, gut.« Der Bettler ließ sich diese Auskunft durch den Kopf gehen und hakte dann vorsichtig nach: »Hat er denn eine reiche Witwe zurückgelassen, dieser Bruus?«

»Keine Frau, auch keine Witwe, weder Kind noch Kegel«, sagte die Alte.

»Auch keinen Freund? Hat er sein Vermögen in einer Schenkung einem Freund überlassen?«

»Er hat niemals, weder lebend noch tot, einem Menschen etwas geschenkt, soweit ich das gehört habe«, sagte sie. »Du willst viel über Morten Bruus wissen. Kanntest du ihn?«

Der Bettler streckte seinen Arm in einer frohlockenden Geste aus.

»Das will ich dem Pastor morgen erzählen«, sagte er. »Ich werde reich sein. Ich war der ärmste unter den Menschen, jetzt werde ich der reichste sein. Ich bin Niels, Mortens Bruder.« Er lachte kurz auf, und der Schall prallte von den Kupfertöpfen an der gegenüberliegenden Wand zurück, aber es schwang darin weder Heiterkeit noch Wärme mit. Die Alte fuhr zusammen, und sie machte einen Schritt zurück, gerade so, als hätte sie einen Schlag ins Gesicht bekommen.

»So ist das also«, sagte sie voller Hohn. »Und vielleicht warst du auch nie einer von Wallensteins Männern. Das könnte ich dir verzeihen. Ein Schwein hat dir den Arm abgebissen, und du bist den ganzen Weg von Aalborg hierhergekommen, kein Zweifel, aber vielleicht hast du Jütland dein ganzes Leben lang nicht verlassen. Eine feine Geschichte ist das mit dem Bruder von Morten Bruus, aber damit bist du hier am falschen Ort.« Sie stieß die Tür weit auf und wartete, dass er ging. »Für solche Lügen solltest du fortgeschickt werden«, sagte sie, »aber der Pastor sagt, du kannst bei den Tieren schlafen. Also dann, gute Nacht«, fügte sie ungehalten hinzu.

Doch der Bettler blieb bei seiner Geschichte.

»Ich lüge nicht«, sagte er. »Ich bin wirklich der Bruder von Morten Bruus. Ich kann es auch beweisen, denn es ist die Wahrheit.«

»Du bist Niels Bruus?«, fragte die Alte.

»Niels, Mortens Bruder.«

»Was für ein verlogener Halunke du bist«, sagte die Alte mit noch größerer Verachtung. »Was für ein erbarmungswürdiger Lügner. Hör mir zu. Mit meinen eigenen Augen habe ich gesehen, wie vor vielen, vielen Jahren die Leiche von Niels Bruus aus der Erde gegraben wurde; er war schon so lange tot, dass er stank. Und jetzt kommst du und erzählst mir, dass du Niels Bruus bist?«

Diese Worte hatten eine seltsame Wirkung auf den Bettler. Er starrte die Alte mit vor Staunen ausdruckslosen Augen und offenem Mund an. Dann zog sich ein Grinsen über sein Gesicht, ein dummes, böses Grinsen, und schließlich brach er in Lachen aus. Er schlug sich mit dem Hut auf den Schenkel, um so seine Heiterkeit über das, was sie gesagt hatte, zu unterstreichen, und sie fand, dass sie nie etwas Dümmeres und Böseres gehört hatte als dieses Gelächter, das den kleinen Raum erfüllte.

»Hör auf«, rief sie. »Sei still.« Und sie stampfte fast panisch mit ihren Holzschuhen auf den Backsteinboden, sodass die beiden Geräusche in Wettstreit miteinander traten. »Hast du den Verstand verloren?«

Der Bettler hielt in seinem Lachen inne und fragte: »Und war mein Gesicht von Schlägen ganz entstellt, gute Frau?« Und als sie vor ihm zurückwich, fuhr er fort: »Hast du vielleicht einen feinen Bleiohrring an diesem Ohr gesehen?« Er deutete mit dem Hut auf sein linkes Ohr.

Der alten Frau stand pures Entsetzen ins Gesicht geschrieben. Langsam hob sie die Hand und bekreuzigte sich.

»Sag doch«, fuhr der Bettler fort, »hat Pastor Sören mich

auch gesehen? Und mich gerochen, he? Sag mir doch, wer mich ausgegraben hat und wo ich begraben war.«

Die Alte, die erst ein paar Schritte zurückgewichen war, blieb jetzt stehen und sammelte sich. Sie sah ihn voller Verachtung an, stemmte die Hände in die Seiten und antwortete mit fester Stimme, als wolle sie einen Dämon austreiben:

»Ich habe gesehen, wie Morten Bruus in Pastor Sörens Garten den Spaten in den Boden stieß und die Leiche seines Bruders Niels ausgegraben hat; ich und viele andere haben das gesehen. Es braucht schon mehr als einen Bettler aus Aalborg, um mich davon zu überzeugen, dass Niels nicht tot und auf dem Friedhof von Vejlby begraben liegt. Du glaubst, du kannst mit Mortens Geld ein reicher Mann werden? Was bist du doch für ein Dummkopf!«

»Aber ich weiß, dass das Gesicht entstellt war und dass die Leiche meine Sachen anhatte und dass mein Bleiohrring in seinem linken Ohrläppchen war, so wie ich ihn früher getragen habe. Woher, glaubst du, weiß ich das alles?«

Die Frau zuckte mit den Achseln.

»Das kann jeder wissen«, sagte sie.

»Ja, aber ich weiß noch mehr«, sagte der Bettler leise. Als er weitersprach, klang seine Stimme verschlagen. »Ich weiß, dass Morten die Leiche begraben hat. Deshalb wusste er, wo sie lag. Das war«, sagte er scheinbar vertraulich, »Mortens kleiner Streich, den er dem Pastor spielen wollte. Morten mochte den Pastor nicht, wie du bestimmt noch weißt.«

Sein Blick war auf die runden blauen Augen der alten Frau gerichtet, und er glaubte zu sehen, wie sich darin eine entsetzliche Erkenntnis ausbreitete.

»Ja«, sagte er triumphierend, »ein kleiner Streich, den Morten dem Pastor gespielt hat, das kann ich dir alles erzählen.«

Die Alte wandte sich abrupt von ihm ab und ging durch die Küche zur Tür des Pastors. Sie klopfte, den Rücken dem Bettler zugewandt, betrat dann das Zimmer des Pastors und schloss die Tür hinter sich.

Der Bettler konnte vor Erregung nicht ruhig auf einer Stelle bleiben. Er humpelte zum Kamin und sah einen Moment lang in die Glut mit den blauen Flämmchen. Dann ging er quer durch die Küche zu der Wand, wo früher die Tür zur neuen Stube gewesen war. Ohne diese Tür wirkte die Küche kleiner, erst recht, da die Tür zum Zimmer des Pastors verschlossen war. Sein Blick wanderte über die Schränke mit ihren Türen, und er versuchte sich zu erinnern, hinter welcher die Alte den Käse verstaut hatte, doch dann wurde er sich seiner schmerzenden Füße bewusst, und er setzte sich wieder auf den Schemel beim Feuer und zog die Stiefel aus. Die Backsteine an seinen Füßen waren kalt, und doch war die Luft in der Küche wärmer als das nasse, rissige Leder. Er rieb sich die Füße, und so, in gebeugter Haltung, saß er da, als die Alte wieder in die Küche kam.

Hinter ihr betrat ein Mann den Raum, der eine schwarze, lose hängende Kutte aus abgetragenem Stoff mit einem Pelzkragen trug. Er hatte ein eng anliegendes Scheitelkäppchen auf, unter dem ein Kranz weißer Haare hervortrat. Das Gesicht des Mannes war hager, seine dünne Gestalt leicht gebeugt. Nach dem Klackern der Holzpantinen der Haushälterin klangen seine Schritte leise, denn er ging auf Socken, und sein stilles Erscheinen sowie sein Äußeres, das von hohem Alter und großer Sanftmut zeugte, riefen in dem Bettler eine gewisse Ehrfurcht wach. Die Heiterkeit, die ihn eben noch erfüllt hatte, verschwand, aber seine Erregung blieb. Er erhob sich und nickte dem alten Mann achtungsvoll zu.

»Pastor Juste Pedersen«, sagte die Alte, »das ist der Mann, der behauptet, der Bruder von Morten Bruus zu sein.«

»Setz dich, mein Freund«, sagte der alte Mann. »Setz dich, Vibeke.«

Er zeigte auf die Bank beim Feuer, und die Haushälterin setzte sich wieder auf ihren Platz. Der Pastor zog einen Schemel heran und rückte ihn so, dass er sowohl die Haushälterin als auch den Bettler ansehen konnte. Der Feuerschein erhellte sein Gesicht und warf einen goldenen Schimmer auf die abgetragene Kutte, auf die hohe, wie gemeißelt wirkende Stirn und die dünnen Hände mit den geschwollenen Fingergelenken, die still auf seinen Knien lagen.

»Dann lasst uns«, sagte Pastor Juste in sachlichem Ton, »der Wahrheit auf den Grund gehen.« Er musterte den Bettler in aller Ruhe mit dem Blick eines Mannes, der im Studium des Mienenspiels reich an Erfahrung war, und ihm entging nicht die große Erregung, die der Mann in Gegenwart der Respektsperson zu zügeln versuchte. »Vibeke Andersdatter hat mir erzählt«, sagte er, »dass du früher in dieser Gemeinde gelebt hast und jetzt hier bist, um das Vermögen von Morten Bruus als deins zu fordern. Erzähl mir doch, warum du damals aus der Gemeinde fortgegangen bist.«

»Morten hat mich weggeschickt«, sagte der Bettler.

»Aha! Und wann war das?«

Der Bettler überlegte.

»Es war nach der Ernte und vor dem ersten Schneefall. Und das Jahr war vor Lutter-am-Barenberge. Im Herbst vor dem Sommer, als der König bei Lutter geschlagen wurde. Richtig, genauso war es.«

»Warst du auch in Lutter?«, fragte der Pastor.

»Ja, das war ich.«

»Hast du da deinen Arm verloren?«

»Nein, das war viel später. In Lutter war ich mit Wallenstein.«

»Willst du damit sagen, du hast gegen unseren König gekämpft?«, fragte der Pastor.

»Na ja, Morten wollte, dass ich aus Jütland verschwinde. Also bin ich nach Deutschland gegangen. Was sollte ich tun? Es war Winter, Helfer in der Landwirtschaft wurden nicht gebraucht. Aber Krieg gab es immer. Außerdem hat Wallenstein viel besser gezahlt als der König.«

»Es hat nichts mit dem Fall zu tun«, sagte der Pastor, »trotzdem möchte ich gern wissen, wo du deinen Arm verloren hast.«

»Das war in Lützen«, sagte der Bettler. »So um Zweiunddreißig muss das gewesen sein. In Lützen ist es uns böse ergangen. Und seitdem ziehe ich als Bettler umher.«

»Für Jütland war es eine schlimme Sache«, sagte der Pastor, »die Niederlage des Königs. Das war 1626, im August. Vermutlich hast du also Jütland im Herbst 1625 verlassen. Dann bist du seit insgesamt einundzwanzig Jahren fort gewesen, und die Hälfte der Zeit hast du als Bettler zugebracht. Du wusstest aber, dass Morten reich war und dir ein Obdach hätte geben können, warum bist du da nicht zurück nach Jütland gekommen, als Lützen vorbei war?«

»Ich habe mich vor Morten gefürchtet«, sagte der Bettler ohne zu zögern.

Der Pastor bedachte diese Antwort.

»Hattest du deinem Bruder Schaden zugefügt?«

»Oh nein, Herr Pastor, ich habe ihm nie Schaden zugefügt. Ich habe immer das getan, was er von mir verlangt hat. Ich habe mich vor ihm gefürchtet. Und er hatte mir gesagt, ich soll nicht mehr nach Jütland kommen.«

»Wie hast du dann«, fragte der Pastor, »von seinem Tod gehört? Ist der Name Morten Bruus bis nach Lützen bekannt?«

»Also«, sagte der Bettler, »Ihr habt es selbst gesagt, einundzwanzig Jahre sind eine lange Zeit, und ich spreche heute noch wie ein Jütländer. Die Menschen sind viel freundlicher zu einem, der nicht wie ein Fremder spricht. Deshalb bin ich schließlich nach Schleswig zurückgegangen, und von dort über die Grenze, um meine Sprache zu hören. In Schleswig war ich auf einem Hof in der Gemeinde Sort, und da lebte ein Mann, der einmal ein Pferd von Morten gekauft hatte. Er hatte gehört, dass Morten gestorben war, und erzählte das seiner Frau. Und so habe ich es gehört. Deshalb bin ich nach Norden gekommen. In Ebeltoft habe ich es auch gehört. Und da dachte ich, ich könnte die Rückkehr wagen.«

»Es stimmt, dass du wie ein Jütländer sprichst«, sagte der Pastor. »Aber das reicht nicht als Beweis dafür, dass du Mortens Bruder bist. Haben die Leute manchmal gesagt, dass du Morten ähnlich siehst?«

Der Bettler lachte und zeigte seine schwarzen Zähne.

»Ich habe nie gut ausgesehen, so wie Morten«, sagte er.

»Bist du in dieser Gemeinde getauft worden?«

»Ja, sicher.«

»Wie alt warst du, als du Jütland verlassen hast?«

»Achtzehn, glaube ich.«

»Und wie alt war Morten damals?«

Der Bettler rechnete an den Fingern nach.

»Morten war sechsundzwanzig. Wir haben in Ingvorstrup gelebt, in der Gemeinde Vejlby.«

»Peder Korf lebt ja nicht mehr, kannst du also jemanden nennen, in dieser Gemeinde oder in Vejlby, der dich als Jungen gekannt hat?«

Der Bettler musste eine Weile nachdenken, und bei dem Namen, den er dann nannte, sah der Pastor zu Vibeke hinüber.

»Leider ist Erland Nielsen aus Ingvorstrup gestorben«, sagte der Pastor, »bevor ich in diese Gemeinde kam. Denk noch einmal nach.«

Dem Bettler fielen ohne weiteres Zögern ein halbes Dutzend Namen ein, aber jedes Mal schüttelte der Pastor den Kopf.

»All diese Menschen sind entweder seit Jahren tot oder von hier fortgegangen. Du musst wissen, dass es nicht ausreicht, die Namen zu kennen oder das Alter von Niels und Morten. Das hättest du unterwegs in einem Wirtshaus bei einem Krug Bier erfahren können. Wenn du beweisen willst, dass du Mortens Bruder bist, musst du jemanden nennen können, der sich vor uns stellen und unter Eid aussagen kann, dass er dich erkennt.«

»Ja, gut«, sagte der Bettler langsam und mit großem Bedacht, »da ist noch Sören Qvist, er war damals Pastor in Vejlby.«

Daraufhin wechselten der Pastor und Vibeke Blicke. Der Pastor erhob sich.

»Das ist dann so gut wie geklärt«, sagte er.

»Was ist geklärt?«, fragte der Bettler.

»Dass du nicht Niels Bruus bist. Hör mir zu, mein Freund. Du tust mir leid. Du bist ein Krüppel und hast kein Zuhause, und da ist es eine große Versuchung, Reichtum zu ergaunern, der dir nicht zusteht. Trotzdem solltest du so viel Verstand haben und dich nicht als einen Menschen ausgeben, der seit Langem tot ist. Es gibt sicher welche, die um eine Strafe gegen dich ersuchen würden, weil du behauptest, jemand zu sein, der du nicht bist. Ich rate dir: Sprich nie mehr davon.«

Auch der Bettler erhob sich.

»Das ist ja schön und gut, dass ich nicht mehr darüber sprechen soll, aber es ist die Wahrheit. Ich muss doch wissen, wer ich bin. Und ich habe dasselbe Anrecht wie jeder Hinterbliebene. Vielleicht sagt Ihr mir, dass Pastor Sören auch tot ist. Ja, ich hatte nicht daran gedacht, dass er jetzt ein alter Mann sein müsste, ein sehr alter Mann, aber als ich ihn das letzte Mal sah, war er bei guter Gesundheit, und er würde sich an mich erinnern. Auch Anna Sörensdatter würde sich an mich erinnern, und die ist nicht alt.«

Er sprach so heftig, dass der Pastor die Hand hob, um ihn zu beschwichtigen. Aber Vibeke, die alte Vibeke, ergriff jetzt das Wort. Sie sagte:

»Pastor, ich habe nachgedacht. Er hat, wie Euch vielleicht auch aufgefallen ist, eine große Ähnlichkeit mit Morten. An der ganzen Sache war immer etwas, das wir nicht verstanden haben. Gott steh uns bei, aber es hatte, glaube ich, mit Hexerei zu tun. Möge Gott uns beschützen, es kann doch sein, dass er Niels ist. Erlaubt ihm zu bleiben und uns zu erzählen, was Morten da begraben hat. Vielleicht war es eine tote Katze oder eine Wachspuppe, wie die Wachspuppen in Kalmar. Tryg Thorwaldsen würde ihn erkennen, und Tryg lebt noch.«

Der Pastor wandte sich an den Bettler. »Kennst du einen Mann, der Tryg Thorwaldsen heißt?«, fragte er.

»Der Friedensrichter von Rosmus?«, sagte der Bettler. »Ja, den kenne ich. Ja, der würde mich erkennen. Er war kein Freund von mir, aber er ist ein ehrlicher Mann.«

»Bist du einverstanden, dass er dich befragt?«, fragte der Pastor.

»Ja, ja«, sagte der Bettler. »Ja, damit bin ich einverstanden. Er ist ein ehrlicher Mann, und er wird dafür sorgen, dass ich zu meinem Geld komme. Schließlich habe ich ein Recht auf das Geld.«

»Dann werde ich ihn morgen früh holen.«

»Oder heute Abend noch!«, rief die alte Frau.

»Das ist nicht nötig«, sagte Pastor Juste. »Der Mann kann hier schlafen, wer immer er ist, und morgen früh hole ich Thorwaldsen. Oder wir gehen alle zusammen nach Rosmus hinüber.«

»Heute noch! Heute noch!«, rief die alte Vibeke und umfasste den Arm des Pastors mit beiden Händen. Sie packte ihn so fest, als müsste sie sich daran festhalten, dennoch spürte der Pastor ihr Zittern, und als er sie ansah, waren ihre blauen Augen fast schwarz, so stark waren die Pupillen vor Angst geweitet. Er lächelte ihr beruhigend zu und legte seine Hand auf ihre.

»Er wird schon nicht verschwinden wie eine Erscheinung«, sagte er.

»Aber vielleicht doch«, flüsterte sie. »Ihr versteht das nicht. Ihr wart nicht hier, als es passiert ist.«

»Er kann schließlich viel gewinnen, wenn er bleibt«, sagte der Pastor.

»Glaubst du, ich werde davonlaufen, gute Frau?«, sagte der Bettler. »Oh nein, oh nein. Wer würde vor einem Vermögen wie dem meines Bruders Morten davonlaufen?«

»Gott könnte dich vor morgen früh zu sich holen«, gab die Alte zurück. »Oder der Teufel streckt seine Hand nach dir aus. Dann werden wir es nie erfahren.« Aber an den Pastor gewandt sagte sie mit inbrünstigem Flehen in der Stimme: »Die unter uns, die ihn geliebt haben, müssen erfahren dürfen, was geschehen ist. Vor allem Tryg hat ein Recht, es zu erfahren.«

Der Bettler unterbrach sie ungeduldig: »Ich habe schon gesagt, wie es geschehen ist, sapperlot, aber du willst mir ja nicht glauben.«

»Das stimmt«, sagte die alte Frau. »In einem Augenblick glaube ich, dass du Niels bist. Im nächsten, dass du ein Bettler bist, der sich auf der Straße die Geschichte zusammengereimt hat. Wie kann ich friedlich schlafen, wenn niemand mir sagt: ›Ja, es ist Niels‹ oder ›Nein, es ist nicht Niels. Niels liegt auf dem Friedhof von Vejlby‹?«

»Das ist wirklich eine alte Geschichte«, sagte Pastor Juste.

»Für Euch vielleicht«, sagte Vibeke. »Für mich ist es so, als wäre es gestern geschehen, und es bedrückt mein Herz wie damals, und ich habe Angst, so wie damals auch. Ich bitte

Euch, holt Tryg noch heute Abend. Oder, sei's drum, ich hole ihn selbst.«

Der Pastor seufzte leise.

»Es soll mir niemand nachsagen, dass ich dich um diese Nachtzeit auf einen Botengang geschickt habe. Ich mache mich auf den Weg«, sagte er.

3

Richter Tryg Thorwaldsen saß mit Gästen beim Abendessen, stand aber vom Tisch auf, um den Pastor aus Aalsö zu begrüßen. Vom oberen Ende der Treppe aus – denn das Esszimmer befand sich im ersten Stock – sah der Pastor durch die Tür die Gäste, die um den langen Eichentisch versammelt waren. Das Esszimmer war schmal und mit Eichenholz getäfelt. Auf der einen Seite gingen drei schmale Flügelfenster zur Straße hinaus. An diesem Abend schimmerten die bleigerahmten Scheiben wie schwarzes Wasser, und wo das Glas uneben war, wurde das Kerzenlicht wie von kleinen Spiegeln reflektiert. In der Mitte des Tisches brannten Kerzen und tauchten die Gesichter der Gäste in ihren hellen Schein, während ihre Rücken auf der anderen Seite kaum mehr als Silhouetten erschienen. Das Kerzenlicht schimmerte auf den Silberkrügen und Kristallgläsern, auf den geröteten Wangen und den sorgfältig gekämmten Haaren, auf den feinen Leinenkragen und auf ein paar wenigen vereinzelten gestärkten Halskrausen, auf edlem Tuch und Samt, und wo es Samt war, auf breiten Goldketten.

Thorwaldsen selbst trug einen Samtrock mit einer einzelnen Goldkette, darüber einen Leinenkragen mit langgezogenen Spitzen, wie es der Mode entsprach. Er war Ende vierzig, und sein Haar war mehr grau als flachsfarben und für die damalige Zeit sehr kurz geschnitten. Er hatte ein ungewöhnlich langes und hageres Gesicht, einen breiten, freundlichen Mund und ein ausgeprägtes, kantiges Kinn; seine ehrlichen, wachen Augen waren von einem leuchtenden Blau und überstrahlten seine eher reizlosen Gesichtszüge.

»Ich habe recht wichtige Gäste«, sagte er höflich, »aber wenn es eine dringende Angelegenheit ist, komme ich mit Euch.«

»Ich schenke der Geschichte dieses Bettlers nicht unbedingt Glauben«, erklärte der Pastor, »aber meine Haushälterin ist über die Maßen verstört.«

»Ich schätze Vibeke Andersdatter seit jeher«, sagte Thorwaldsen. »Ich komme gleich mit Euch. Es sei denn, ich kann Euch zu einem Glas Burgunder überreden.«

»Vielen Dank«, sagte der Pastor, »aber mir ist nicht wohl bei dem Gedanken, dass sie mit dem Mann allein ist. Ich möchte schnell wieder nach Hause.«

Er wartete im Dunkeln am Fuß der Treppe auf Thorwaldsen, und als der Richter herunterkam, traten sie zusammen vor die Tür, wo sie gemeinsam warten mussten, dass man ihnen die Pferde brachte. Die Dunkelheit draußen war weniger dicht als die im Haus. Ein fahler Himmel wölbte sich über den Dächern, und ein paar Sterne waren zu sehen, sie muteten wie Schneeflocken an, die nicht fallen wollten. Es war ein sehr kalter Abend. Der Pastor schien ungeduldig wegen der Verzögerung.

»Um Vibeke braucht Ihr nicht besorgt zu sein«, sagte Thorwaldsen. »Sie ist immer noch kräftig und kann es mit einem Einarmigen bestimmt aufnehmen.«

»Das ist nicht der Grund«, sagte der Pastor. »Sie fürchtet

sich vor etwas Übernatürlichem. Und auch ich habe das Gefühl, dass sich an meinem Herd etwas Böses niedergelassen hat. Ich kann es nicht richtig erklären. Nicht dass ich unbedingt glaube, dieser Bettler sei ein übler Geselle. Eher scheint er mir einfach nur dumm. Aber ich musste daran denken, was ich einmal über Dämonen gelernt habe, nämlich dass sie Dämonen sind, weil es ihnen an etwas mangelt. Das Böse in diesem Mann hat mit dem zu tun, was ihm fehlt. Glaubt Ihr, er könnte Niels Bruus sein?«

»Seit einundzwanzig Jahren bin ich der Ansicht«, sagte Thorwaldsen, »dass ich Zeuge davon war, wie Niels auf dem Friedhof von Vejlby beerdigt wurde.«

»Er hat eine große Ähnlichkeit mit Morten Bruus«, sagte der alte Pastor.

»Das ist gut möglich«, sagte Thorwaldsen. »Bruus war nicht einzigartig. Er hatte zwar keine nahen Verwandten, aber eine ganze Reihe von Cousins.«

Die Pferde wurden gebracht, und die Männer saßen auf. Eine Weile ritten sie schweigend nebeneinander. Dann sagte Thorwaldsen:

»Einundzwanzig Jahre sind eine lange Zeit, aber heute Abend kommen sie mir längst nicht so lang vor wie damals mit Ende zwanzig, als ich sie noch vor mir hatte.«

»Es tut mir sehr leid«, sagte der Pastor, der neben ihm ritt, »dass wir diese tragischen Ereignisse ausgraben und ans Licht zerren müssen, nachdem sie so lange in der Erde gelegen haben und zum Teil vergessen waren. Es muss schmerzhaft für Euch sein, und es tut mir leid, dass ich Euch wieder daran erinnere.«

Thorwaldsen sagte schlicht: »Es ist die einzige große Bekümmernis meines Lebens.«

Der Pastor seufzte. »Ihr müsst Eure Frau sehr geliebt haben.«

»Sie war nicht meine Frau«, sagte Thorwaldsen. »Wir waren einander versprochen.«

»Im Grunde ist es dasselbe«, sagte der Pastor aus der Unschuld seines Herzens.

»Es ist keineswegs dasselbe«, gab der andere zurück, »denn wäre sie meine Frau gewesen, hätte sie mich nicht verlassen. Zumindest glaube ich nicht, dass sie das getan hätte.«

»Bitte verzeiht mir«, sagte der Pastor, »wenn ich nicht so gut unterrichtet bin. Ich war damals nicht in Jütland. Ich kam ja erst neunundzwanzig, wie Ihr vielleicht noch wisst.«

»Ich kann mir Daten nicht gut merken«, sagte Thorwaldsen, »aber ich erinnere mich, dass Ihr kurz nach dem Frieden gekommen seid. Trotzdem, Ihr müsst eine Menge darüber gehört haben.«

»Das stimmt«, sagte der Pastor. »Auch Widersprüchliches. Schon damals nahm die Geschichte Züge einer Legende an. Was ja nur verständlich war. Es wurde so oft davon erzählt, und als der Bettler nach Sören Qvist als Zeugen verlangte, kam ich zu dem Schluss, dass er über den wahren Sachverhalt nichts weiß. Kurzum, ich vermute, er ist ein Betrüger.«

»Ist es nicht möglich«, sagte der Richter, »dass er so getan hat, als wüsste er nichts über das Schicksal von Sören Qvist, damit man ihn selbst für unschuldig hält? Er würde sich wohl kaum freiwillig die Schlinge um den Hals legen, auch nicht für Mortens Vermögen.«

»Ihr haltet es also für gefährlich, Niels Bruus zu sein?«, fragte der Pastor.

»Diese Möglichkeit besteht«, sagte Tryg.

»Ich glaube nicht, dass er sich dieser Gefahr bewusst ist«, sagte der Pastor. »Auch hat er nicht den Grips, um solche Überlegungen anzustellen. Aber Ihr müsst bedenken, wenn Morten seinen Bruder aus Jütland fortgeschickt hat, bevor die Leiche ausgegraben wurde, dann ist es unwahrscheinlich, dass sein Bruder von dem, was danach geschah, etwas weiß. Vielleicht ist es ja doch möglich, dass dieser Bettler Niels ist.«

»Ich kannte Niels, als er lebte«, sagte Thorwaldsen. »Und ich habe nie bezweifelt, dass er es war, der auf dem Friedhof von Vejlby beerdigt wurde.«

Darauf schwieg der Pastor. Der Endgültigkeit dessen, was der Richter gesagt hatte, standen seine eigenen Zweifel gegenüber, aber der Grund, warum er Thorwaldsen seiner warmen Stube und der Gesellschaft seiner Gäste entrissen hatte, war weniger der Bettler, ob ihm nun ein Vermögen zustand oder nicht, als die alte, verängstigte Vibeke, die er beruhigen wollte.

Wo die Straße sich verjüngte, ritt der Richter voran. Am Himmel erschienen mehr Sterne, teils verschwommen, teils klar, während sich am Boden der dichte Nebel hielt, er hing in Schwaden zwischen den Bäumen und zog über die Felder; aus den Nüstern der Pferde stieg der Atem wie Nebel im Nebel. Die Luft schnitt beißend in ihre Gesichter. Vielleicht würde der Himmel aufklaren und noch größere Kälte bringen. Der Pastor, der in Gedanken bei Vibeke war, wünschte sich, sie kämen schneller voran.

Was Tryg Thorwaldsen betraf, so drängte er vorwärts durch die Schwärze und den Nebel, als würde er sich durch die Zeit bewegen, jedoch in umgekehrter Richtung, Jahr um Jahr, langsam, zurück zu dem jungen Mann, der er damals gewesen war, zu der Leidenschaft und der Energie seiner Jugend. Durch die Dunkelheit erschienen ihm Gesichter, von Frühlingssonnenlicht gestreift, von Tränen benetzt, und Gefühle von Traurigkeit und Sehnsucht, die er glaubte hinter sich gelassen zu haben, stiegen mit alter Heftigkeit in ihm auf. Er dachte: Die Vergangenheit ist nie tot. In uns wird sie Teil von uns, und sie lebt wie wir, und außerhalb von uns wird sie Teil des Volksmunds. Wenn das Ereignis vergessen ist, bleibt die Redewendung. »So gütig wie Sören Qvist.« Erst heute Morgen habe ich es auf dem Markt von Vejlby gehört. Ein gewöhnlicher Satz. Er hatte ihn schon so oft gehört, dass er nicht mehr darüber nachdachte und ihn auch nicht mehr als Boten aus der Vergangenheit verstand. Kann denn die Vergangenheit wiederkehren?, fragte er sich.

Er brachte sein Pferd zum Stehen, drehte sich im Sattel um und wartete, bis der Pastor auf seiner Höhe war.

»Ich war schroff, Pastor Juste«, sagte er. »Verzeiht. Mir scheint der Gedanke, dass der Bettler Niels ist, ganz unmöglich, aber wenn es sich als wahr herausstellt, werde ich mich auf die Suche machen müssen, und ich werde jedes Dorf und jeden Hof durchsuchen, ja, jede Stadt von Schonen, und sollte ich dazu bis an mein Lebensende brauchen.«

»Und nach wem würdet Ihr suchen?«, fragte der alte Pastor zögernd, denn er hörte die Leidenschaft aus der leisen Stimme heraus.

»Nach Anna Sörensdatter natürlich.« Thorwaldsen sprach kaum hörbar. Der Name schwebte zu dem alten Mann hinüber, durch die Dunkelheit und die kalte Luft, wie ein Blütenblatt, das sich von einem blühenden Strauch im lang zurückliegenden Frühling gelöst hatte.

»Jedes Dorf und jeden Hof«, sagte Thorwaldsen noch einmal.

4

Nachdem Vibeke dem Pastor hinterhergeblickt hatte, als der, in seinen Mantel gehüllt, nach Vejlby aufgebrochen war, legte sie frisches Holz aufs Feuer, schloss die Tür gegen den leichten Wind, der im Westen aufkam, und kehrte zu ihrem Platz an der Feuerstelle zurück. Der Bettler hatte sich nicht von seinem Schemel auf der anderen Seite des Kamins gerührt.

Wieder einmal erlebte Vibeke, zu welch schrecklichen Qualen Zweifel führen können. Und einundzwanzig Jahre sind eine lange Zeit, will man sich über sie hinweg an ein Gesicht erinnern, dem man nie besondere Aufmerksamkeit geschenkt hatte. Die Erregung, die den Bettler noch vor einer Weile aufgewühlt hatte, war einer großen Müdigkeit gewichen. Er starrte mit stumpfem Blick ins Feuer. Vibeke betrachtete ihn und dachte abermals, dass die schmale Stirn und die lange Nase mit den auffallend langen, schmalen Nasenlöchern stark an Niels Bruus erinnerten. Aber die Falten waren viel tiefer in das Gesicht eingegraben, als sie sich erinnerte, und die schwarzen Stoppeln ließen Mund und Kinn auf unvertraute Weise dunkel erscheinen. Das lange strähnige Haar war wie das von Niels, andererseits schien die Ähnlichkeit jetzt, da es darauf ankam, auch nicht übermäßig groß.

Und er war einer von Wallensteins Soldaten gewesen, Wallenstein, der in Jütland zweieinhalb Jahre lang Angst und Schrecken verbreitet hatte. Der Bettler hatte gesagt, er habe kein Messer, aber jemandem, der unter Wallenstein gedient hatte, konnte man nicht trauen. Vielleicht war seine Geschichte einfach ein Trick, um an das Geld zu gelangen, wie der Pastor vermutete, oder auch, angesichts seines ausgehungerten Zustands, eine Methode, Mahlzeit und Unterkunft für die Nacht zu ergaunern. Sie ließ ihn nicht aus den Augen, für den Fall, dass er seine Hand in die Tasche steckte oder in sein Hemd und ein Messer hervorzog, und je länger sie ihn ansah, desto mehr wuchs ihre Überzeugung, dass er schlicht und einfach ein Hochstapler war, und sie wünschte, sie wäre nicht allein mit ihm im Haus. Sie wünschte, sie könnte ihn in den Stall schicken und die Tür hinter ihm verriegeln. Aber er würde sich nicht wegschicken lassen, das wusste sie. Er wartete auf das Eintreffen des Pastors mit dem Richter und saß da, weil sie selbst es verlangt hatte. Wenn er wirklich ein Betrüger war, hatte er die Ruhe weg. Man könnte denken, die Aussicht, von einem so wichtigen Mann wie Richter Thorwaldsen befragt zu werden, würde ihm Angst machen. Anfangs schien ihm der Gedanke auch nicht behagt zu haben. Vielleicht bekäme er es doch noch mit der Angst zu tun und würde sich davonstehlen, bevor die Männer zurückkamen. Oder vielleicht wollte er sie niederschlagen, das Haus ausrauben und fliehen. Sie beobachtete ihn wachsam und überlegte sich, dass sie ihn, sollte er tatsächlich ein Messer zücken, mit dem Schemel des Pastors niederschlagen könnte.

Aber je länger sie ihn beobachtete, desto mehr schien das

Gesicht wieder dem von Niels zu ähneln, und der Bettler wurde zu dem Mann, der vor ihren Augen ausgegraben worden war. Sie erinnerte sich wieder an den schrecklichen Gestank der Leiche, und der Geruch, der von dem schmutzigen Bettler ausging, wurde in ihrer Nase zu Verwesungsgeruch. Ein entsetzlicher, unheiliger Schrecken bemächtigte sich ihrer. Dies war nicht Niels, der die Sache mit der Leiche erklären würde, sondern es war Niels' Leiche, die zurückgekommen war, um die alte Vibeke zu martern. Sie zwang sich, ihre Angst zu bezähmen, und sei es nur aus der noch größeren Angst heraus, dass sich ihre Unruhe der lebenden Leiche womöglich über die kurze Entfernung zwischen ihnen mitteilen konnte und dem Mann bewusst würde, welche Macht er über sie hatte. Dann dachte sie, wenn er spräche, hätte er weniger Zeit, darüber nachzusinnen, was er ihr antun könnte. Und sie hätte weniger Angst, wenn gesprochen würde. Deshalb begann sie:

»Das muss ein schreckliches Gefecht gewesen sein, bei dem du deinen Arm verloren hast.«

»Ja, ja«, sagte er.

»Und vor langer Zeit. Seit vierzehn Jahren musst du ohne den Arm auskommen.«

»So lange?«, sagte er. »Ich habe nicht nachgerechnet.«

»Ich kann nicht schreiben, aber ich kann rechnen«, sagte Vibeke. »Vierzehn Jahre mit Betteln. Und in der ganzen Zeit warst du nicht ein Mal in Jütland?«

»Ja, das habe ich doch gesagt«, gab er zurück.

»Und du hast auch nie einen Jütländer getroffen?«

»Gute Frau«, sagte der Bettler, »du stellst mir Fragen. Der

Pastor stellt mir Fragen. Richter Thorwaldsen wird mir auch Fragen stellen. Ich kann warten, bis der Pastor und der Richter da sind, und sie alle auf einmal beantworten.«

Vibeke lachte kurz auf.

»Kein Zweifel, du bist Jütländer, was immer sonst noch«, sagte sie.

Der Bettler zog die Schultern hoch und ließ sie langsam wieder sinken.

»Ich beantworte Fragen. Du glaubst mir nicht. Warum soll ich mir die Mühe machen?«

Damit hatte er recht, und Vibeke sagte darauf nichts. Sie saßen wieder schweigend, jeder auf seiner Seite des Feuers, und Vibekes Angst wuchs abermals und drückte auf ihr Herz, ein bisschen so wie bei einer Magenverstimmung. Jetzt sprach der Bettler.

»Du weißt ja einiges darüber, wie groß, glaubst du, ist Mortens Vermögen?«

»In Geld weiß ich es nicht«, sagte sie. »Und in Land hatte er bei seinem Tod mehr als bei seiner Geburt.«

»Du bist auch Jütländerin«, sagte der Bettler.

»Aber eins weiß ich«, sagte sie. »Wer seinen Reichtum erbt, erbt keinen guten Willen dazu.«

Wieder hob der Bettler in einer langsamen Geste der Gleichgültigkeit die Schultern.

»Wer Reichtum hat, braucht keinen guten Willen«, sagte er.

»Das glaub mal lieber nicht«, sagte die Alte.

Der Bettler antwortete nicht, und während sie weiter warteten, ließ Vibeke den Mann ihr gegenüber nicht aus den Augen, und der Bettler warf hin und wieder unter seinen dicken

Brauen einen verstohlenen Blick auf die alte Frau. Die Zeit verging langsam. Nur einmal noch sprach der Bettler.

»Aber wer weiß, ob Richter Thorwaldsen Niels wirklich erkennt«, sagte er. »Wie oft hat er Niels auf der Straße getroffen, oder auf dem Markt, und mit ihm gesprochen? Ich werde darum bitten, dass Anna Sörensdatter kommt, das werde ich tun.«

Vibeke presste die alten Lippen fest zusammen. Der Bettler starrte weiter ins Feuer. Um nichts in der Welt würde sie ihn ahnen lassen, welche Zärtlichkeit, welches Gefühl von Verlust dieser Name in der Stunde der Angst und Abscheu in ihr weckte. Sie schloss die Augen, um die aufsteigenden Tränen zurückzudrängen, dann öffnete sie sie wieder und sah verschwommen die Gestalt im Feuerschein vor sich.

Das Eintreffen von Richter Tryg Thorwaldsen und Pastor Juste veränderte alles. Ein Wirbel feuchter Luft kam mit ihnen herein, und sofort fing der Kamin an zu rauchen. Vibeke beeilte sich, dem Richter aus seinem Umhang zu helfen und dem Pastor die Stiefel auszuziehen. Auf Thorwaldsens Anweisungen hin rückte sie den Tisch in die Mitte, stellte Stühle drum herum, holte Kerzen und legte frisches Holz aufs Feuer. Wegen Thorwaldsens hochgewachsener Gestalt schien der niedrige Raum noch niedriger und dazu kleiner, weil die Möbel anders standen als sonst.

»Wir brauchen Licht«, sagte der Richter, »damit ich mir den Mann genau ansehen kann. Und Pastor, bitte holt Papier und Tinte. Wir fertigen ein Protokoll an von allem, was gesagt wird. Setzt Euch hier an den Tisch, Pastor. Vibeke, stell die Kerzen dorthin.«

Bei geschlossener Tür zog auch der Kamin wieder richtig. Die Luft wurde klarer. Die Kerzen brannten ruhig. Vibeke brachte für Richter Tryg Thorwaldsen einen Zinnkrug mit Bier und stellte ihn an den Kamin, um das Bier zu wärmen. Die Befragung begann.

»Es wird festgestellt«, sagte Pastor Juste, »dass vor uns ein Mann sitzt, der sich als Niels, Bruder von Morten Bruus, ausgibt, der vormals in Ingvorstrup in der Gemeinde Vejlby gelebt hat. Des Weiteren gibt der Mann an, dass er die Provinz Jütland im Herbst zur Zeit der Nussernte verlassen habe, vor der Niederlage von König Christian, Gott sei ihm gnädig, in Lutter-am-Barenberge. Das müsste dann im Oktober 1625 gewesen sein?«

Der Richter nickte. »So ist es, Pastor Juste.« Auch der Bettler nickte zustimmend.

»Dann war er sieben Jahre lang Soldat, hier und dort, und hat in Lützen einen Arm verloren, das wäre dann 1632 gewesen.«

Wieder nickte Tryg, und der Bettler tat es ihm gleich.

»Von da an ist er bettelnd durch die deutschen Fürstentümer gezogen sowie durch Böhmen und Schleswig-Holstein, über einen Zeitraum von vierzehn Jahren. Und jetzt ist er in die Gemeinde Aalsö zurückgekehrt, im November des Jahres 1646, und will das Vermögen seines Bruders Morten fordern. Bisher hat er noch keinen Lebenden gefunden, der ihn identifizieren kann.«

»Schreibt das alles auf«, sagte Tryg, und nach einer Weile sagte der Pastor: »Es ist geschrieben.«

»Und Ihr, Richter Thorwaldsen«, sagte der Bettler, »erinnert Ihr Euch an Niels Bruus?«

»Du könntest Niels sein«, sagte Thorwaldsen. »Oder auch nicht. Ich war dabei, als die Leiche von Niels – es hieß, es sei Niels – beerdigt wurde.«

Der Bettler grinste, und Tryg sagte: »Ich hoffe, du verstehst, dass es eine ernste Sache ist, wenn du dich als jemand ausgibst, der du nicht bist. Du siehst einer schweren Strafe entgegen, wenn du nicht beweisen kannst, dass du Niels Bruus bist.«

»Anna Sörensdatter wird mich wiedererkennen«, sagte der Bettler zuversichtlich. Der Richter sah ihn lange ganz still an, fast als hätte der andere nicht gesprochen. Dann sagte er: »Ich werde dir ein paar Fragen stellen. Du möchtest, dass wir uns an Niels erinnern. Wenn du Niels bist, dann wirst du dich deinerseits an Dinge in Vejlby und Aalsö erinnern. Du hast deine Kindheit hier verbracht. Hattest du Katechismus-Stunden bei Pastor Qvist?«

Der Bettler schüttelte den Kopf. »Bei Pastor Peder Korf«, sagte er und fügte scheinheilig hinzu: »Ich war nicht sehr anstellig, und das tut mir leid.«

»Aber warum nicht bei Pastor Sören?«, fragte der Richter. »Du hast zu seiner Gemeinde gehört.«

Der Bettler zuckte die Schultern. »Wir standen uns nicht besonders gut mit Pastor Sören, als ich ein Junge war. Morten war mit ihm zerstritten und hat mich zu Pastor Korf geschickt. Aber ich bin nicht jedes Mal hingegangen.«

Der Richter dachte darüber nach, dann sagte er: »Aber du musst Vejlby gut gekannt haben. Erzähl mir etwas über den Ort. Über das Wirtshaus – weißt du noch den Namen von dem Wirtshaus in Vejlby und wo es stand?«

»Das ist leicht«, sagte der Bettler. »Das Wirtshaus hieß Zum

Roten Pferd. Das weiß jeder, es stand am Marktplatz und hatte Fenster nach Osten.«

Juste Pedersen wollte unterbrechen, aber Tryg gab ihm mit einem Handzeichen zu verstehen, es nicht zu tun.

»Gab es an dem Roten Pferd etwas, woran du dich erinnerst?«, fragte der Richter.

Der Bettler verzog die Lippen zu einem schwachen Lächeln. »Das Wirtshaus hatte auch den Namen Zum Schild des dreibeinigen Pferds«, sagte er.

»Damit liegt er ziemlich falsch«, sagte Pastor Juste, »doch wahrscheinlich war er über die Jahre in vielen Wirtshäusern, und wir sollten das nicht zu streng beurteilen.«

»Aber er liegt nicht falsch«, sagte der Richter. »Als die Deutschen kamen, haben sie das Wirtshaus niedergebrannt, und das neue Wirtshaus, das, an das Ihr denkt, steht ganz woanders und hat einen anderen Namen, aber das alte stand, wie er sagt, an der Marktstraße nach Osten hin, und der Schildermaler hat aus unerfindlichen Gründen das rote Pferd mit nur drei Beinen gemalt.« Er zog ein weißes, leinenes Taschentuch hervor und wischte sich nervös die Hände. »In einer Gegend, wo mit Pferden gehandelt wird, Pastor Juste, erinnert sich selbst jeder Bauernlümmel an ein Pferd mit drei Beinen.«

»Aber dein Gedächtnis ist nicht immer so gut«, sagte er wieder an den Bettler gewandt, »und da ist noch etwas, das mich verwundert. Warum hast du nicht Vibeke Andersdatter gebeten zu bestätigen, wer du bist?«

»Ach, die«, sagte der Bettler. »Die ganze Zeit schon versuche ich, mich an ihren Namen zu erinnern. Jetzt weiß ich ihn wieder. Damals war sie die Haushälterin von Pastor Sören.

Aber sie hat sich verändert. Sie ist alt geworden. Außerdem habe ich sie nie besonders beachtet.«

Tryg sah Vibeke an. Sie sagte langsam: »Er könnte Niels Bruus sein. Ich glaube, er ist es.«

»Also, dann bin ich doch Niels Bruus, oder?«, sagte der Bettler. »Ihr sagt es, Vibeke sagt es.«

»Bisher«, sagte Tryg langsam, »gibt es keinen Beweis, dass du *nicht* Niels Bruus bist. Es kommt jetzt darauf an, wie glaubhaft deine Geschichte ist, mit der …« Er hielt inne, und der Bettler vollendete den Satz:

»Mit der Leiche im Garten, wie? Ja, das kann ich Euch erzählen.«

»Sprich ein bisschen langsamer«, sagte Juste. »Ich kann nicht so schnell schreiben.«

»Also«, sagte der Bettler. »Ihr wisst ja, dass ich Knecht bei Pastor Sören Qvist war.«

»Sag mir eines«, unterbrach Tryg mit einem neugierigen Gesichtsausdruck, »du bist aus Jütland weggegangen, weil du Angst vor Morten hattest. Hast du dich nie vor Pastor Sören gefürchtet?«

»Ach, nein«, sagte der Bettler ohne jedes Zaudern. »Der Pastor war ein guter Mensch. Auch wenn er zornig war und mich geschlagen hat, vor ihm habe ich mich nicht gefürchtet, denn er war trotzdem ein guter Mensch. Aber Morten – Morten hatte immer den Teufel im Leib. Schon als wir Kinder waren, habe ich mich vor ihm gefürchtet. Er war immer viel schlauer als ich. Er war älter und sah besser aus, und er war schlauer als ich. Und ich habe immer alles getan, was er wollte. Wenn er mich anstachelte, den Pastor zu ärgern, dann habe ich das getan. Und Morten hat mich belohnt. Morten mochte den Pastor nicht. Versteht Ihr?«

»Ich fange an zu verstehen«, sagte Thorwaldsen. »Sprich weiter.«

»Einmal habe ich den Pastor wütend gemacht, und er hat mich niedergeschlagen. Es war um die Zeit der Nussernte. Ich bin nach Hause zu Morten gerannt und habe ihm das erzählt, und er hat mich gelobt und mir etwas Gutes zu essen gegeben. Dann hat er mich eingesperrt. Ich fand das seltsam, aber Morten war schlauer als ich. Richter Thorwaldsen, kann ich nicht einen Schluck aus Eurem Krug nehmen? Das viele Reden macht mich durstig.«

Der Richter fluchte leise, schob aber seinen Zinnkrug dem Bettler hin, der einen Schluck nahm, dann noch einen, dann stellte er den Krug hin, fuhr sich mit dem Ärmel des purpurroten Wamses über den Mund und setzte seine Geschichte fort.

»Morten hielt mich bis Mitternacht eingesperrt. Das war in Ingvorstrup. Dann ließ er mich raus und gab mir einen Spaten, den sollte ich tragen. Wir gingen in Richtung Revn und weiter, soweit ich das ausmachen konnte, dann blieben wir an einer Kreuzung stehen. Dort lag ein Selbstmörder, der ein paar Tage zuvor dort begraben worden war. Morten sagte: ›Grab‹, und ich grub, aber Morten hat die Leiche aus der Erde gezogen. Ich hatte Angst. Damals war ich noch nicht Soldat gewesen, und ich hatte so etwas noch nicht gesehen. Es hatte auch keine Austreibung gegeben.« Er schüttelte sich, und Vibeke bekreuzigte sich.

»Wir haben den Boden mit den Stiefeln flachgetrampelt, bis

er so aussah wie vorher. Morten hat die Leiche im Buchenwald versteckt, dann sind wir nach Ingvorstrup zurückgegangen. Am Himmel wurde es schon hell, als wir zu Hause ankamen. Dann hat Morten mich wieder eingesperrt. In der nächsten Nacht hat er mich rausgeholt, und wir sind wieder in den Buchenwald gegangen. Da musste ich mich ausziehen. Dann hat er die Leiche ausgezogen. Ich hatte richtig Angst, kann ich Euch sagen, und ich fragte ihn, was er vorhatte, und er sagte, er würde Pastor Sören einen kleinen Streich spielen und ich soll keine weiteren Fragen stellen. Dann musste ich mir die Sachen von dem Selbstmörder anziehen. Das gefiel mir gar nicht. Und er hat der Leiche meine Sachen angezogen, alles, was ich anhatte, sogar den Ohrring. Ich hatte nur den einen Ohrring. Den hat er mir abgenommen.

Dann hat er dem Toten ein paar Mal mit dem Spaten ins Gesicht geschlagen und einmal oben auf den Schädel und gelacht und gesagt: ›Damit er mehr so aussieht wie du.‹ Danach steckte er die Leiche in einen Sack, den er mitgebracht hatte, und sagte zu mir: ›Trag du den Sack.‹ Ich sagte Nein, aber ich musste ihn trotzdem tragen.«

Der Bettler hielt inne und guckte in den Bierkrug. Der war leer, und niemand bot an, ihn wieder zu füllen.

»Ich musste den Sack den ganzen Weg nach Vejlby tragen, bis zu der Straße, die am Garten des Pastors vorbei nach Tolstrup führt. Der war ganz schön schwer, kann ich euch sagen. Aber Morten trug den Spaten. Wir gingen in das Wäldchen auf dem Hügel, von dem aus man den Garten überblicken kann, und dort haben wir gewartet und die Straße und das Pfarrhaus beobachtet. Der Mond schien, wir konnten gut sehen. Alles war still. Niemand kam auf der Straße vorbei. Nach einer Weile sagte Morten: ›Geh ins Haus, in das Zimmer des Pastors, und bring mir seine Nachtmütze und seinen Morgenmantel.‹ Aber das habe ich nicht gemacht. Ich hatte zu große Angst. Ich wäre vor der Hecke ohnmächtig umgefallen, wenn er mich gezwungen hätte.

Dann sagte Morten: ›Ich gehe selbst‹, und er hat mich mit dem Sack im Wald allein gelassen. Ich schwöre euch, ich wünschte mir, ich wäre meinem Bruder nie begegnet. Ich verfluchte ihn und diese Stunde. Nach einer Weile kam er zurück, und er hatte die Nachtmütze und den Morgenmantel dabei, und nicht einmal die Katzen hatten ihn gehört. Er war schlau, das war er. Dann holte er aus seiner Tasche einen Lederbeutel. Ich hörte es klimpern.

Er machte den Beutel auf und schüttete ein paar Silbermünzen auf den Boden. Nein, eine Menge Silbermünzen. So viel Geld auf einmal hatte ich bis dahin noch nie gesehen – und auch seither nicht mehr. Dann musste ich den Beutel aufhalten, und er zählte die Münzen eine nach der anderen hinein. Es waren einhundert Reichstaler. Das Mondlicht fiel durch die Blätter und schien auf jede einzelne Münze, und Morten wusste, ich konnte sehen, dass sie alle gut waren.

Er sagte zu mir: ›Ich will Pastor Sören einen kleinen Streich spielen, und du redest zu viel. Du musst weg aus Jütland. Ich gebe dir den Beutel, den du da in der Hand hast, aber solltest du jemals wieder in Jütland auftauchen, dann sage ich, du hast das Geld gestohlen, und dann kommst du dafür an den Galgen. Verschwinde jetzt, und denk dran, es steht mein Wort gegen deins, und ich bin viel schlauer als du.‹ So ein Bruder war er.

In der Nacht bin ich so weit gegangen, wie meine Füße mich tragen konnten. Ich schlief am Tage und wanderte bei Nacht, bis ich in Südjütland war. Am Anfang war es nicht so schlimm. Als das Geld aufgebraucht war, bin ich zu Wallensteins Armee gegangen. Nachdem ich meinen Arm verloren hatte, wurde es schlimmer. Es ist mir ziemlich dreckig gegangen, alles in allem, aber jetzt werde ich reich. Wer zuletzt lacht, lacht am besten, wie? Diesmal bin ich schlauer als Morten, denn ich lebe noch.« Er blickte wieder in den Zinnkrug, dann stellte er ihn mit der Öffnung nach unten auf den Tisch und wartete mit einem hoffnungsvollen Grinsen ab.

Während der langen Rede hatte Vibeke nicht ein einziges Mal den Blick von dem einarmigen Mann gewandt. Er hatte mit einer Bedächtigkeit gesprochen, die allein schon für die Wahrheit bürgte, denn anscheinend hatte er dies alles nie zuvor erzählt. Ja, man konnte sogar annehmen, er habe die Erinnerung an diese Ereignisse gemieden und immer, wenn sie in sein Bewusstsein steigen wollte, beiseitegeschoben. Als er aufhörte zu sprechen, sah sie ihn eine volle Minute regungslos an, dann legte sie das Gesicht in die Hände und fing an zu weinen. Sie weinte, wie Frauen das tun, die ihre Tränen lange zurückgedrängt haben. Sie weinte, als wollte ihr das Herz brechen. Auch Richter Thorwaldsen verbarg das Gesicht in seinen Händen, als wäre er plötzlich von mächtigen Schuldgefühlen überwältigt. Pastor Juste hingegen, der über das Papier gebeugt dagesessen hatte, legte jetzt die Feder hin, hob den Kopf, lehnte sich auf dem Stuhl zurück und sah den Bettler an; sein Blick, in dem keinerlei Kummer lag, war so stechend, dass er den Bettler zu durchbohren schien. Die Augen des Bettlers wanderten überrascht von dem gesenkten Kopf des Richters zu Vibeke und zurück zum Pastor, konnten aber der Eindringlichkeit seines Ausdrucks nicht standhalten. Er wandte sich ab, sah zur Seite, dann auf den Fußboden. Plötzlich schlug Pastor Juste mit der flachen Hand auf den Tisch und rief:

»Dieser Mann ist ein Mörder!«

»Nein, nein«, sagte der Bettler und sah schnell auf. »Der Tote war ein Selbstmörder. Das schwöre ich, er war ein Selbstmörder. Wir haben ihn nicht umgebracht.«

»Du Tor, du Tor«, sagte Juste, »der Selbstmörder ist nicht von Belang. Dieser Mann ist der Mörder von Sören Qvist.«

Darauf erhob sich der Bettler von seinem Platz, doch die Knie wurden ihm weich, und er sank wieder auf den Schemel. »Nein, Pastor, nein!«, sagte er. »Morten hat Pastor Sören nicht angerührt. Und ich auch nicht. Der Pastor schlief in seinem Bett. Morten hat ihm nur den Morgenmantel weggenommen.«

»Ist es denn möglich«, sagte Richter Thorwaldsen und hob den gesenkten Kopf aus den Händen. Beim Anblick des blassen, erschütterten Gesichts bekam der Bettler es mit der Angst zu tun, doch Tryg sprach weiter: »Ist es denn möglich, dass du nicht begreifst, wie es Pastor Sören erging, nach dem kleinen Streich mit der Leiche, den Morten ihm gespielt hatte?«

»Er wollte dem Pastor Angst einjagen, das war alles«, sagte der Bettler.

»Oh, du Tor, du Tor«, sagte Thorwaldsen, so wie Juste zuvor. »Morten hat die Leiche im Garten des Pastors vergraben. Dann hat er ihn deines Todes beschuldigt, und Pastor Sören Qvist wurde, Gott sei uns allen gnädig, für den Mord an dir verurteilt und hingerichtet.«

Diese Worte und der qualvolle Tonfall, mit dem sie gesprochen wurden, hatten eine entsetzliche Wirkung auf den Bettler. Er sank auf die Knie, schlug sich mit der Hand an die Brust und klammerte sich, als er nach vorn sackte, wie ein Ertrinkender an die Tischkante.

»Aber ich habe den Pastor nicht umgebracht«, rief er. »Das wollte ich nicht. Morten hat gesagt, es ist ein Streich. Ich bin kein Mörder. Ich hätte nie versucht, ihn umzubringen. Richter Tryg, Richter Tryg, beschützt mich. Ich bin kein Mörder.«

»Steh auf«, sagte Thorwaldsen mit eisiger Stimme. »Setz dich auf den Schemel da und sei still.«

Der Bettler ließ die Tischkante los und fiel zu Boden, er hatte die Hand vors Gesicht geschlagen und kauerte heftig zitternd zu Füßen des Richters.

»Steh auf«, sagte Tryg.

Noch immer zitternd und vor Angst sabbernd, dass ihm der Speichel in die Stoppeln auf seinem Kinn rann, erhob er sich langsam, kroch zu dem Schemel und setzte sich; er schlang den Arm um die Knie und hielt den Kopf gesenkt, aber seine kleinen, schreckerfüllten Augen unter den buschigen Augenbrauen waren auf den Richter geheftet.

Tryg sagte zu Juste: »Es ist richtig, dass dies nicht der Mörder von Sören Qvist ist. Der Mörder von Pastor Sören starb als reicher Mann in seinem eigenen Bett. Dieser Mann hier ist das Werkzeug, der Spaten, die verdammte Seele, er ist in der Tat das tote, geistlose Instrument, das gegen seinen Meister eingesetzt wurde. Was aus ihm wird, beschäftigt mich längst nicht so sehr wie der Wunsch, Sören Qvists Namen von diesem schwarzen Schatten zu befreien.«

Jetzt war es an Vibeke zu sprechen. Sie sagte: »Ich habe immer gewusst, dass etwas an der Leiche merkwürdig war. Dass sie verhext war, das dachte ich damals. Wenn nicht eine Katze, dann eine Wachspuppe, wie die Schweden sie vor Kalmar begraben haben, um Unglück über die Soldaten des Königs zu bringen. Aber wenn es eine ehrliche Leiche war und nur der falsche Mann, dann muss das Hexenwerk an anderer Stelle gewirkt haben. Ja, ja, sicher, auf dem Pastor muss ein Fluch gelegen haben. Ja, ich bin mir sicher, es war so. Er hat mir nie erlaubt, Vogelbeerenzweige in sein Zimmer zu bringen.«

Tryg Thorwaldsen hob die rechte Hand in einer Geste der Verneinung. »Nein«, sagte er sanft, »nein, auf dem Pastor lag kein Fluch.«

»Aber warum«, hob der Bettler an, der den beiden still zugehört hatte und immer wieder von einem Zittern erfasst wurde, wie jemand mit Schüttelfrost, »warum«, sagte er wieder, »hat der Pastor erlaubt, dass sie ihn hinrichten? Er wusste doch, dass er mich nicht umgebracht hatte.«

5

Der Mann, der das Schild für das Wirtshaus Zum Roten Pferd in Vejlby gemalt hatte, war mehr Realist als Theoretiker. Er malte, was er sah – wie ein Künstler –, und nicht das, was er kannte, wie es ein Kind oder ein Bauer tun würde. Bei diesem Pferd waren die Vorderbeine so dicht zusammen, dass ein Bein das andere verdeckte, während die Hinterbeine normal standen – genau wie beim Modell. Das Schild gab in der Gegend Anlass zu einigem Spott, aber der Schildermaler war längst seines Weges gezogen, und selbst wenn er noch da gewesen wäre, als kritische Stimmen laut wurden, hätte der Wirt wohl kaum noch einmal Geld dafür ausgeben wollen, dass dem Pferd ein viertes Bein hinzugefügt würde.

»Ihr könnt es ja das Dreibeinige Pferd nennen«, sagte er zu den Gästen, die sich über die Arbeit des Schildermalers mokierten. »Es ist trotzdem ein gutes Schild, und das Bier ist unter einem dreibeinigen Pferd so gut wie unter einem roten.«

Am Vorabend des 1. Mai im Jahr 1625 gab er diese Erklärung noch einmal ganz geduldig dem jungen Niels Bruus, der in Bauernhemd und kurzen Lederhosen beim offenen Fenster im Schankraum saß. Niels hatte zwar eine spitze, füchsische Nase, aber mit seinem breiten Mund wirkte er dümmlich und harmlos. Es war ein ganzes Jahr her, dass Niels den Witz über das dreibeinige Pferd aufgeschnappt hatte, und seitdem kam er immer wieder darauf zurück. Der Wirt wusste, dass Niels langsam im Kopf war, und ließ Nachsicht walten.

»Stimmt, das Bier ist gut«, sagte Niels. »Gib mir ruhig noch eins. Das Geld kannst du jederzeit von Morten bekommen, wenn schon nicht von mir.«

»Von wegen, ich kann das Geld von Morten bekommen«, sagte der Wirt. »Und du kriegst höchstens eine Kopfnuss von ihm, wenn du dich jetzt nicht trollst. Er wartet schon seit einer Viertelstunde, dass du ihm sein Pferd bringst.«

»Er behandelt mich wie einen Knecht, bloß weil ich sein Bruder bin«, sagte Niels, aber er folgte der Ermahnung des Wirts und trat aus der hinteren Tür in den Hof. Dort stand Mortens Pferd, eine große braune Stute, mit der Niels im besten Einvernehmen war. Es ärgerte ihn, dass sie Morten gehörte und er selbst fast nie Gelegenheit hatte, sie zu reiten. Das Pferd senkte den Kopf und berührte ihn mit den Lippen an der Schulter, während Niels das Zaumzeug richtete. Er prüfte den Gurt und zog die Schnalle über einem Steigbügel fest, dann führte er die Stute durch den Hof auf die Marktstraße, wo sein Bruder Morten vor dem Wirtshaus auf ihn wartete. Morten Bruus war von schlankerer Gestalt und dunkler als Niels, auch älter und besser angezogen, aber er ähnelte seinem Bruder dennoch so sehr, dass selbst der flüchtigste Beobachter die Verwandtschaft erahnt hätte. Seine Stirn war schmal und hoch, die Nase spitz mit seltsam langgezogenen Nasenlöchern, aber sein Mund mit den feinen, sinnlich geschwungenen Lippen unterschied sich von dem seines Bruders, und sein Blick war ungleich scharfsichtiger. Da schien es nur natürlich, dass Niels derjenige war, der das Zaumzeug hielt, und Morten derjenige, der aufsaß. Aber als Morten den Fuß in den Steigbügel setzte und von Niels die Zügel nahm, trat Niels einen Schritt zurück und schlug der Stute kräftig auf die Flanke; die machte einen Satz zur Seite, worauf Morten, in einem Steigbügel stehend und sich mit beiden Händen an die Mähne klammernd, ums Gleichgewicht rang. Unbeholfener hatte sich noch kein Mann in den Sattel gehievt. Niels lachte lauthals, und als Morten sein Bein über den Rücken der Stute schwang und sich in den Sattel setzte, fand das schallende Gelächter ein Echo in einem Lachen, das so klar und hell war wie der Klang einer dünnen Eisscheibe, die im ersten Sonnenlicht von einem abschüssigen Dach herabgleitet und zerspringt. Morten drehte sich im Sattel, um zu sehen, woher dieses frühlingsgleiche, kristallklare Lachen kam.

Aus dem Haus gegenüber dem Wirtshaus war ein Mädchen getreten, das jetzt auf der Schwelle stand, die geschlossene Tür im Rücken. Vor dem Hintergrund der schwarz gebeizten Eichentür und im Licht der Nachmittagssonne war ihre Gestalt von einem solchen Leuchten umgeben, wie Morten es nie zuvor gesehen hatte. Anders als die Bauernmädchen war sie klein und zierlich, und sie hatte ihr hellgrünes wollenes Überkleid um die Hüften hochgenommen, sodass der Rock aus gelbem Kamelott, den sie darunter trug, von den Knien an zu sehen war. Das rostrote Mieder war über der Brust eng geschnürt, und darunter war die grüne Leinenbluse mit weißen Puffärmeln sichtbar. Ihr lachendes Gesicht, dessen weiße Haut die Sonne nicht bräunen, sondern bestenfalls mit einem goldenen Hauch überziehen konnte, leuchtete über dem gestärkten weißen Kragen, und der Kopf mit der weißen Haube war eingerahmt von einem Kranz rotgoldener Haare. Morten war ihr in der engen Straße so nah, dass er das Goldbraun ihrer Augen ebenso deutlich wie die Farben ihrer Kleidung erkennen konnte. Unverblümt ließ er den Blick über das Mädchen schweifen, von der Haube bis zu ihren bloßen Fußgelenken über den schmalen Lederschuhen mit stumpfer Kappe.

Das Mädchen biss sich auf die Lippen, Röte überzog ihr Gesicht. Sie hätte nicht lachen sollen, aber alles war so schnell gegangen, dass sie keine Zeit zum Nachdenken gehabt hatte. Außerdem war sie fröhlich, und das Lachen war einfach aus ihr herausgesprudelt. Nur ein Clown, dachte sie, machte beim Aufsitzen solche Verrenkungen, und ein Clown hätte sich an ihrem Lachen nicht gestört. Aber dieser Mann, der wohl wie ein wohlhabender Bauer gekleidet war, kannte keine Höflichkeit. Er lächelte nicht, er zog keine Augenbraue hoch, er sprach kein Wort. Unter seinem Blick, der so anmaßend über sie hinwegwanderte, kam sie sich trotz der schweren Röcke und der gestärkten Leinenwäsche so nackt vor wie ihre Fußgelenke. Sie trat von der Stufe hinunter auf den festgestampften Lehm der Straße, hielt einen Moment inne, für den Fall, dass ihre Bewegungen hastig ausgesehen haben sollten, drehte sich von ihm weg und ging davon. Morten sah ihr nach, bis sie aus seinem Blickfeld verschwunden war. Dann sagte er zu Niels: »Wer war das Mädchen?«

Niels antwortete halb spöttisch, halb überrascht: »Weißt du das nicht?«

»Wer war das?«, wiederholte Morten ohne einen Anflug von Liebenswürdigkeit.

»Na, Anna Sörensdatter«, sagte Niels.

»Des Pastors Tochter?«

»Na, wer sonst«, sagte Niels.

»Der Pastor und ich sind alte Bekannte«, sagte Morten in schneidendem Ton, »aber seine Tochter hatte ich bisher nicht kennengelernt.« Er versetzte seinem Pferd einen Tritt in die Flanke und schlug die dem Mädchen entgegengesetzte Richtung ein. Im nächsten Moment rief er über seine Schulter: »Kommst du nicht nach Hause?«

»Noch nicht«, sagte Niels. »Ich will zu den Maifeuern bleiben.« Und während die Entfernung zwischen ihm und seinem Bruder wuchs und ihm wohler zumute wurde, zupfte er sich in einer spöttischen Geste an der Stirnlocke, machte auf dem Absatz kehrt und schlüpfte wieder in den Hof des Wirtshauses.

Anna Sörensdatter nahm einen Umweg nach Hause. Die zarte Wärme des letzten Apriltags hielt sich kaum bis in den Abend hinein, da der Westwind in leichten Böen aufkam. Auf den bestellten Feldern zeigten sich erste grüne Triebe, fein und spitz, und in den Buchenwäldern hatten sich einige wenige Blätter entrollt. Die großen alten Eichen, jeweils eine in der Mitte der gepflügten Felder des Herrenguts, waren von zartestem Grün überzogen. Inmitten der lichten grünen Kronen der Linden warfen die hohen Reetdächer der Bauernhäuser ihre länger werdenden bläulichen Schatten nach Osten, so wie auch jeder Stein auf den sandigen Wegen einen langen Schatten warf. Die Luft, so kühl beinah wie das Wasser in den kleinen Bachläufen, umspielte die Fußknöchel des Mädchens und strich ihr angenehm über die nackten Arme und die Stirn, und sie empfand lebhafte Freude an dem Kontrast zwischen der kühlen Brise und dem hellen Abendlicht.

Schwärme von winzigen Fliegen tanzten in der Luft, kleine Vögel mit roten Häubchen flogen kreuz und quer über den Weg, der Gesang der Lerchen ertönte in großer Höhe – und die Luft war erfüllt von den Geräuschen des Lebens; als Anna sich einem kleinen Hügel unweit der Straße näherte, konnte sie das ferne Muhen der Kühe hören sowie die Klänge einer Geige und einer Tuba, die in Wellen, ähnlich wie der Abendwind, an ihr Ohr drangen. Beim Gehen kam ihr wieder ihr unpassendes Lachen beim Anblick der Unbeholfenheit des Mannes auf der braunen Stute in den Sinn, und sie schalt sich wegen ihrer Torheit. Sie erinnerte sich genau an seinen Gesichtsausdruck, den sie als böse deutete. Jetzt bewegte sie sich mit einer wunderbaren Leichtigkeit und spürte ihren Körper mit sämtlichen Sinnen; ihr war, als würde ihr Blut schneller fließen, als wäre ihr Gehör geschärft und ihr Blick klarer als sonst. Als wäre sie plötzlich erwacht, fühlte sie sich springlebendig, wie es auch nach einem Schreckmoment oder einer Zornesaufwallung geschehen kann. Und sie war ja, so seltsam das anmutete, nach einem Augenblick der Scham in einen Zustand beseligter Lebensfreude versetzt. Es war der Abend vor dem 1. Mai. Das war ihr ebenso bewusst wie die Vorstellung, dass sich vor Mitternacht seltsame Dinge zutragen konnten. Und so ging sie leichten Schrittes weiter, munter und in freudiger Erwartung.

Auf dem Hügel schichteten Männer Holz für das Feuer auf.

»Wann zündet ihr es an?«, rief sie ihnen zu.

»Sobald es dunkel wird, Fräulein«, antwortete einer.

Sie sah ihnen einen Moment zu und erkannte Hans von ihrem Hof, dem Pfarrhaus von Vejlby, dann den Stallknecht aus dem Herrenhaus und den Schusterlehrling aus dem Dorf. Als sie ihren Weg fortsetzte, kamen ihr drei Frauen entgegen, die sich untergehakt hatten. Die in der Mitte, eine Frau mit weichen Wangen und runden blauen Augen, brachte die anderen beiden zum Stehen.

»Du solltest zum Tanz bleiben, Anna«, sagte sie.

»Du bist zu früh, Vibeke«, antwortete das Mädchen. »Sie haben das Holz noch nicht fertig geschichtet.«

»Da werde ich ihnen mal ein bisschen auf die Sprünge helfen«, sagte Vibeke. »Mit guten Worten.«

»Hans ist schon da«, sagte das Mädchen. »Was ist mit den anderen?«

»Die werden gleich kommen«, sagte Vibeke. »Der Pastor lässt sie ein bisschen eher gehen.«

»Ich wünsche euch viel Freude«, sagte das Mädchen und ging an ihnen vorbei. »Vielleicht komme ich später noch dazu.«

Kurz darauf traf sie auf die Musiker. Sie tauschten Grüße, und nach etwa hundert Metern hörte sie, wie die Instrumente neu gestimmt wurden. Die Männer waren also am Hügel angekommen. Und noch jemandem begegnete das Mädchen auf dem Weg zum Pfarrhaus – es war Kirsten, die Magd, die in der Molkerei half. Ihr langes flachsblondes Haar war zu Zöpfen geflochten, sie trug einen neuen roten Rock und Holzschuhe, die vorn spitz zuliefen und mit Blumen bunt bemalt waren. Das Mädchen grüßte Anna scheu, und Anna klatschte in die Hände, als sie ihre Freundin so hübsch zurechtgemacht sah.

Das Pfarrhaus von Vejlby wirkte so verlassen wie an einem Sonntagmorgen, als Anna dort ankam. Und doch ging von ihm eine freundliche, anheimelnde Atmosphäre aus. Die Baumkronen überragten die spitzen Giebel, und die Mauern unter dem zarten Grün waren blitzweiß.

Die Gebäude standen um einen offenen Hof, Scheune und Stall nach Westen hin, nach Norden das Dörrhaus und die Molkerei. An der Südseite des Hofes erstreckte sich das langgezogene, nach Norden ausgerichtete Wohnhaus, unter dessen goldenem Reetdach zwei Türen zu sehen waren; eine führte in die Schlafkammer der Knechte und die andere, ungleich wichtigere, in die Küche. Ursprünglich hatte das Haus nur aus diesen beiden Räumen bestanden, aber als der Pastor seine Braut nach Hause brachte, wurde am westlichen Ende ein neuer Teil angebaut, der aus zwei Zimmern und einem Gang bestand; das neue Haus bildete mit dem alten ein L, sodass es den Garten begrenzte, der nach Osten und Süden hin offen war. Das morgendliche Sonnenlicht, so sagte der Pastor, sei gut für alles Wachstum, und die Südseite würde für die nötige Wärme in diesem unwirtlichen Klima sorgen. Der Garten war zudem vor westlichen Winden geschützt, die im Herbst oft sehr heftig wehten, sowie vor der Nachmittagssonne, die an Sommernachmittagen zuweilen erbarmungslos herniederbrannte. Der Pastor hatte den Garten mit Haselnusssträuchern und Buchsbaum umfriedet, und da er von seinem eigenen Zimmer im Anbau direkt in den Garten hinaustreten konnte, bestimmte er ihn zu seinem Bereich, in dem sich außer ihm nur selten jemand zu schaffen machte. In die beiden Zimmer des Neubaus gelangte man über einen Gang, der auf der Gartenseite an der Küche vorbeiführte. Die Küche war zum Gang hin offen, aber das Zimmer des Pastors und das Brautgemach konnten mit massiven Türen geschlossen werden. Alle Besucher des Pfarrhauses betraten zunächst die Küche, wo sie von Vibeke begutachtet wurden, während der Pastor, wenn er von seinen Studien oder vom Nachdenken müde war, in seinem geschützten Garten Zuflucht finden konnte.

Anna ging quer über den Hof und öffnete die Tür zur Küche. Die Tür war nicht verschlossen, das war sie nie. An keiner der Türen gab es Schlösser. Ein großer Hund mit breitem Kopf und zottigem braunem Fell erhob sich von seinem Platz neben der Stufe, wedelte mit dem Schwanz und legte sich wieder hin. Von der Schwelle aus warf Anna einen Blick in die Küche, sah und hörte aber niemanden. Auf der anderen Seite des Hofes, vor der Molkerei, putzten sich zwei Katzen, eine weiße und eine scheckige. Sie behielten das Mädchen im Blick, ohne sich in ihrem Tun stören zu lassen. Der Hof mitsamt dem Dunghaufen lag im Schatten des Stallgebäudes, sodass der breite Eingang zum Stall im Dunkeln war. Anna konnte im Innern nichts erkennen, vernahm aber die Stimme ihres Vaters.

Sie trat näher, hörte die Stimme deutlicher, aber ihr Vater war immer noch nicht zu sehen.

»Nur langsam, mein Mädchen«, sagte der Pastor, der in einer der Boxen war. »Die Zeit wird es richten, die Zeit und Gottes Freundlichkeit.«

Drei Hühner näherten sich mit wackelndem Gang der Öffnung, verharrten und reckten die Hälse.

»Sprichst du mit mir?«, rief das Mädchen in den langen Stall hinein.

Der Pastor antwortete mit einem Lachen, das von einem langgezogenen, muhenden Stöhnen unterbrochen wurde.

»Goldrose, die Schöne«, rief er, »schenkt uns gerade ein neues Kalb.«

»Oh«, sagte Anna. »Ich ziehe mir schnell andere Schuhe an und komme dir helfen.«

»Kein Grund zur Eile«, rief der Pastor mit ruhiger Stimme.

Während Anna im Brautgemach den breiten Kragen löste und vorsichtig in die Truhe legte, lächelte sie vor sich hin. Dann zog sie die Schuhe aus, wischte den Staub von ihnen ab und stellte sie ebenfalls in die Truhe. Anders als die Küche hatte das Brautgemach eine tiefgezogene Decke, und das Dach des Himmelbetts reichte bis fast an die Balken. Möbel gab es nur wenige in dem Zimmer, neben der geöffneten Truhe lediglich eine zweite, ganz ähnliche, sowie ein großes Bett; und die Truhen und Bettpfosten, Teile der Mitgift ihrer Mutter, waren mit feinen Schnitzarbeiten verziert. Ihre Mutter war gestorben, als Anna klein war. Jetzt schlief der Pastor auf einer Strohmatratze in seinem Studierzimmer, und Anna wohnte allein im Brautgemach.

Mit raschen kleinen Bewegungen nahm sie die leinene Flügelhaube ab und setzte sich eine blaue Haube auf, die eng anlag und Bänder hatte, die unter dem Kinn zu einer Schleife gebunden wurden. Sie legte eine Schürze an, um ihren Sonntagsrock zu schützen, und schlüpfte mit den nackten Füßen in Holzpantinen. Dann ging sie wieder in die Scheune. Der Hund folgte ihr bis zur Schwelle. Die weißen Hennen waren zu ihrem Korb geflogen, der zwischen den Boxen hing, und begaben sich mit viel Flügelschlagen und schläfrigem Glucksen zur Ruhe für die Nacht. In der hintersten Box hockte der Pastor auf einem Knie neben einem Geschöpf, das ganz aus Beinen zu bestehen schien.

»Wieder ein rotes«, sagte er. »Der Apfel fällt auch diesmal nicht weit vom Stamm. Hol mir ein Binsenlicht, mein Kind, damit wir sehen können, ob es den weißen Stern hat.«

Der Stern war da, und der Pastor nickte zufrieden. Auch Goldrose schien zufrieden, wenn auch müde. Das Binsenlicht flackerte unstet über dem seidig glänzenden Fell und in den neugierigen Augen des Neugeborenen, es fing sich auch in dem wachsamen Blick der Mutter, deren runde Augen im Dunkeln wie Edelsteine funkelten. Der Pastor drückte die Flamme mit Daumen und Zeigefinger aus, legte seiner Tochter die Hand auf die Schulter und sagte: »Das Fell des Kleinen hat dieselbe Farbe wie dein Haar. Aber es wird nachdunkeln. Na, ich habe dich gar nicht so früh erwartet. Ich dachte, du würdest bis in den späten Abend tanzen.«

»Tryg ist so steif«, sagte sie. »Er findet, Tanzen ist nur etwas für die Bauern. Ich konnte ihn nicht zum Bleiben überreden. Er ist nach Rosmus zurückgekehrt. Und Vibeke hat gesagt, dass hier niemand ist. Deshalb bin ich nach Hause gekommen.«

»Du bist ein liebes Kind«, sagte er zärtlich, als sie auf das Haus zugingen. »Das Tanzen wird ihnen gut tun. Die Armen, sie arbeiten schwer. Was macht es schon, wenn sie so lange tanzen, bis sie umfallen und von der Tanzfläche getragen werden müssen? Es tut ihnen gut, genau wie das Biertrinken bis zum Umfallen gut tut. Die Ärzte des Königs empfehlen es für das körperliche Wohl. Tanzen reinigt den Geist, so wie Trinken den Körper reinigt.«

»Vibeke tanzt bestimmt bis zum Umfallen«, sagte das Mädchen.

Sie gingen in die Küche. Der Pastor sagte: »Du hast Glück, dass ich gemolken habe, bevor du gekommen bist. Hol uns ein bisschen Brot, dann essen wir zusammen etwas – es sei denn, du hast so viele Leckereien gegessen, dass du nicht hungrig bist.«

»Ich würde gern einen Becher Milch trinken«, sagte Anna.

Sie holte einen Weidenkorb mit braunen Brötchen, ein jedes mit drei kleinen Zipfeln, und zwei in Silber eingefasste Buchenbecher mit silbernen Henkeln. Der Pastor brachte einen roten Steingutkrug mit der frischen Milch, die noch lauwarm war und süßlich roch.

»Wollen wir uns auf die Stufe setzen?«, fragte er. »Drinnen ist es ein bisschen kühl, außerdem riecht es so stark nach Geißraute.«

»Den Geruch mag ich auch nicht«, sagte Anna, »den von Geißraute. Und wir haben nicht genug Rosmarin, um ihn zu überdecken. Vibeke wäre nicht glücklich, wenn sie das Kraut am Vorabend zum Maitag nicht in der Küche verteilen dürfte. Es vertreibt die Hexen, sagt sie. Glaubst du das?«

Der Pastor goss erst die Milch in die Becher und antwortete dann. Der Hund hatte seinen Kopf an den Fuß des Pastors gelegt. »Buchenholz ist das Beste«, begann der Pastor. »Es gibt keinen Geschmack an die Milch ab. Und Geißraute brauchen wir nicht gegen Hexen, glaube ich, aber sie hilft gegen Flöhe.«

Der Pastor nahm einen großen Schluck Milch aus seinem Becher, dann wischte er sich den Schnurrbart ab und strich ihn mit den Fingern zu beiden Seiten. Sein dichtes weißes Haar und der volle Bart waren einst von einem ähnlich goldenen Rotton gewesen wie das Haar seiner Tochter, aber mit der Zeit hatte sich die Farbe gewandelt, bis kaum mehr eine Spur von Rot blieb. Das Haar war störrisch und drehte sich zu dichten Locken. Der Pastor war von stattlichem Wuchs, er maß sicherlich über einen Meter achtzig und war von kräftiger Statur. Er trug die bei Bauern übliche Kleidung: Lederhosen, ein loses Hemd, gelbe gewirkte Strümpfe und Holzpantinen. Die Hand, in der er den Becher aus Buchenholz hielt, war schwielig und voller Flecken, sie war kräftig und geschickt, und es gab keine Arbeit auf dem Hof, bei der sie nicht zupacken konnte.

»Vibeke macht vieles, was andere nicht tun«, sagte Anna. Sie hielt ihren Becher mit beiden Händen, wie ein Kind. »Sie wäscht sich jeden Morgen die Hände. Sie sagt, sie tut das, weil Hexen faul sind und Sauberkeit scheuen, und dass Händewaschen ein guter Schutz gegen sie ist.«

»Na, das ist auf jeden Fall lobenswert«, sagte der Pastor.

»Wusstest du, dass sie ein bisschen Wachs von der Osterkerze genommen hat? Daraus hat sie ein kleines Kreuz geformt und es in das Reet über dem Tor gesetzt, durch das die Kühe und die Pferde reinkommen.«

Der Pastor lächelte. »Ja, das weiß ich«, sagte er.

»Und sie sagt, die Hexen würden heute Nacht zu einem großen Hexensabbat nach Schonen fliegen, und auf der Heide würden Trolle aus den Erdhügeln kriechen. Deswegen hat sie in der Küche auch Rosmarin und Geißraute verstreut. Sie hat furchtbare Angst vor Hexen.«

»Bestimmt hat sie ihre Gründe«, sagte der Pastor. »Ja, sie hat ihre Gründe.«

»Aber findest du auch, dass man solche Angst vor Hexen haben muss?«

»Ich glaube, ihnen wird mehr Böses nachgesagt, als sie tatsächlich anstellen können«, sagte der Pastor.

»Ja, aber glaubst du«, beharrte seine Tochter, »dass sie heute Nacht über uns hinweg nach Schonen fliegen werden? Und gibt es in Schweden mehr Hexen als in Dänemark?«

Die zweite Frage brachte den Pastor zum Lachen. »Schweden ist ein gutes Land für Hexen«, gab er zur Antwort, »und Deutschland ist noch schlimmer. Aber nüchtern betrachtet ist es durchaus möglich, dass der Satan die Hexen durch die Luft befördert, denn es steht geschrieben, dass der Satan unseren Herrn auf einem Berg abgesetzt und ihm von dort die Königreiche der Erde gezeigt hat. Auf keinen Fall sollte man größere Angst vor Hexen als vor dem Satan haben, oder glaubst du etwa, dass eine Hexe oder ein Hexerich, denn bei den Hexen gibt es auch Männer, besonders in Deutschland, Macht ausüben könnte? Wenn ein Hexerich Wasser aus dem Schweif eines Pferdes über seine linke Schulter sprüht, und es kommt zu einem Sturm, dann wird der Sturm weder durch den Hexerich noch durch das Wasser ausgelöst, sondern durch den Teufel, der das Schütteln des Pferdeschweifs als Signal und Zeichen betrachtet und dann das zuwege bringt, was er mit seinem Diener abgesprochen hat. Aber die Macht des Satans wird von Gott begrenzt, denn der Satan kann nur so viel Böses bewirken, wie Gott in seiner Weisheit es ihm erlaubt.«

Der Schatten der Scheune war weiter vorangekrochen. Anna sah zum östlichen Himmel hinauf, Richtung Schonen, wo der Mond hinter der hohen Buche mit der durchschimmernden Krone aufging. Er war nahezu voll und schien so fahl wie Winterbutter.

»Aber sie können durch die Luft fliegen«, sagte sie, »und durch Schlüssellöcher kommen und dem Vieh die Viehseuche bringen und die Sahne sauer machen.«

»Ich glaube nicht, dass sie durch Schlüssellöcher kommen können«, sagte ihr Vater. »Und wenn sie dem Vieh die Viehseuche bringen oder die Sahne sauer machen, ist das wohl kaum ein Grund, sie zu verbrennen.«

»Aber dann hat Vibeke recht, wenn sie sich vor ihnen fürchtet?«, fragte Anna.

»Vibeke hat ihre Gründe«, sagte der Pastor noch einmal, »aber für uns andere sehe ich keinen Grund, warum wir uns vor Hexen mehr fürchten sollten als vor anderen Auswüchsen des Teufels. Und gegen die Macht unseres Widersachers«, sagte er in einem Ton, den er auch auf der Kanzel der Kirche von Vejlby anschlug, »gibt es keine bessere Abhilfe als ein redliches Herz und eine tätige Hand. Ich bin nicht gewillt zuzugestehen, dass ein Kreuz aus Osterkerzenwachs oder getrocknete Kräuter wie Geißraute oder Rosmarin und dergleichen oder auch Händewaschen mehr ausrichten können. Die Macht des Widersachers ist groß, und man muss allzeit auf der Hut vor ihr sein, aber die Macht des Gottes Jehova ist größer. Ich lege mein Schicksal vertrauensvoll in die Hände des Herrn.«

Im Stall regten sich die Kühe, und ein Pferd wieherte – es war nah und klang doch gedämpft. Der Pastor hatte die Ellbogen auf die Knie gestützt, beugte sich vor und blickte in das Frühlingszwielicht, als läse er in einem Buch. Über diese Dinge hatte er sich viele Gedanken gemacht. Er sagte wieder: »Die Menschen fürchten sich zu sehr vor Hexen und haben sie zu oft wegen geringfügiger Vergehen verfolgt.«

»Dann werden sie nicht etwa verbrannt, weil sie die Sahne sauer machen«, unterbrach seine Tochter ihn, »sondern weil sie einen Pakt mit dem Teufel geschlossen haben.«

»Vor dem Teufel sollten wir uns fürchten«, sagte der Pastor. »Und was jene unglückseligen und bedauernswerten Frauen angeht, so sollte man sie zur Vernunft bekehren und wieder in den Schoß der Kirche holen. Denn wurde nicht selbst Petrus vergeben, der den Herrn drei Mal verleugnet hat? Ich danke dem Herrn, dass man in Dänemark maßvoll mit diesen Dingen umgeht. Hier, unter König Christian, haben wir trotz seiner Kriege ein einigermaßen weltoffenes Christentum und keine Schreckensherrschaft wie in den südlichen Ländern. Ja, ich preise Christian als weisen und freidenkenden König. Und wenn der König seine eigene Tochter ohne vorherige Austreibung taufen lässt, warum sollte ich, als sein Untertan, nicht Kinder auf dieselbe Weise taufen? Ja, das werde ich auch weiterhin tun«, setzte er leidenschaftlich hinzu, »was immer die Leute sagen; niemand wird mich davon überzeugen, dass ein unschuldiges Neugeborenes von Übel besessen sein kann.«

»Da fällt mir ein«, sagte Anna, »ich sollte dir noch etwas erzählen. Das hätte ich bei all dem Gerede über Hexen beinah vergessen. Ida Möller lässt dich grüßen und fragt, ob du bereit wärst, sie in die Gemeinde aufzunehmen und ihr Kind an Pfingsten zu taufen – ohne Austreibung, Vater.«

»Ah«, sagte der Pastor höchst erfreut, »das Kleine ist also gesund auf die Welt gekommen.«

»Es ist ein Mädchen«, sagte Anna, »und Ida ist glücklich über das Kind und traurig wegen ihrem Mann.«

Der Pastor seufzte. »Das ist eine schlimme Geschichte.«

»Ich wünschte, wir könnten ihr helfen«, sagte Anna, und ihre Augen füllten sich bei dem Gedanken mit Tränen.

»Ich hoffe es doch«, antwortete der Vater. »So, mein Kind, ich muss noch die Sonntagspredigt schreiben, und du hast mir einen guten Anfang gegeben. Gehst du zu Bett?«

Anna sah zum Mond auf. Die Schatten auf der Mondfläche waren wie die von Blättern.

»Ich glaube, ich bleibe noch ein bisschen draußen«, sagte sie. »Die Nacht ist so schön.«

Der Pastor erhob sich, nahm die beiden Becher in die eine und den Krug in die andere Hand. Er beugte sich vor und küsste seine Tochter auf die Wange. »Gott gehe mit dir«, sagte er und wandte sich zum Haus um.

Anna bog in den Pfad ein, und der Mond, der ihr folgte, kam hinter den Bäumen hervor und schien umso silbriger. Sie hörte ein Platschen beim Ententeich. Die Enten und Gänse waren angeregt vom Mondenschein. Anna hörte den schwachen Klang der Geigen und der Tuba. Sie ging weiter, und während sie die kühle, frische Luft tief einatmete, überlegte sie, ob sie besser umkehren und nach Hause gehen sollte, ins Bett, aber wie die Enten und Gänse fühlte auch sie sich belebt von dem Mondlicht, das sich über die sprießenden Felder ergoss. Je länger sie ging, desto lauter wurde die Musik, bis sie die Melodie erkennen konnte. Die Musikanten spielten »Lille Mand i Knibe«. Und mit einem Mal riss sie sich die Schürze ab, rollte sie zu einem Bündel zusammen und versteckte sie unter einem Busch, dann strich sie sich die Röcke glatt, nahm die blaue Haube ab, fuhr sich über die Haare und rannte der Musik entgegen.

6

An einem Vormittag kurz vor Pfingsten saß Pastor Sören Jensen Qvist in seinem Studierzimmer. So wie das Brautgemach hatte auch dieses Zimmer eine tiefgezogene Decke. Es gab ein kleines Fenster ohne Scheibe, das mit einem Holzladen geschlossen wurde, und eine Tür zum Gang, durch den man zur Küche und in den Garten gelangte. An diesem Morgen war die Tür geschlossen, weil der Pastor nicht gestört zu werden wünschte. Der Fensterladen hingegen war geöffnet, und der Pastor hörte das Säuseln der Blätter, denn seit dem Maitag vor gut einer Woche, als die Zweige von zartestem Grün überzogen gewesen waren, hatten sich die seidigen Blättchen gänzlich entrollt, und dem Pastor, der am Schreibtisch vor seinen Büchern saß, wurde bewusst, dass dies seit dem vergangenen Herbst das erste Mal war, dass er das Rascheln in den Bäumen hörte.

Die Bibliothek des Pastors war reicher bestückt als die der meisten seiner Zeitgenossen. Aus seinen Studentenjahren in Leipzig und Kopenhagen stammte nicht nur die Bibel in der dänischen Übersetzung von Christiern Pedersen und Bischof Palladius, sondern auch Luthers Katechismus, unverzichtbare Stütze für seine Berufung, sowie die Kirchenlieder und Predigten von Hans Tausen, dem Bischof von Ribe. Neben diesen Werken stand der Text eines Theaterstücks, ›Der geizige Schurke‹, das hauptsächlich deshalb einen Platz dort hatte, weil der Autor, Hieronymus Justesen Ranch, Pastor von Viborg gewesen war. Des Weiteren gab es dort das Neue Testament in griechischer Sprache und eine Sammlung von viel gelesenen Werken vorchristlicher griechischer Philosophen. Da sie vor der Geburt unseres Heilands unbekehrt gestorben waren, hatten sie ihre Seelen zweifellos, wie von dem großen italienischen Dichter dargestellt, dem Limbus überlassen, doch ihre Worte waren voll bemerkenswerter Weisheit, und Sören Qvist hielt ihre Werke mit großer Zuneigung in Ehren.

Als Student hatte er sich einen Kasten mit Fächern für seine Bücher gezimmert – einen Taubenschlag, wie er es nannte –, mit einem Deckel, der, wenn er aufgeklappt war, als Schreibfläche diente. Auch jetzt waren seine Bücher und seine Predigten ebenso wie Federhalter und Tinte und das Gefäß mit feinem Streusand in diesem Kasten untergebracht, und der Deckel war selten geschlossen. An diesem Morgen lag die erfreuliche Aufgabe vor ihm, eine Bibelstelle für die Pfingstpredigt auszuwählen, denn obwohl er die Predigten von Bischof Tausen sehr schätzte, zog er sie nur selten heran und fand Gefallen daran, seine eigenen zu verfassen. Nach dem Gespräch mit Anna hatte er das Buch Hiob wiedergelesen und erwogen, über die Macht des Bösen und deren Begrenzung durch die Macht Gottes zu sprechen, doch dann hatte er mit Blick auf Himmelfahrt eine Stelle aus dem Lukas-Evangelium gewählt und darüber gepredigt, und er hatte seinen Gemeindemitgliedern, sämtlich einfache Leute, von den Jüngern zu

Emmaus erzählt, von der Erkenntnis im Moment des Brotbrechens, von dem gebratenen Fisch und dem Honigseim, von dem Abschied bei Bethanien, und war von dort zu der Aufforderung gelangt, Buße zu tun, wobei er sich mehr bei der verheißenen Vergebung aufhielt als bei der begangenen Sünde, denn er empfand große Zuneigung zu den schwer geplagten Menschen, die zu ihm in die Kirche kamen. Sein Wunsch, über das Buch Hiob zu predigen, bestand fort, und er dachte, dies könnte der richtige Zeitpunkt sein. Er schlug die Bibel auf und nahm den Katechismus zur Hand.

Zwischen den Zetteln auf seinem Schreibtisch war auch einer, auf dem er sich vor geraumer Zeit einige Textstellen notiert hatte, und den zog er jetzt hervor, eher unentschlossen, denn ihm war entfallen, warum er sie aufgeschrieben hatte. Während er die Bibelworte las, ohne sich an den Anlass erinnern zu können, sah er darin jetzt einen Fingerzeig Gottes, dass eine dieser Bibelstellen sein Ausgangspunkt sein sollte. Seine Hand ruhte auf dem Zettel, der, so schien es ihm, zu einem Werkzeug für den Willen Gottes geworden war, und bevor er jedes Wort, das dort stand, gelesen hatte, war er von ähnlichen Gefühlen erfüllt wie damals, als er die Textstellen aufgeschrieben hatte: weniger kummervoll vielleicht, ein bisschen demütiger und voller Ehrfurcht bei dem Gedanken an das göttliche Einschreiten. Er las:

»Ein Geduldiger ist besser denn ein Starker,
und der seines Mutes Herr ist, denn derjenige,
der Städte gewinnt.«
Sprüche 16,32

»Eine linde Antwort stillt den Zorn,
aber ein hartes Wort richtet Grimm an.«
Sprüche 15,1

»Sei nicht schnelles Gemütes, zu zürnen;
denn Zorn ruht im Herzen eines Narren.«
Prediger 7,9

»Es soll ein Bischof unsträflich sein [...],
nüchtern, mäßig, sittig, gastfrei, lehrhaft.«
1. Tim. 3,2

Sören Qvist war kein Bischof, er war lediglich Landpastor, aber er war ein Diener Gottes, und das machte er sich wieder bewusst, als er auf das Papier blickte. Das Rascheln der Blätter drang von ferne an sein Ohr, ebenso das Klappern der Hufe auf der Straße. Gedämpft hörte er die Stimmen seines Gesindes, war aber in Gedanken nicht bei ihnen.

Unterdessen war Vibeke in der Küche damit beschäftigt, Brot zu backen, während Anna und Kirsten Butter machten. Obwohl die Küche recht groß war, wirkte sie doch beengt. Viele Tätigkeiten wurden hier verrichtet. Einst spielte sich das ganze Familienleben in der Küche ab, und jetzt hatten die Mädchen ihre Arbeit in die Küche verlegt, wo sie Gesellschaft hatten und die Butter in der Wärme schneller fertig würde. Vibeke und Kirsten teilten sich das Bett in dem Alkoven, wo früher der Pastor geschlafen hatte. Hans und die anderen Knechte schliefen in der kleinen, nach Osten gehenden Kammer. An der Westseite nahm die große Feuerstelle mit dem Abzug, der erhöhten Kochstelle und dem gemauerten Ofen das mittlere Drittel der Wand ein. Zu beiden Seiten des Kamins, in den durch den Vorsprung gebildeten Nischen, standen das Spinnrad, die Haspel, Holztruhen und ein kleiner Tisch. Bevor das Haus erweitert worden war, hatte der Pastor seine Bücher in einem der Alkoven aufbewahrt, und auch jetzt konnte ein Mann in der Nische ein wenig von der Betriebsamkeit der Küche abgeschirmt, in Frieden einen Krug Bier trinken. An diesem Tag hatte sich der braune Hund dorthin verkrochen und lag jetzt still unter dem kleinen Tisch, das Kinn auf den Pfoten, die Augen hell und wachsam.

Ein paar Hühner trippelten über die Schwelle und suchten nach Krumen unter der langen Tischplatte, die auf Böcken lag und Vibekes Arbeitsplatz war. Vibeke klatschte in die mehlbestäubten Hände, um die Hühner zu verscheuchen, und Kirsten, die gerade die Sahne in den Butterstampfer goss, warf einen Blick über die Schulter und lachte beim Anblick der fliehenden Hühner. Dabei vergoss sie etwas Sahne, worauf sofort die scheckige Katze – weiß mit gelben und grauen Flecken – herangeschlichen kam und die Sahne aufschleckte.

»Wenn es heute noch mehr Sahne gibt, können wir sie gleich verwenden«, sagte Anna, als sie einen Blick in das offene Fass warf. Kirsten beugte sich ebenfalls vor, und einen Augenblick lang schwebten die zwei Köpfe, an dem Morgen ohne Hauben, nebeneinander über dem Butterfass – blassgolden der eine, rötlich, das Haar zu Zöpfen geflochten, der andere. Dann richtete Kirsten sich auf, nahm den leeren Milchkrug und machte sich auf den Weg zur Molkerei. Just in dem Moment kam jemand auf den Hof geritten. Anna lauschte und dachte: »Das ist keiner von uns.« Sie hörte Begrüßungen, verstand aber nicht, was gesagt wurde, und sah Kirsten über den Hof gehen. Weil ihr warm war, schob sie die Ärmel hoch und legte die Hände leicht auf den Rand des Butterfasses, während sie auf Kirstens Rückkehr wartete und sich eher beiläufig fragte, wer der Besucher sein mochte. Der ließ sich Zeit damit, sein Pferd anzubinden, dann näherten sich leichte Schritte der Tür. Im ersten Moment erkannte Anna den Ankömmling im Türrahmen nicht, weil sie ihn im Gegenlicht sah, aber als er in die Küche trat, zuckte sie kaum merklich zusammen. Es war derselbe Mann, der sie am Vorabend des 1. Mai von seiner braunen Stute herab so seltsam angesehen hatte.

Jetzt sah er sie nicht an, er schien sie nicht einmal wahrzunehmen, sondern ging auf Vibeke zu und fragte mit sonderbar volltönender Stimme, ob der Pastor zu Hause sei. Vibeke bejahte das. Sie klang abweisend.

»Dann kann ich ihn also sprechen?«, fragte der Mann.

»Er ist beschäftigt«, sagte Vibeke. »Er ist in seinem Studierzimmer und denkt über die Sonntagspredigt nach, und dabei mag er nicht gestört werden.«

»Es ist dringend«, sagte der Mann. Und als er sah, dass Vibeke nicht überzeugt war, fügte er hinzu: »Es handelt sich um einen aus seiner Gemeinde, um Hans Möller, der vor Kurzem auf die königliche Werft geschickt wurde.«

»Oh«, sagte Anna plötzlich, »wenn es um Hans Möller geht, will mein Vater es bestimmt hören.«

Der Mann drehte sich zu ihr um und verneigte sich mit einem Ausdruck freudiger Überraschung. Dann wandte er sich wieder Vibeke zu.

»Also gut«, sagte die Haushälterin widerwillig, »wenn das so ist, dann muss ich es wohl wagen, ihn zu stören.«

Sie wischte die mehligen Hände an der Schürze ab und ging durch den Gang zu Pastor Sörens Studierzimmer. Die beiden in der Küche hörten, wie sie klopfte, das Zimmer betrat und die Tür hinter sich schloss.

Der Fremde kam durch die Küche zu Anna.

»Du siehst heute Morgen sehr hübsch aus«, sagte er. »Die am Hals offene Bluse ist ansprechender als der hohe Kragen, und …« sein Blick wanderte an ihr herab, »der bloße Fuß hübscher als der Schuh. Blau steht dir.«

Sie antwortete ihm nicht, wandte aber auch nicht den Blick ab. Er war größer, als sie vermutet hatte, fast so groß wie ihr Vater, aber längst nicht so kräftig gebaut. Sie hätte ihn als gutaussehend bezeichnet, wäre da nicht ihr großes Misstrauen ihm gegenüber gewesen. Offenbar war er um ein möglichst gutes Benehmen bemüht, und seine Stimme klang höflich, trotzdem war sie sich im Ungewissen, ob er sie nicht beleidigte. Sie presste die Finger fest an den feuchten Rand des Butterfasses und schwieg, aber gleichzeitig wurde sie von einer äußerst merkwürdigen Wahrnehmung durchflutet, einem Gefühl von Bedrohung, das rasch verebbte, in ihren Fingerspitzen aber ein feuriges Prickeln hinterließ.

Pastor Sören Qvist war überrascht, den Namen des Besuchers zu hören. Das Blatt Papier mit den vier biblischen Warnungen lag noch unter seiner Hand, als Vibeke die Tür fest hinter sich schloss und widerwillig ihre Mitteilung machte. Dass ihre Ankündigung mit dem Wiederauftauchen des in Vergessenheit geratenen Papiers zusammenfiel, mutete ihn merkwürdig an. Er bat sie, den Besucher einzulassen. Nachdem Vibeke den beiden Männern im Studierzimmer den Rücken gekehrt hatte und Morten Bruus selbst die Tür schloss, während ihre Schritte verklangen, saß der Pastor wie zuvor auf seinem Platz, die Finger auf dem Blatt Papier.

Das Licht im Zimmer war matt, obwohl die Welt draußen von Helligkeit durchflutet war. Hier kam das Morgenlicht nur zu dem kleinen, tief in die Wand eingesetzten Fenster herein und fiel unbeeinflusst von Sonne und Schatten auf die geweißelten Wände. Der Raum war karg, einer mönchischen Zelle nicht unähnlich, und der Pastor saß ganz still, den Kasten mit den Büchern und Papieren schräg hinter sich. Das Weiß von Haar und Bart sowie die breiten Schultern in dem dunklen Wollrock verliehen ihm Würde, und in seinen Augen, die jetzt auf den Besucher gerichtet waren, stand eine große Ernsthaftigkeit, ja, mehr noch, die gespannte Aufmerksamkeit eines Menschen, der sich einem Geheimnis gegenübersieht, und das erschwerte es Morten, den Grund für seinen Besuch vorzutragen. Der Pastor richtete nicht das Wort an ihn, sondern nickte nur einmal kaum merklich. Morten sah sich nach einem Stuhl um und setzte sich, seinen Hut hielt er vor den Knien in den Händen. Er war es nicht gewohnt, verlegen zu sein, und blieb es auch nicht lange.

»Ich lebe in Eurer Gemeinde, Pastor Sören, aber ich habe mit Eurer Kirche nur wenig zu tun.«

Der Pastor schien die Richtigkeit dieser Feststellung zu bestätigen, machte sich aber nicht die Mühe zu sprechen. Morten fuhr fort:

»Vor Kurzem wurde einer aus Eurer Gemeinde verurteilt,

weil er mir eine größere Summe Geld gestohlen hatte. Er wurde auf die königliche Werft geschickt.«

Wieder wartete der Pastor darauf, dass der andere weitersprach.

»Seitdem ist mir zu Ohren gekommen, dass Fräulein Anna Sörensdatter sehr bekümmert ist wegen der schwierigen Umstände, in denen die Frau dieses Mannes lebt.« Immer noch verweigerte der Pastor jede Hilfe, und Morten kam so schnell er konnte zur Sache. »Da es sie bekümmert und Euch auch, könnte ich vielleicht meine Anklage gegen diesen Möller zurückziehen, wenn Ihr mir eine Versicherung gebt, dass er sich in Zukunft redlich verhält.«

»Dafür ist es zu spät«, sagte der Pastor schlicht. »Er ist verurteilt worden und hat eine Strafe bekommen. Wenn die Beweise richtig waren, kannst du ihm vergeben, das Gesetz kann das nicht. Wenn die Beweise falsch waren – bist du bereit zuzugeben, dass du dich des Meineids schuldig gemacht hast?«

»Das wohl kaum«, sagte Morten mit einem Lächeln. »Aber wenn ich die Klage nicht zurückziehen kann, vielleicht kann ich Ida Möllers Last verringern, denn sie ist ja verpflichtet worden, mir die gestohlene Summe in Gänze zurückzuzahlen.«

»Dafür«, sagte der Pastor so schlicht, wie man zu einem Kind, und so wachsam, wie man mit einem Feind sprechen würde, »brauchst du mich wohl kaum um Erlaubnis zu bitten. Ja, erlasse der armen Frau die Schuld. Und wenn du das getan hast, sorge dafür, dass es mir zu Ohren kommt.«

Dies war offensichtlich der Moment, in dem Morten sich hätte verabschieden sollen, aber er erhob sich nicht. Stattdessen sah er auf seinen Hut, drehte ihn ein paar Mal zwischen den Fingern und sagte dann ohne Umschweife: »Pastor Sören, Ihr und ich, wir sind nicht in bestem Einvernehmen miteinander. Ich wollte mit Euch über Ida Möller sprechen, in der Hoffnung, Ihr würdet dann nicht mehr ganz so schlecht von mir denken, wie Ihr das bisher getan habt. Wie Ihr wisst, bin ich mit Land und Gütern reich gesegnet. Mit ein bisschen Glück, und wenn ich mir Mühe gebe, kann ich doch noch ein anständiger Mensch werden – dass selbst Ihr eine bessere Meinung von mir habt.«

Der Pastor hob die Hand wie im Protest und ließ sie dann sacht mit der Handfläche nach unten auf das Blatt vor sich sinken. Sein Drang zu sprechen, ob in Verärgerung oder Zustimmung, der sich auf seinem Gesicht abzeichnete, ohne dass er den Mund geöffnet hätte, wich sichtlich, als wäre es lediglich ein Anschwellen des Blutes gewesen. Der Mann vor ihm senkte den Blick wieder auf seinen Hut, wedelte ein wenig damit, als wollte er einen Tropfen Wasser abschütteln, und sagte: »Ich müsste ein Tor sein, wenn mir nicht bekannt wäre, dass Ihr in Eurer Gemeinde wie auch in den Nachbargemeinden großen Einfluss habt. Mir ist bewusst, dass ich selbst nicht gerade als Wohltäter bekannt bin. Aber ich versichere Euch, es ist Verleumdung. Ich bin längst nicht so hartherzig, wie die Menschen sagen. Ich habe nur darauf bestanden, das zu nehmen, was mir gehört.«

»Manchmal ist es nötig«, sagte der Pastor mit großer Milde, »zu geben.«

»Gut, das will ich tun, mit Eurer Hilfe«, sagte Morten Bruus.

»Also gut«, sagte der Pastor geduldig. »Ich helfe dir, wenn du Hilfe brauchst.«

»Ich möchte auch …«, hob Morten an. Dann brach er ab und lachte verlegen. »Ich möchte sehr gern, Pastor Sören, dass Ihr mir mit Eurer Tochter Anna helft. Ja, eigentlich bin ich heute Morgen zu Euch gekommen, um bei Euch um die Hand Eurer Tochter anzuhalten.«

Im Zimmer war es sehr still. Sören Qvist sah seinen Besucher an und stellte fest, dass dieser mit ungewöhnlicher Sorgfalt gekleidet war und sein Verhalten respektvoll, ja, geradezu unterwürfig war. Zu Beginn des Gesprächs war der Pastor sich nicht sicher gewesen, ob Morten Bruus vielleicht in der Absicht gekommen war, ihn zu verhöhnen. Er hatte geglaubt, eine Spur von Spott in Bruus' Verhalten zu entdecken, aber weil seine Hand auf dem Blatt Papier ruhte, hatte er seine Zornesaufwallung bezähmen können. Im ersten Moment kam es dem alten Mann so vor, dass in dem Heiratsantrag eine weitere Verhöhnung lag. Doch mit seinem scharfen Blick entdeckte er in Mortens Augen einen Ausdruck, der Aufrichtigkeit zu bezeugen schien, wenigstens in dieser Bitte. Und als in Sören Qvist die Erkenntnis wuchs, dass dieser Mann vor ihm, den er verabscheute, um das buhlte, was ihm, dem Pastor, das Teuerste auf der Welt war, hörte er in der Stille des Zimmers ein Surren, das zu einem dumpfen Grollen anschwoll, und er wusste, es war sein Blut, das in seinen Ohren rauschte.

Ein Zorn, wie er ihn seit zwanzig Jahren nicht gekannt hatte, brauste in ihm auf, als wäre es ein Feuer. Eine ungeheure Kraft stieg in seine Arme, und er glaubte, sein Körper würde zerbersten, wenn er den Wunsch, sie anzuwenden, zügeln müsste. Er stand auf und bezähmte sich mit aller Macht, um nicht handgreiflich zu werden. Auch Morten stand auf. Es war offensichtlich, dass der Pastor seiner Bitte nicht stattgeben würde. Ebenso offensichtlich war es, dass Morten von Glück sagen konnte, wenn er mit heiler Haut davonkam. Er wich zur Seite und vergaß in seiner Kopflosigkeit, wo die Tür war.

Sören Qvist verschränkte die Arme hinter dem Rücken und machte einen Schritt nach vorn, dann drehte er sich um und ging ein paar Schritte in die entgegengesetzte Richtung, und als ihm bewusst wurde, dass ihm das Gehen half, seinen Zorn im Zaum zu halten, begann er mit gleichmäßigen Schritten vor Morten auf und ab zu schreiten; gleichzeitig aber war er so erzürnt und auch gekränkt, dass er nicht sprechen konnte. Morten, angespannt wie er war, achtete darauf, dem Pastor nicht in die Quere zu kommen. Er hätte sich gern fortgestohlen, erkannte aber, dass der auf- und abschreitende Pastor ihm den Weg zur Tür abschnitt. Bei seinem Versuch auszuweichen, kam er schließlich hinter dem Stuhl des Pastors zu stehen, und sein Blick wurde unweigerlich von dem, was auf dem Schreibtisch lag, angezogen. Morten war des Lesens kundig und hatte ein flinkes Auge. Er las die Textstellen, über die der Pastor nachgedacht hatte, und verstand plötzlich, weshalb er bisher einem tätlichen Angriff entgangen war. Von dem Jähzorn des Pastors hatte er gehört, desgleichen von dessen Körperkraft. Morten selbst war ein Feigling. Doch plötzlich trieb ihn der Übermut dazu, den Pastor mit dessen großer Schwäche aufzuziehen.

»Ich verstehe«, sagte er betont gelassen, »weshalb Ihr diese große Zurückhaltung übt. Ich lege Euch die letzte Textstelle ans Herz, und ganz besonders auch die vorletzte.«

Der Pastor wirbelte herum und stand jetzt vor seinem spottenden, auf den Füßen wippenden Widersacher. Hätte Morten dem alten Mann ins Gesicht gespuckt, die Kränkung wäre nicht stärker gewesen. Jedes Wort auf dem Blatt stand dem Pastor so klar vor Augen, als hätte er es soeben niedergeschrieben, und er verstand augenblicklich, was Morten ihm sagen wollte. Die mühsam aufgebrachte Geduld und Nachsicht, mit der er Mortens unverständlichen Wesenswandel zu erfassen versuchte, verpufften wie in einer lautlosen Explosion.

Mit einem Brüllen packte der Pastor den zurückweichenden Morten Bruus, warf ihn sich wie ein Bündel Heu über die Schulter und eilte im Laufschritt durch den Gang. Als er die Küche mit großen Schritten durchmaß, nahm er kaum wahr, wie die Frauen auseinanderstoben, Anna und Kirsten zur einen Seite, Vibeke, die dabei ihre Rührschüssel umstieß, zur anderen. Im Hof schließlich warf er Morten zu Boden. Er blickte auf ihn hinunter und brüllte so laut, dass es von der Küche bis zum Stall zu hören war: »Verschwinde von hier! Lass dich nie mehr bei mir blicken! Wenn ich dich je wieder auf meinem Land sehe, schlage ich dich kurz und klein!« Er machte kehrt, stürmte durch die Küche und den Gang wieder in sein Studierzimmer und schloss sich zusammen mit seinem Zorn ein.

Kaum war der Pastor allein, fiel der Zorn von ihm ab. Alle Kraft war aus seinen Gliedern gewichen, starke Übelkeit überkam ihn. Zitternd sank er auf die Knie und verbarg das Gesicht in den Händen. Seit Jahren war es ihm nicht so ergangen. Dieser Zorn, der ihn so plötzlich und mit solch überwältigender Macht ergriff, lastete schon sein Leben lang auf ihm und stellte ihn immer wieder vor große Prüfungen.

Erinnerungen brachen über ihn herein. Vor seinem inneren Auge erschien das Gesicht eines deutschen Studenten, blond, hochmütig, selbstgefällig. Er spürte wieder das Schwert in der Hand und in seinem Herzen den wilden Wunsch, den jungen Mann zu töten. Der Grund für den Streit war ihm entfallen. Er erinnerte sich nur daran, dass für ihn der Deutsche nichts weiter war als ein Calvinist, der, so glaubte er, gotteslästerlich gesprochen und ihn zudem persönlich beleidigt hatte. Weiterhin erinnerte er sich, dass ein Duell vereinbart worden war und er den Wunsch gehabt hatte zu töten. Nachdem das Duell vorbei war und sich herausstellte, dass der Deutsche lediglich verwundet war, hatte Sören sich an den Rand der Wiese, dem Schauplatz des Duells, geschleppt und war von einem solchen Selbstekel übermannt worden, dass er sich eine volle Stunde lang nicht vom Fleck rühren konnte.

Gott hatte ihn, so seine Überlegungen, davor bewahrt, zum Mörder zu werden. Er erkannte, dass es für zwei Männer, die vorgaben, Diener Gottes zu sein, oder die sich zumindest darauf vorbereiteten, in den Dienst Gottes zu treten, völlig unangemessen war, miteinander in Streit zu geraten. Aber es änderte nichts daran, dass er den Wunsch zu töten gehabt hatte. Gott hatte ihn gerettet, nicht er sich selbst. Es war ihm dabei, wie er erst Jahre später begriff, nicht um den theologischen Streit gegangen, sondern der Hochmut des Deutschen war es gewesen, weshalb er ihn hatte töten wollen, und er dankte Gott für sein Einschreiten.

Der Jähzorn war ihm angeboren, dachte er, und im Allgemeinen hatte er ihm nur in heftigen Reden oder gegenüber Dingen nachgegeben. Mehrmals hatte er in seinem Zorn das

Zaumzeug zerrissen, um seine Hände daran zu hindern, sich an dem Tier, das der Anlass für seinen Zorn war, zu vergreifen. Doch einmal, es war lange her, war ein Lebewesen sein Opfer geworden, und die Erinnerung daran hatte ihn nie losgelassen. Damals war er noch ein Kind, wenn auch recht kräftig für sein Alter, und sollte in den Bergen die Schafe hüten. Der Proviant in seinem Vesperbündel war keineswegs üppig, und er hätte gern alles gegessen, bevor die Sonne hoch über die Hügel gestiegen war, aber er wusste, dass ein langer Tag vor ihm lag, und so versteckte er mit aller Überwindung, zu der er trotz seiner jungen Jahre fähig war, Brot und Käse unter einem Heidekrautbusch und beschwerte es mit einem großen Stein. Der Hund jedoch, mit dem zusammen er die Schafe hütete, hatte das Päckchen gefunden, und als der Junge ihn mit dem Tuch entdeckte, in das sein Proviant eingewickelt war, hatte der Hund schon alles aufgefressen.

Überwältigt von Hunger und Erbitterung hatte er unablässig mit all seiner Kraft auf den Hund eingedroschen und ihm am Ende so lange mit einem Felsbrocken auf den Kopf geschlagen, bis er sich nicht mehr rührte. Erst dann verließ ihn die Wut, und ihm wurde wieder bewusst, dass der Hund sein Freund war, und da hatte er seinen eigenen Kopf neben den pelzigen Kopf des Hundes gelegt und ihn gestreichelt und um Verzeihung gebeten. Aber der Hund war tot. Die Schwäche und die Übelkeit, die ihn jetzt als alten Mann wieder befiel, hatte er damals zum ersten Mal empfunden, auf dem Boden der sonnengewärmten Heide, als er so erfüllt war von Verzweiflung und Scham wie nie zuvor in seinem jungen Leben. Er hörte die Schafe, die zwischen den Büschen das Gras ausrupften, und das Summen der Bienen in den Heideglocken über seinem Kopf. Er nahm den Geruch der Ginsterbüsche wahr und den der Erde selbst, ihre würzige Wärme, doch all dies bot ihm keinen Trost, sondern vermischte sich mit seiner entsetzlichen, ihn zermarternden Verzweiflung. Dass er ein kleiner Junge gewesen war und Hunger hatte, war ihm im Rückblick über die Jahre eine Erklärung, aber für das Kind damals in der Heide gab es keine Entschuldigung, nachdem sein Zorn verraucht war, denn es hatte den Hund geliebt. An diesem Maimorgen, als er sich das volle Ausmaß seines Zorns gegenüber Morten Bruus bewusst machte, hätte er zu seiner Rechtfertigung anführen können, dass der Mann ein Feind der Armen in seiner Gemeinde war, aber er konnte keine Rechtfertigung gelten lassen, denn Gott hatte ihn, so glaubte er, diesmal gewarnt. Und über die Jahre hinweg verschmolzen die beiden Momente der Erbitterung zu einem, und der Mann empfand erneut die Verzweiflung des Jungen, denn auch der hatte das in ihn gesetzte Vertrauen enttäuscht.

Viele Stunden lang blieb der Pastor in seinem Studierzimmer eingeschlossen. In der Küche hob Vibeke die hölzerne Rührschüssel auf, klaubte den noch nicht fertig gekneteten Teig vom Boden und reinigte ihn von Strohhalmen und Steinchen. Anna und Kirsten standen zusammen beim Butterfass, zu beklommen, um mit der Arbeit fortzufahren. Als Vibeke sich nach ihrem Teig bückte und dabei einen Blick in den Hof warf, sah sie Morten Bruus am Boden liegen, dann, wie er sich langsam herumrollte und aufstand. Er klopfte sich Stroh und Staub von den Schultern, setzte den Hut auf und ging zu seinem Pferd. Er warf einen Blick zur Küche, band sein Pferd los und stieg auf. Die drei Frauen hörten, wie er davonritt, und erst als das Klappern der Hufe auf dem Weg gänzlich verklungen war, streckte Kirsten die Hand nach dem Butterstößel aus.

»Ach«, sagte Vibeke aufgewühlt, »als ich Morten Bruus in die Küche kommen sah, dachte ich mir: ›Da kommt Ärger auf uns zu.‹ Und jetzt geht der Ärger wieder. Hoffentlich kommt dieser Mann nie wieder zurück.«

»Das war also Morten Bruus«, sagte Anna. »Er ist längst nicht so hässlich wie die Geschichten, die über ihn erzählt werden.«

»Und der Teufel«, sagte Vibeke, »ist nicht so schwarz, wie er gemalt wird. Trotzdem ist er der Teufel.«

7

Am Pfingstsonntag des Jahres 1625 taufte Pastor Sören Qvist das Kind von Hans und Ida Möller mit Wasser und Salz und nahm es in die christliche Gemeinschaft auf. Mit majestätischer Würde, die er sonntags ausstrahlte, und im langen schwarzen Talar und weißer Halskrause, von Anna mit viel Geduld und Sorgfalt gepflegt und gestärkt, nahm er das dick eingewickelte Kind in dieselben Hände, die schon Goldstern, Goldroses Kalb, auf die Welt geholfen hatten, die den Pflug geführt und die Kühe gemolken hatten, die von Erde und den Pflanzen in seinem Garten verfärbt waren, und gab ihm mit großer Zärtlichkeit das sakramentale Salz. Das Kleine weinte bei dem Geschmack. Der Pastor unterwies die Mutter und die Pateneltern in ihren Pflichten, er streifte die Frage der Austreibung bei Kindern vor der Taufe und dankte Gott, dass sie alle gute Dänen waren, die unter einem menschenfreundlichen und weltoffenen Monarchen lebten. Danach setzte Ida Möller sich und gab ihrem Kind die Brust, während der Pastor den Gottesdienst beendete.

Die Sonne schien hell auf die Gemeindemitglieder von Vejlby, die jetzt blinzelnd aus der Kirche traten, und hell auf die unebenen Kalksteinmauern; sie schien ohne Unterschied auf die festliche Kleidung, auf das aufblitzende Rot hier und da und das wolkengleiche Weiß, auf das kräftige Grün und Braun und Rostrot, sie schien hell auch auf das Grün der Gräser und Büsche auf dem Friedhof. Anna war zu der Taufgesellschaft geladen worden. Inmitten der Gäste stand Hans Möllers Ehefrau mit verwundertem Gesichtsausdruck und drückte ihr Kind an die Brust; sie sah sich halb als Witwe und war im Zweifel gewesen, ob sie aufgrund der Anklage, die erst kürzlich gegen ihren Mann erhoben worden war, von ihren Nachbarn gemieden werden würde. Jetzt war sie verblüfft, dass die vielen freundlichen Reden und die Festlichkeit ihr galten. Vibeke und die anderen aus dem Pfarrhaus entrichteten ihre Glückwünsche, bevor sie sich wieder auf den Weg machten. Auch der Pastor lächelte Ida im Vorübergehen zu, blieb aber nicht stehen. Er hatte zu tun.

Eine gute Stunde später erreichte sein Schimmel das Haus von Richter Tryg Thorwaldsen in Rosmus, und der Pastor stieg ab, schüttelte seine schwarze Robe, die er während des Ritts um die Hüften hochgezogen hatte, und übergab dem Knecht des Richters die Zügel seines Pferdes. Der Richter kam zur Tür und begrüßte seinen Gast.

»Warum habt Ihr mir nicht gesagt, dass Ihr heute kommen würdet?«, sagte er. »Wir hätten den Weg zusammen machen können. Ich war in der Kirche und habe Eure Predigt gehört, aber ich bin nicht zur Taufe geblieben.«

»Ich habe Euch gesehen«, antwortete der Pastor, »und das hat mich wieder daran erinnert, dass ich etwas mit Euch zu besprechen habe. Und Dringendes erledigt man am besten gleich. Sollen wir nach oben gehen?«

Der Richter ging hinter seinem Freund die steile, enge Treppe hinauf zu dem langen, eichengetäfelten Raum mit Blick auf die Straße.

»Esst mit mir zu Mittag«, sagte der Richter.

»Das ist eine freundliche Einladung«, sagte der Pastor, »aber ich habe ein Anliegen, das mir auf der Seele brennt, und ich würde lieber erst darüber sprechen und danach ans Essen denken.«

»Lasst uns zumindest ein Glas Wein zusammen trinken«, sagte Thorwaldsen. »Nach dem vielen Reden müsst Ihr durstig sein.«

»Da habt Ihr recht«, sagte der Pastor mit einem Lächeln. »Der Abendmahlwein erfrischt die Seele, aber danach verlangt es den Körper nach mehr Flüssigem – Wein oder Bier.«

Er setzte sich auf einen der Stühle mit hoher Rückenlehne am Ende des langen Eichentisches. Tryg wählte den Platz gegenüber, und sie warteten, bis die Haushälterin ihnen Gläser und eine Karaffe mit gelb schimmerndem spanischem Wein gebracht hatte. Tryg war ein großer junger Mann, hager und blond, mit klaren blauen Augen, deren steter Blick von guter Gesundheit und einem aufrichtigen Herzen zeugte. Er war erst sechsundzwanzig Jahre alt und jung für einen Richter. Wegen des frühen Todes seines Vaters war ein bescheidenes Vermögen und Landbesitz an ihn übergegangen; im Bezirk war er wohlgelitten.

Der Pastor goss sich von dem Wein ein und schob die Karaffe zum anderen Ende des Tisches. »Ihr wart im Gericht von Randers, richtig, als Hans Möllers Fall verhandelt wurde?« Tryg nickte, und der Pastor fuhr fort: »Ihr wisst, dass sie ihn für zehn Jahre auf die königliche Werft geschickt haben. Weiß Gott, wenn man an die Arbeitsbedingungen dort denkt, fragt man sich, ob er jemals zurückkommen wird, um das Kind zu sehen, das ich heute getauft habe.« Der Pastor zog die Augenbrauen hoch, seufzte und nahm einen Schluck Wein. »Vor dem Prozess hat Hans mir erzählt, dass Morten Bruus ihm das Geld geliehen hat. Geld von jemandem wie Bruus anzunehmen, ohne einen schriftlichen Vertrag zu machen, scheint mir eine große Dummheit. Es sei denn, Bruus hat ihn geschickt dazu überredet.«

»Ich habe auch über die Sache nachgedacht«, sagte Tryg. »Ihr sagt, es gibt nichts Schriftliches?«

»So hat Möller es mir erzählt, und ich habe ihm deswegen Vorhaltungen gemacht.«

»Aber inzwischen«, sagte Tryg, »hat Bruus selbst ein Dokument vorgelegt. Gestern brachte er ein Papier mit Möllers Zeichen und dem seiner Frau. Es war für eine Hypothek in doppelter Höhe der Summe, die Bruus ihm angeblich geliehen hatte.«

Wieder zog der Pastor die Augenbrauen hoch. »Eine Hypothek, ja? Von einer Hypothek war bisher nie die Rede. Nur von dem Geld in Silberstücken, das auf dem Tisch gelegen haben soll, und davon, dass Mortens Knecht Möllers Anwesenheit im Haus bezeugt hat und Möller später kleinere Schulden im Dorf getilgt hat, die, zusammen mit dem Geld in seinem Haus, die Summe ergaben, die in Mortens Haus angeblich in Silberstücken auf dem Tisch gelegen hatte. Alles nur Indizien, und Mortens Wort gegen das von Hans, und natürlich wussten die Männer des Königs kaum von Mortens Ruf – falls sie überhaupt je von ihm gehört hatten.«

»Mortens neueste Geschichte lautet so«, sagte Tryg. »Am Johannistag vor drei Jahren habe er Hans Geld geliehen, als Hypothek auf dessen Land, auf das Feld unmittelbar bei dessen Haus. Daneben liegt ein Feld, das Ingvorstrup gehört, dann eins, in dessen Besitz Hans durch seine Frau gekommen ist. Jetzt will Morten, dass Ida ihm ihr Feld als Entschädigung für das gestohlene Geld überlässt. Mit Möllers Feld hätte er ein großes Stück Land, drei Felder zusammen. Die Hypothek ist erst in vier Jahren fällig, aber eine Teilzahlung muss dieses Jahr geleistet werden. Als ich ihn fragte, warum er das nicht bei dem Prozess erwähnt habe, sagte er, juristisch habe das nichts mit dem Diebstahl zu tun. Er legte damit nahe, dass Hans das Geld gestohlen habe, um die Hypothek zurückzuzahlen.«

»Hans hat mir gegenüber nie eine Hypothek erwähnt«, sagte der Pastor, »und jetzt ist er nicht hier, und wir können ihn nicht fragen.«

»So ist es«, sagte Tryg. »Außerdem bestreitet Ida Möller, dass das Zeichen auf dem Dokument ihres ist.«

»Ihr Wort gegen das von Morten«, sagte der Pastor, »und in den Augen des Gesetzes ist Hans bereits unglaubwürdig. Was sagt Morten dazu?«

»Er sagt, das sei nur normal, weil Hans den Diebstahl geleugnet habe.«

»Und was sagt Ihr dazu? Habt Ihr den Hypothekenvertrag gesehen?«

»Ich sage dazu«, antwortete Tryg, »dass das Papier erstaunlich neu aussieht für ein Dokument, das angeblich seit drei Jahren in Morten Bruus' Besitz ist.«

Der Pastor lächelte. »Na, ich weiß nicht«, sagte er. »Morten würde auf einen Hypothekenvertrag besser aufpassen als auf sich selbst. Trotzdem wirkt das Ganze merkwürdig. Tryg, mein guter Freund, all das geht nun schon seit sechs oder sieben Jahren so, seit Morten Herr von Ingvorstrup ist, nur dass dies ernster ist als alles Vorherige. In Kleinigkeiten gelingt es ihm immer wieder, meine Bauern zu übertölpeln. Ich kann ihm nie die eigentliche Missetat nachweisen. Er wähnt sich in Sicherheit.«

»Er ist ein schlauer Fuchs«, sagte Tryg.

»Er wähnt sich so sicher«, nahm der Pastor den Faden wieder auf, »dass er zu mir kommt, hört Ihr?, zu mir, und – stellt Euch das vor – um Annas Hand anhält.«

Die Wirkung seiner Worte auf den Richter war so, wie der Pastor es sich gewünscht hatte. Die Augen traten ihm fast aus dem Kopf. Er machte den Mund auf, um etwas zu sagen, aber der Pastor hob die Hand. »Und er tut es auf eine Art und Weise, dass ich die Beherrschung verliere, ihn packe und aus dem Haus werfe. Erst hatte ich geglaubt, er will mich verspotten, dieser Halunke, aber jetzt glaube ich, es war ihm ernst. Das hat mich so aufgebracht, dass ich so nah daran war, einen Menschen zu töten, wie seit Jahren nicht, und das kann ich ihm nicht verzeihen, so wie ich ihm auch nicht verzeihen kann, dass er sich mit solchen Gedanken gegenüber meinem Mädchen trägt. Ich war ein großer Narr.« Wieder verhinderte er mit erhobener Hand, dass Tryg sprach. »Ein riesiger Narr, denn ich habe ihn mir zum bitteren Feind gemacht, nicht nur zu meinem, sondern auch dem meiner Leute. Als er kam, sprach er freundlich über Möller. Er bot an, die Anklage fallen zu lassen, obwohl er genau wusste, da bin ich mir sicher, dass das unmöglich war. Und jetzt kommt er mit einem Hypothekenvertrag, von dem bisher niemand gehört hat. Wie, findet Ihr, sieht das aus?«

»Als hätte er sich das mit dem Hypothekenvertrag gestern ausgedacht, oder vorgestern«, sagte Tryg. »Aber ich würde ihm am liebsten selbst das Genick brechen, dafür, dass er es wagt, um Annas Hand anzuhalten.«

Auf das Gesicht des Pastors trat ein geradezu verzücktes Lächeln, bedachte man, welchen Zorn er eben noch empfunden hatte.

»Würdet Ihr das, mein lieber Tryg? Ich wünschte, ich könnte es Euch erlauben.«

»Für mein Leben gern würde ich das«, gab Tryg darauf zur Antwort.

»Aber am Maiabend habt Ihr nicht mit ihr tanzen wollen.«

»Der Tanz um den Maibaum ist fürs Volk«, sagte Tryg Thorwaldsen. »Meine Güte, Pastor Sören, ich bin Friedensrichter.«

»Aber auf Eurer eigenen Hochzeit werdet Ihr tanzen müssen«, sagte der Pastor gutmütig.

Tryg sah den alten Mann eindringlich an, und als der sich von seinem Stuhl erhob und beide Hände flach vor sich auf den Tisch legte, wurde ihm die Bedeutung dessen klar, was er eben gehört hatte, und große Befangenheit übermannte ihn.

»Würdet Ihr es in Betracht ziehen …«, begann er ehrerbietig. »Dürfte ich … Ach, zum Teufel. Würdet Ihr es in Betracht ziehen, Pastor Sören, sie mir zur Frau zu geben?«

»Bitte ich Euch nicht gerade darum?«, fragte der Pastor. »Mortens Antrag hat mich aufgerüttelt. Ich selbst bin so glücklich in ihrer Gesellschaft, dass es mir nicht in den Sinn gekommen ist, mich um ihr zukünftiges Glück zu kümmern. Gerade noch war sie ein kleines Mädchen, so scheint mir. Und jetzt ist sie schon siebzehn. Fast zu alt zum Heiraten.«

8

Die hohen Kronen der Linden über den Dächern des Pfarrhauses waren dicht belaubt, und an den Mauerecken sowie am Teich wuchsen Klettenbüsche in die Höhe. Die Gänse suchten unter den rauen Blättern Schutz, und die Kinder machten kleine Körbchen aus dem Blattwerk. Das Fingerkraut mit seinen kleinen gelben Blüten und die glänzend gelben Blütenkelche des Hahnenfußes säumten die sonnigen Straßen, und bei der warmen Witterung blieb das Vieh über Nacht auf den Weiden. Es war Anfang Juni, als die Verlobung von Richter Tryg Thorwaldsen und Anna Sörensdatter gefeiert wurde. Auf Trygs Wunsch fand das Verlobungsessen in seinem Haus in Rosmus statt, und die Papiere wurden in dem schmalen, holzgetäfelten Raum mit den drei verglasten Fenstern unterschrieben. Doch am Abend öffnete Sören Qvist sein Pfarrhaus für die Gäste.

Einige von ihnen waren den ganzen Weg von Hallendrup gekommen, Trygs Freunde aus Rosmus waren da sowie Pastor Sörens guter Freund Peder Korf aus dem Pfarrhaus von Aalsö, ein gedrungener Mann mit braunem Vollbart und klaren blauen Augen. Vibeke kümmerte sich um alle. Sie war überall zugleich, so schien es, und unermüdlich beschäftigt. Sie servierte Pastor Korf in Butter gedünsteten Kohl und brachte den Edelleuten aus Rosmus Hefezopf und Krüge mit Bier. Sie schnitt im Garten frischen Kohl für den Eintopf, der den ganzen Abend über dem Feuer köchelte, und überraschte Kirsten und Hans, die sich unbeobachtet glaubten, beim Küssen. Sie lachte, als Kirsten so heftig errötete, dass sich sogar ihr Nacken verfärbte, und ging wieder ins Haus. Sie brachte den Musikern Getränke und fand Anna in der Molkerei, wo sich das Mädchen einen Moment lang vor den Festlichkeiten versteckt hatte und ihrer vertrauten Tätigkeit nachging.

»Heute Abend ist das Kirstens Aufgabe«, sagte Vibeke, »nicht deine. Und du solltest da sein, wo Kirsten ist, im Garten mit deinem Liebsten.«

»Ach, Vibeke«, sagte das Mädchen, »ich bin seit heute Mittag von so vielen Menschen geküsst worden, dass ich sie gar nicht zählen kann. Ich wollte mir einfach alles ein wenig durch den Kopf gehen lassen.«

»Nachdenken kannst du morgen noch«, sagte Vibeke. »Geh und tanz mit deinem Verlobten.«

Im Hof war eine Holzplatte auf Böcke gelegt und mit weißen Leinentüchern bedeckt worden, die bis zum Boden reichten, und darauf standen Körbe mit Vibekes Kuchen und alle Trinkkrüge, die es im Pfarrhaus gab – aus Silber und Buchenholz, aus Silber und Ebenholz, aus buntem Steingut mit Silberdeckeln. Außerdem legten die Gäste dort die Gartenfrüchte ab – die ersten Erdbeeren und, auf grünen Blättern angerichtet, die ersten Kirschen –, die sie als Gaben mitgebracht hatten. Schüsseln mit buttrigem Kohlgemüse waren aufgedeckt, dazu Teller mit runden Schichtkäsen und Platten mit geräuchertem und gesalzenem Fisch, und jeder, der kam, konnte davon nehmen. Auf der anderen Seite des Hofes, vor der Stallwand nahe dem großen Dunghaufen, saßen die Musikanten: zwei Fiedler und der Tubaspieler, der sonntags auch in der Kirche spielte. Und aus Grenaa war ein Dudelsackspieler gekommen. Ihre Musik war ihr Verlobungsgeschenk. Schließlich geschah es nicht jeden Tag, dass Pastor Sören die Verlobung seiner Tochter bekannt gab, und in der Gemeinde von Vejlby, wie auch in der von Aalsö, kannten die meisten Anna von klein auf.

Richter Thorwaldsen tanzte. Mit Kirsten, Vibeke und Hans tanzte er zu »Lille Mand i Knibe«. Dann tanzte er zu »Schopfhuhn« mit Anna und Vibeke, und er tanzte den Reigen so oft, bis sein Leinenhemd und der Ansatz seines blonden Haars schweißnass waren. Er hätte gern eine Pause gemacht, aber das erlaubte Vibeke nicht. Er staunte, dass Vibeke nicht außer Atem kam. Sie ließ keinen Tanz aus, so schien es ihm. Sie war weit über vierzig und nicht mehr so schlank wie früher, aber trotzdem so flink auf den Füßen wie die jüngeren Frauen unter den Gästen, und obwohl ihr rundes Gesicht gerötet war und ihre Stirn feucht, ging ihr Atem so regelmäßig wie der eines jungen Mädchens. Mit dem Stall als Klangwand hinter den Musikern schallte die Musik in voller Lautstärke von den anderen drei Mauern wider, und die Musiker waren so unermüdlich wie Vibeke.

Die Feier hatte am späten Nachmittag begonnen und dauerte bis in das Zwielicht des Abends hinein, während nebenher die abendlichen Pflichten erfüllt wurden. Noch um zehn Uhr lagen die letzten Strahlen der Abendsonne auf den Wipfeln der Linden.

Tryg hatte Anna inmitten der Tänzer verloren. Nach einigem Suchen fand er sie bei ihrem Vater in der Gesellschaft dreier zerlumpter Männer. Die Bettler hatten die Musik von ferne gehört und waren in der Hoffnung auf Speis und Trank gekommen. Pastor Sören, der an die Hochzeitsgäste dachte, die Jesus einst auf der Straße auflesen ließ, bat Anna, den Männern etwas zu trinken zu bringen. Er unterhielt sich mit ihnen, während Anna seiner Bitte nachkam. In seinem schwarzen Talar, dem weißen Kragen und dem weißen Haarschopf überragte er sie alle, und einer der staubigen Landfahrer sagte: »Ihr seid bestimmt Pastor Sören Qvist. In Grenaa habe ich mich mit jemandem angefreundet, der sagte, bei Euch könnte ich vielleicht Obdach für die Nacht finden. Aber ich wusste nicht, dass dies der Hof ist und dass hier ein Fest gefeiert wird.«

»Und wer ist dein Freund?«, fragte Sören.

»Er ist wirklich ein Bettler, ein Mann mit verkrüppelten Beinen, er kann kaum laufen. Er sagte, Ihr hättet ihm so oft Obdach gegeben, dass er es nicht mehr zählen kann. Aber Herr Pastor, wir sind nicht Bettler von Beruf. Wir sind einfach nur zur Zeit mittellos.«

Einer seiner Begleiter lachte. »So kann man einen Bettler auch beschreiben«, sagte er. »Aber es stimmt, wir haben nicht die Absicht zu betteln. Wir sind auf dem Weg nach Süden, weil wir uns dem König anschließen wollen.«

Die Männer, die weder Land besaßen noch Familie hatten und aus der Gegend nördlich von Aalborg stammten, waren König Christians Aufruf nach Freiwilligen gefolgt, und sie hofften, seine Armee innerhalb des nächsten Monats in Holstein einzuholen. Bei der Erwähnung des königlichen Feldzugs wurde die Miene des Pastors ernst.

»Mich dünkt«, sagte er, »wir brauchen keinen Krieg. Auch der Rat war dagegen, habe ich gehört. Es bürdet dem Land eine große Last auf. Und er kommt zu schnell nach dem Kalmarkrieg. Die hohen Steuern treffen wie immer die Bauern, obwohl auch vom Hause Gottes eine Abgabe gefordert wird. In meiner Kirche hat man die Glocken abgenommen und zu Kanonen geschmolzen, alle außer einer, und das, meine Freunde, scheint mir die falsche Verwendung von Metall zu sein, das einst die Menschen zum Gebet gerufen hat.«

»Aber ist es nicht ein Glaubenskrieg?«, fragte einer der Fremden. »Nieder mit den Papisten!«, sagte der zweite. »Gewiss ist es ein Krieg gegen den Kaiser und seine Liga.«

»Manchmal frage ich mich, ob der Krieg nicht einfach geführt wird, damit die Schweden sich nicht zu mächtig fühlen«, sagte der Pastor. »Ah, hier ist meine Tochter Anna mit dem besten Bier in der Gemeinde Randers.«

»Auf die Gesundheit des Fräuleins«, sagte der Mann, der als Erster gesprochen hatte, »und viel Glück dazu.«

»Gesundheit auch diesem Mann«, sagte der Pastor, als Tryg sich zu ihnen gesellte. Er stellte den jungen Friedensrichter vor, schlug ihm dann kräftig auf die Schulter und sagte: »Habe ich nicht gesagt, Ihr würdet tanzen, Tryg?«

»Ich habe mich müde getanzt«, sagte Tryg, »und jetzt möchte ich gern ein Wort mit Anna sprechen, wenn ich sie Euch entführen darf«, und obwohl Anna protestierte, zog er sie mit sich fort.

»So fängt es an«, sagte der Pastor. »Habt ihr gesehen, wie er sie mir nimmt? Nun gut, ich kann sie nicht für alle Zeiten bei mir behalten.« Gleich darauf fuhr er fort: »Aber damit nicht genug, auch an Arbeitskräften wird es mir fehlen, bevor das Jahr vorüber ist. Einer meiner Männer ist im April zur Armee gegangen, als das erste Mal von Krieg die Rede war. Jetzt habe ich nur Hans. Ich könnte einen weiteren Gehilfen gebrauchen, falls einer von euch bleiben möchte.«

»Vielen Dank, Pastor«, sagte einer der Fremden. »Mir persönlich brennt es unter den Sohlen. Ich habe mir vorgenommen, die Weser zu sehen, und würde lieber weiterziehen. Aalborg ist noch nah, und ich habe nicht den Eindruck, dass ich weit genug gekommen bin.«

Seine Gefährten lachten und stimmten ihm zu. Sie dankten dem Pastor, aber von Heugabeln und Schaufeln hätten sie für dieses Jahr genug.

Sören drängte sie nicht. Er führte sie zu dem Speisentisch und lud sie ein, sich zu nehmen. Er erklärte ihnen außerdem, dass sie die Schlafkammer mit Hans teilen und sich jederzeit zur Ruhe begeben könnten, wenn sie müde seien. »Was Vibeke angeht«, sagte er abschließend, »die wird sicherlich bis zum Sonnenaufgang tanzen, wenn sie Lars Pedersen und die anderen Musikanten überreden kann, so lange zu spielen.«

Er forderte seine Zufallsgäste auf, sich an gesalzenem Fisch und Butterkohl gütlich zu tun, und da er selbst ein wenig müde war und auch ein wenig traurig, sah er sich nach einem Platz um, wo er eine Weile sitzen konnte. Die Paare stellten sich zu einem neuen Tanz auf, Anna und Tryg waren nicht zu sehen. Er durchquerte den Hof in dem Wunsch, sich möglichst weit von der Musik zu entfernen. Unter einem der Lindenbäume am Straßenrand war eine Bank rund um den Stamm gebaut, und von dort würde er in Kühle und Abgeschiedenheit dem Treiben seiner Gäste zusehen können. Bevor er diesen Platz jedoch erreicht hatte, näherte sich ihm ein junger Bursche, der seinen großen Hut aus grünlichem Filz abzog und den Kopf senkte, als wolle er um einen Gefallen oder einen Segen bitten.

»Was gibt es, mein Freund?«, sagte der Pastor. »Hast du dich an meinem Tisch nicht willkommen gefühlt?«

»Doch, schon«, sagte der Mann, »und danke für die Speise. Aber wenn es Euch recht ist, würde ich gern in Pastors Dienst aufgenommen werden.«

»Nanu?«, sagte Sören Qvist überrascht, denn gerade noch hatte man sein Angebot, bei ihm zu arbeiten, abgelehnt.

»Würde einfach gern für den Pastor arbeiten«, sagte der Mann.

Er hob den Kopf, und trotz des schwindenden Lichts stellte der Pastor eine gewisse Ähnlichkeit mit jemandem fest, den er kannte.

»Bist du nicht der Bruder von Morten Bruus?«, fragte er.

»Das stimmt, Pastor«, antwortete der Mann.

»Und du willst für mich arbeiten?«

»Ja, das stimmt auch, Pastor.«

»Und was würde dein Bruder dazu sagen?«

»Morten kümmert sich nicht um das, was ich tue«, sagte Niels. »Er will mich nicht in seiner Nähe haben. Er gibt mir nichts. Er tut nichts für mich. Er ist kein richtiger Bruder.«

Sören Qvist musterte den Mann einen Moment lang. Dann fragte er: »Arbeitest du gern, Niels?«

»Nein, nicht besonders, Pastor«, sagte Niels aufrichtig. »Aber ich esse gern.«

Darauf lächelte Sören. Wegen seiner Ähnlichkeit mit Morten hätte Niels beim Pastor sofort eine Abneigung hervorrufen müssen. Aber im Gegensatz zu Morten war Niels schäbig gekleidet, und die Armen, ob sie es verdient hatten oder nicht, konnten jederzeit auf das Mitleid des Pastors setzen.

»Warum kommst du zu mir?«, fragte er. »Und fragst nicht einen anderen?«

Niels sah auf seinen Hut und drehte ihn in den Händen, bevor er antwortete. »Es ist bekannt, dass der Pastor ein guter Meister ist«, sagte er schließlich.

Noch immer zögerte Sören. Ihm kam es seltsam vor, dass der Bruder seines Feindes auf seinem Hof arbeiten wollte. Aber er brauchte tatsächlich einen Erntehelfer. Das Jahr schritt voran. Bald stünde die Heuernte an. Es gab immer mehr zu tun, als er und Hans schaffen konnten, und für die Gemeindearbeit blieb ihm zu wenig Zeit. Vielleicht hatte die Vorsehung den Mann zu ihm geschickt, dachte er dann, um ihm die Möglichkeit zu geben, seinen Zornesausbruch wenigstens ein bisschen wiedergutzumachen. Eine mittelbare Möglichkeit, seinem Widersacher zu vergeben, ohne dem Bösen, das sein Widersacher verkörperte, Einlass zu gewähren.

»Also gut«, sagte er freundlich. »Du kannst für mich arbeiten, Niels. Und solange du deine Arbeit ehrlich verrichtest, wird alles andere es auch sein. Du bekommst denselben Lohn wie die anderen, dazu gutes Essen und ein festes Dach über dem Kopf. Du kannst Hans sagen, er soll dir für heute Nacht eine Lagerstatt geben.«

Niels senkte den Kopf in einer Art Verneigung. Dann begab er sich zu der Schlafkammer, um nach Hans Ausschau zu halten.

Die Mondsichel war nicht zu sehen, als die Sonne unterging, aber im sanften Blau des Himmels traten allmählich weiß die Sterne hervor. Als sich das Blau zu Violett verdunkelte und das Violett schwächer wurde und dabei durchscheinend, kamen immer mehr Sterne heraus, gehäuft oder versprengt, und funkelten wie Frost. Vom Teich stieg Dunst auf, und Tau legte sich auf Blätter und Gräser. Anna und Tryg gingen die Straße entlang zum Garten des Pastors, wobei Anna von Trygs Hand, die in der Beuge ihres Ellbogens lag, geführt wurde. Sie hatte ihre Hände übereinandergelegt und betrachtete beim Gehen ihre beiden goldenen Verlobungsarmreifen. Tryg bemerkte ihren Blick und fragte: »Gefallen sie dir?«, und sie antwortete, ohne den Kopf zu heben: »Ja, sie sind sehr hübsch.«

Die Straße vor ihnen verlor sich in der Dämmerung. Die Hänge des grasbewachsenen Hügels stiegen zu den dunklen Schatten des Waldes an, und in der Wärme des Abends spürten die beiden Menschen um sich herum den Reichtum des Landes. Als sie zu dem Übertritt in der Hecke kamen, löste Anna sich von Tryg und stieg hinauf. Das Holz war feucht, und Anna strich es mit der Hand so gut es ging trocken, bevor sie sich setzte. Tryg blieb neben ihr stehen und legte seine Hand auf den breiten Übertritt, hinter dem ein dichter Haselnussstrauch wuchs. Anna faltete die Hände in ihrem Schoß. Trygs Hand neben sich nahm sie sehr wohl wahr, sie hätte ihre eigene ohne Weiteres darauflegen können, und die Gründe, warum sie es nicht tat, waren mannigfaltig und undurchschaubar, auch für sie selbst. Sie wartete, dass Tryg etwas sagte, aber anscheinend wusste er nicht, wie er anfangen sollte. In der Stille konnte sie beinah hören, wie er erst die eine, dann die andere Eröffnung verwarf. Schließlich sagte er einfach: »Du meidest mich. Wenn ich dich tanzen sehe, siehst du sehr glücklich aus. Aber wenn ich mich dir nähere, weichst du mir aus. Ich muss dich fragen: Tut dir die Verlobung mit mir leid?«

»Du weißt genau«, gab sie leise zurück, »dass mein Vater der Verlobung niemals ohne meine Einwilligung zugestimmt hätte.«

»Wenn du eingewilligt hast, warum läufst du dann weg?«

»Ich wusste«, sagte sie, »dass es sein Herzenswunsch war. Und du und ich, wir sind gute Freunde.«

»Wir kennen uns seit Langem«, sagte er ernst, »und wir sind Freunde, und eine gute Freundschaft ist die beste Grundlage für eine Ehe.« Weil sie auf ihre Hände blickte und nichts darauf antwortete, fragte er: »Stimmt das nicht?«

»Das habe ich auch immer geglaubt«, antwortete sie zögernd.

Sein Gesicht war nah an ihrem und nur undeutlich zu erkennen, aber der Ausdruck schien besorgt. »Ist etwas geschehen, das dich umgestimmt hat?«, fragte er noch ernster.

»Ja, vielleicht«, sagte sie, und zu ihrer eigenen Überraschung überkam sie plötzlich ein beunruhigendes Gefühl, das süß war, sie aber zugleich erschaudern ließ, obwohl ihr nicht kalt war. Trygs Blick, der ihr Gesicht durch die zunehmende Dunkelheit zu erforschen versuchte, steigerte noch ihre Unruhe, und deshalb schloss sie die Augen und wandte den Kopf ab. Tryg rührte sich nicht und sprach auch eine Weile nicht, und als er sprach, war seine Stimme ausdruckslos und kalt und unvertraut.

»Es ist ein Glück«, sagte er, »dass eine Verlobung nur ein Stück Papier ist, das wir verbrennen können. Und das werden wir tun.« Er nahm seine Hand von dem Übertritt und trat ein, zwei Schritte zurück. Er sagte noch einmal, ohne besonderen Nachdruck: »Und das werden wir tun. Gute Nacht, Anna.«

»Du verstehst das nicht«, sagte sie und drehte sich zu ihm hin.

»Ich versuche es«, sagte er aus seiner tiefen Kränkung heraus. »Ich glaube, ich verstehe es.« Dann sagte er: »Ich grolle dir nicht. Du bist sehr jung.«

»Aber Tryg«, rief sie in ihrem Kummer und ein wenig ängstlich, »ich bin mir sicher, dass du es nicht verstehst.«

»Du bist nicht in mich verliebt«, sagte er. »Oder du bist in einen anderen verliebt.«

»Aber wie soll ich das wissen?«, rief sie und stellte sich auf. Plötzlich war sie viel größer als er. Sie sah in sein Gesicht, das sie kaum erkennen konnte.

»Aber ich weiß, dass ich in dich verliebt bin«, sagte er.

»Aber Tryg«, rief sie wieder und hielt dann inne. »Hans küsst Kirsten im Garten oder in der Molkerei«, sagte sie. »Und du hast mich noch nie geküsst, außer heute Mittag, vor zwanzig Gästen.«

»Es hätte sich auch kaum geziemt«, sagte er.

»Und du hast mir nie gesagt, dass du mich liebst. Oh«, rief sie in einem Moment der Verzweiflung und stampfte mit dem Fuß auf, »ich möchte lieber Kirsten sein!«

Da schlang Tryg seine Hände um ihre Mitte und hob sie von

dem Übertritt, und ohne sie abzusetzen küsste er sie, wie sie es sich wünschte, auf den Mund. Er hatte sie nie zuvor berührt; er hatte nicht gewusst, wie zart und leicht sie war. Jetzt stellte er sie auf den Boden und nahm ihr Gesicht in die Hände.

»Seltsam«, sagte er. »Dein Gesicht sieht kühl und weiß aus, wie die ersten Anemonen unter den Buchen, aber deine Lippen sind warm.«

Auf dem Hof spielten die Fiedeln die »Schopfhenne«, und nach ein paar Takten setzten die Bläser ein. Niemand kam und störte die Liebenden.

9

Anna wusste nicht, wann das Tanzen aufgehört hatte und die letzten Gäste gegangen waren. Einmal wachte sie auf, und alles war still, aber das fahle Licht, das durch die Ritzen der Fensterläden drang, war nicht das Morgenlicht. Sie schlief wieder ein, und als sie das nächste Mal aufwachte, war es schon spät. Aus der Küche drangen Stimmen. Sie hörte die Kette, als der Eimer in den Brunnen herabgelassen wurde, dann das Klirren des Zuggeschirrs, in dem die Ochsen aufs Feld geführt wurden.

Sie blieb noch ein paar Minuten liegen und streckte sich unter dem warmen Federbett. Dann band sie ihre Nachtmütze auf und ließ sie zu Boden fallen. Sie breitete ihr Haar auf dem Kissen aus und lockerte es, indem sie mit den Fingern hindurchfuhr. Im Zimmer war es dämmrig. Die Sonne erreichte diesen Teil des Hauses erst am späten Nachmittag, aber schon jetzt war zu spüren, dass es ein warmer Tag werden würde. Als sie sich leicht regte, strich das Leinenlaken um ihren Körper, als würde lauwarmes Wasser sie umspülen. Die Erinnerungen an den Vortag wurden in ihr wach, an ihre Überraschung, wie leicht und natürlich es mit einem Mal war, Tryg immer wieder zu küssen. Sie erinnerte sich an den Geruch seines Gesichts, so gesund und warm, und wie groß und sicher seine Schultern gewirkt hatten, als sie sich an ihn schmiegte. Hätte jemand sie vor zwei Tagen gefragt, wie es ihrer Meinung nach wäre, verlobt zu sein, hätte sie keine Antwort gewusst, außer vielleicht, dass sie erwarte, es würde anders sein als alles, was sie bisher gekannt hatte. Aber jetzt, am Morgen danach, schien ihr alles so vertraut, so sicher und wohltuend und natürlich. Sie gähnte, warf das Federbett zurück und stieg, noch ganz verschlafen, aus dem Bett.

Weiß wie eine geschälte Weidengerte, klein, zierlich und golden betupft, ging sie nackt im Dämmerlicht über den Backsteinboden, leicht schwankend, als wäre sie immer noch benommen vom Schlaf. Gewiss würde der Tag warm werden, denn sie verspürte keine Eile, ihre Kleidung anzuziehen. Sie nahm ein weißes Leinenhemd und streifte es sich über den Kopf, dann zog sie ihre Haare aus dem Ausschnitt und ließ sie frei über die Schultern fallen. Sie schüttelte einen leinenen Unterrock aus, stieg hinein und zog ihn um die Taille fest. Darüber kamen zwei bunte Röcke aus weicher Wolle, einer gelb, einer grün, dann ein rostrotes Mieder, das ebenfalls fest um die Taille geschnürt wurde. Der Druck ihrer Hände um die Taille, als sie das Mieder zurechtrückte, rief die Erinnerung daran wach, wie Trygs Hände sie am Abend zuvor gehalten hatten, und sie lächelte, den Kopf zur Seite geneigt, und stand einen Moment träumend da.

Sie drückte die Holzläden auf und blieb neben der Fensteröffnung stehen, und während sie sich das Haar bürstete und zu Zöpfen flocht, blickte sie über die Morgenwiesen. Sie hörte mehrere Stimmen aus der Küche, die ihr nicht vertraut waren und vermutete, dass es die zerlumpten Fremden waren, denen sie am Abend zuvor Bier gebracht hatte. Der Pastor beherbergte so viele Gäste – Bettler, Reisende –, dass die Schlafkammern zu bestimmten Zeiten im Jahr, wenn es auf dem Land nicht viel Arbeit gab, so frequentiert waren wie ein Wirtshaus. Sie steckte sich die Zöpfe auf dem Kopf fest, setzte sich aber keine Haube auf, und ging barfuß in die Küche, um sich einen Becher Milch zu holen.

In der Küche waren vier Fremde: die drei vom Abend zuvor und ein vierter, nämlich der junge Mann, den sie mit Morten Bruus vor dem Wirtshaus gesehen hatte. Vibeke und Kirsten hatten ihnen Bier und Brot und gesalzenen Fisch gegeben, und sie alle saßen um den Tisch und plauderten. Offenbar war bisher nur wenig Arbeit getan worden. Vibeke stand auf und holte ihrer jungen Herrin Brot und Käse, und über die Schulter sagte sie, als sie zur Vorratstruhe ging: »Das ist Niels Bruus, er wird für uns arbeiten.«

Einer der Fremden sagte: »Ja, mein Fräulein, wir wollten ihn überreden, mit uns in den Krieg zu ziehen, aber das will er nicht, der Dummkopf.«

»Ich will bleiben und für den Pastor arbeiten«, sagte Niels, wie er es an dem Morgen schon mehrmals bekräftigt hatte. »Ich will ein ehrlicher Mann sein und ehrliche Arbeit tun. Ihr könnt ja gehen und Leichen bestehlen.«

»Lass mal gut sein«, sagte einer der Fremden. »Wir werden das Christentum verteidigen, und im Geiste sind wir schon Soldaten, auch wenn wir noch nicht gemustert sind. Noch so ein Scherz, und du kriegst eine Kopfnuss.«

»Denk noch mal drüber nach«, sagte Vibeke. »Wenn du

beim Pastor bleibst, wirst du wie ein ehrlicher Mann arbeiten müssen. Und soweit ich weiß, ist das mehr, als du bisher je getan hast.«

»Schon«, sagte Niels, blieb aber stur. »Ich habe darüber nachgedacht, und ich will arbeiten.«

»Hört, hört!«, sagte Vibeke. »Aber bedenke, dass der Pastor keine Geduld mit Bummlern hat – außer am Morgen nach einer Verlobung.«

»Ich habe gehört, dass ihm schnell die Hand ausrutscht«, sagte Niels. »Trotzdem, ich will bleiben.«

Er sah zu Kirsten und verdrehte dabei seine Augen, worauf sie ihm einen Stoß gab, dass er beinah von seinem Schemel gefallen wäre, dann ging sie aus der Küche.

»Mach dich mal an die Arbeit«, sagte Vibeke. »Hier gibt es vor dem Mittag nichts mehr zu essen.«

»Und zum Mittag?«, fragte Niels.

»Kirsten bringt dir deine Vesper aufs Feld.«

»Ja, das Feld. Was hat der Pastor noch mal gesagt, was ich auf dem Feld machen soll?«

»Du hast es genauso gut gehört wie ich«, sagte Vibeke. »Jetzt spute dich.«

»Immer mit der Ruhe«, sagte Niels und erhob sich langsam. »Na, solange es Kirsten ist.« Und langsam ging er zur Tür.

Auch die Fremden machten sich zum Gehen bereit. Sie bedankten sich ordentlich bei Vibeke, empfahlen sich Anna mit den besten Wünschen und zogen davon.

Vibeke sah ihnen sehnsüchtig nach. Anna sagte neckend: »Was hast du, Vibeke? Möchtest du auch in den Krieg ziehen?«

Vibeke drehte sich von der Tür weg und lächelte Anna an;

sie ging auf sie zu, legte ihr den Arm um die Schultern und küsste sie auf die Wange. »Du bist ein gutes Mädchen«, sagte sie, »aber ganz anders als deine Mutter. Die Männer gehen nach Ebeltoft. Das sind gut zwanzig Meilen, vielleicht sogar fünfundzwanzig von hier, aber heute Abend werden sie dort ankommen. Und mir ging der Gedanke durch den Kopf, dass ich die Stadt gern wiedersehen würde. Seit dem Tag, als deine Mutter geheiratet hat, war ich nicht mehr dort.«

»Ich würde die Stadt auch gern sehen«, sagte Anna. »Ich möchte gern alle Städte Jütlands sehen. Früher dachte ich, ich würde einen Mann aus der Ferne heiraten und die Welt sehen. Und jetzt bin ich Tryg versprochen und werde keine fünf Meilen von zu Hause fort nach Rosmus ziehen.«

»Du solltest froh sein, dass du Tryg versprochen bist«, sagte Vibeke.

»Oh, das bin ich auch. Trotzdem bin ich ein bisschen traurig bei dem Gedanken, dass alles entschieden ist und ich genau weiß, wie der Rest meines Lebens verlaufen wird.« Sie lachte und sagte dann: »Wie kommt mein Vater bloß darauf, Niels Bruus einzustellen? Wie lange der wohl bleibt?«

»Er wird so lange bleiben, wie er arbeitet«, sagte Vibeke. »Und frag mich nicht, wie der Pastor darauf kommt. Vielleicht war er nicht ganz bei sich. Es sei denn«, sagte sie nachdenklich, »es hat ihm leidgetan, dass er Morten so grob aus dem Haus geworfen hat. Das würde zu deinem Vater passen. Na ja, er denkt nicht so wie wir. Möchtest du noch Milch?«

Später am Tage, als Anna und Vibeke im Brautgemach saßen, war die Haushälterin in Gedanken immer noch in Ebeltoft. Die beiden hatten die Truhe mit der Mitgift von Annas

Mutter geöffnet, alles herausgenommen und auf dem Bett und der zweiten Truhe ausgebreitet: die Laken und Tischdecken, die bestickten Kissenbezüge und Handtücher. Sie zählten die Stücke und überlegten, wie viele Leinentücher zusätzlich gebraucht würden, damit Trygs Haushalt angemessen ausgestattet wäre. Nicht nur Leinentücher waren in der Truhe. Es waren auch Rüschenkragen und Halskrausen darin, wie sie vor siebenundzwanzig Jahren getragen worden waren, und Gewänder mit tiefen Ausschnitten. Und Säuglingssachen und Wickelbänder und ein kleines Häubchen, das Vibeke sich mit einem Lächeln auf die Faust setzte, als sähe sie ein Kindergesicht darunter.

»Denkst du an die Vergangenheit oder die Zukunft?«, fragte Anna, die in einem Sonnenviereck auf dem Fußboden saß.

»An die Vergangenheit«, sagte Vibeke. »Erst Peder, dann du. Beide blond mit runden, rosigen Backen. Aber Peder war ein kräftiger Junge, und du bist immer zarter geworden, seit du fünf warst. Ich möchte dich gern verheiratet sehen und erleben, wie du rundlich wirst.«

Anna lachte. »War Peder meiner Mutter wirklich so ähnlich?«, fragte sie.

»So ähnlich, wie ein Mann einer Frau sein kann und dennoch ein Mann bleibt.« Sie seufzte und blickte traurig auf das Mützchen auf ihrer Faust. »Na ja, sie war eine Frau und mit deinem Vater verheiratet. Sie war sehr still, das hat ihm gut getan, und sie konnte eine Menge ertragen.«

»So wie du redest«, sagte Anna, »klingt es, als wäre es sehr schwierig, mit meinem Vater zu leben.«

»Nein«, sagte die Haushälterin. »Alles in allem ist er der

beste Mann überhaupt mit seiner Güte, seiner Freundlichkeit und seiner Freigebigkeit, ich habe nie einen besseren gekannt. Aber du weißt ja selbst, dass es für ihn nur sonnige oder stürmische Tage gibt.« Sie bemerkte Annas zweifelnden Gesichtsausdruck und fügte hinzu: »Sie sind jetzt nicht mehr so stürmisch wie zu der Zeit, als dein Bruder ein Kind war. Ja, mit dem Alter wird er milder, aber er ist noch kein alter Mann!«

»Stimmt es denn, dass Peder von zu Hause weggegangen ist, weil er den Zorn meines Vaters nicht ertragen konnte?«

»Erzählt man sich das im Dorf?«, fragte Vibeke. »Ja und nein. Es stimmt zum Teil. Dein Vater war nie böse auf Peder, aber Peder mochte die stürmischen Tage nicht. Deine Mutter konnte sie ertragen. Sie hatte eine große innere Ruhe. Aber Peder war ein junger Mann, er war nicht auf diese Weise gewappnet. Deshalb hat er eines Tages, als er so alt war wie du jetzt, sein Bündel gepackt und ist gegangen. So war das. Zumindest glaube ich, dass es so passiert ist. Ich würde schwören, dass der Zorn deines Vaters sich nie gegen deinen Bruder gerichtet hat. Er hat ihn viel zu sehr geliebt.«

»Ich kann mich kaum noch an ihn erinnern«, sagte Anna mit kraus gezogener Stirn.

»Du warst nicht mal fünf damals«, sagte Vibeke. »Da ist das kein Wunder.«

»Weißt du, wohin er gegangen ist?«

»Ich glaube, nach Schweden. Einige Leute sagten, er sei mit dem König nach Kalmar gegangen. Möglich, dass er umgekommen ist, Gott sei uns gnädig, oder vielleicht ist er in Schonen geblieben. Das werden wir nie erfahren. Eigentlich glaube ich, dass er umgekommen ist, denn er ist nie nach Hause gekommen und hat auch nie geschrieben. Deine Mutter hat bis zu ihrem Tod geglaubt, dass er umgekommen ist.«

»Erzähl mir von meiner Mutter«, sagte Anna; sie zog die Knie an den Körper und legte ihr Kinn darauf. »Erzähl mir von Ebeltoft und der Hochzeit.«

Sanft und mit betrübtem Blick legte die Haushälterin das Mützchen beiseite. »Es war eine Hochzeit, wie ich sie dir auch wünsche«, sagte sie. »Ich war neu im Dienst deiner Mutter, und es kam mir vor wie der froheste Tag in meinem Leben, auch ohne die Festlichkeiten. Was für eine Dame sie war! Ich habe keine wie sie gekannt.« Vibeke hob die oberen beiden Röcke, die ihr bis zu den Knien reichten, nahm den Saum ihres leinenen Unterrocks und wischte sich damit die Augen. »Guck, wie du mich zum Weinen bringst«, sagte sie. »Du mit deinen Fragen.«

»Dann erzähl mir von Ebeltoft, bevor du meine Mutter kanntest«, sagte Anna.

Aber Vibeke schüttelte den Kopf. »Ein andermal vielleicht. Nicht jetzt.«

»Das sagst du immer – ein andermal. Komm, erzähl mir von Ebeltoft. Es ist bestimmt zwanzigmal so fein wie Grenaa.«

»Das hier«, sagte Vibeke und sah sich im Zimmer um, »sollte alles gewaschen und gebleicht werden. Es vergilbt langsam. Und im Sommer musst du dich am Spinnrad sputen. Wir haben Wolle – die können wir in Grenaa färben lassen, rot oder blau. Wann wirst du heiraten?«

»Ich weiß es nicht«, sagte Anna. »Ich kann mich nicht entschließen. Am Martinstag vielleicht. Ich möchte gern, dass

Tryg mich ein paar Monate umwirbt. Er kriegt mich zu leicht, wenn wir im Sommer heiraten.«

»Das klingt nicht wie ein vernünftiges Mädchen«, sagte Vibeke, aber die Zärtlichkeit in ihrer Stimme strafte ihre Worte Lügen. »Du bist ein Vogel im Wind. Deine Gedanken sind leicht wie Pusteblumen. Es ist seltsam, dass ich in deinem Gesicht manchmal deine Mutter sehe, aber in deiner Stimme höre ich sie nie. Hier hast du die Schlüssel zu der Truhe. Verwahr sie gut.«

Gegen Abend waren alle in der Küche des Pfarrhauses versammelt – Anna, Vibeke, Hans und Kirsten – und warteten auf den Pastor und Niels, damit Vibeke die Suppe auftun konnte. Wie immer stand die Tür zum Hof offen, die Hühner stolzierten umher, Anna saß in der Nische neben dem Kamin, und der braune Hund hatte seinen Kopf auf ihre Füße gelegt. Träumerisch und schläfrig von dem Fest am Abend zuvor und erfüllt von dem neuen Gefühl des Verliebtseins, hatte sie das Kinn in die Hand und den Ellbogen aufs Knie gestützt und empfand das Gewicht des warmen, pelzigen Kopfes auf ihren Füßen als angenehm. Sie sah Kirsten zu, die den Tisch deckte und dabei mal vom Sonnenlicht gestreift wurde, das durch die offene Tür fiel, mal im Schatten stand, und als sie sich schließlich vorbeugte, um Vibeke zu helfen, und der Feuerschein auf ihr helles Haar fiel, leuchtete es einen Augenblick lang so rotgolden wie das von Anna. Hans saß auf der anderen Seite des Tisches auf einem Schemel, seine Hände hingen zwischen den Knien. Er war müde. Auch er hatte bis spät in die Nacht getanzt, aber dann den ganzen Tag in der Sonne gearbeitet. Niemand war zum Reden aufgelegt, auch Vibeke nicht, doch alle empfanden eine matte Zufriedenheit. Als Vibeke den Deckel vom Topf hob, stieg der Kohlgeruch in die Luft und vermischte sich mit dem Geruch von Holzfeuer und gesalzenem Hering.

Während alle warteten, erschien überraschend der Pastor in der Tür. Anna erhob sich, um ihn zu begrüßen, und der Hund, der dadurch aufgestört wurde, stand auf und gähnte. Doch noch während er sich streckte, hatte der Pastor mit einer Miene so finster wie eine Gewitterwolke die Küche durchquert und war mit langen Schritten in sein Studierzimmer gegangen, dessen Tür er mit einem Knall wie ein Donnerschlag hinter sich zuschlug Es war, als wäre ein heftiger Windstoß durchs Haus gefegt. Es hätte niemanden überrascht, wenn die Becher und Schüsseln auf dem Tisch wie trockenes Laub durch die Luft gewirbelt wären.

»Was hat – «, begann Anna mit einem Blick auf Vibeke.

»Habe ich es nicht gesagt?«, sagte Vibeke. »Entweder ist es sonnig oder –«

»Allmächtiger«, sagte Hans, »so ist er schon seit einem halben Jahr nicht mehr gewesen.«

Anna seufzte, und Vibeke sagte: »So wie ich ihn kenne, werden wir ihn den ganzen Abend nicht zu Gesicht bekommen. Soll ich auftun?«

»Ja, bitte«, sagte Hans, »sei so gut. Mein Magen glaubt schon, mir ist die Kehle durchgeschnitten worden.«

»Auf Niels brauchen wir nicht zu warten«, sagte Anna. Sie kam mit zwei Schüsseln zu Vibeke, und Vibeke füllte Suppe hinein. Kirsten goss für sich selbst und Anna Milch in die Becher, Bier für Hans. Jeder nahm seinen angestammten Platz ein, und sie fingen an zu essen.

Nach einiger Zeit sagte Kirsten: »Ich hoffe, er denkt nicht, es ist meine Schuld.«

»Wie, deine Schuld?«, fragte Vibeke.

»Dass Niels mit mir gesprochen hat.«

»Wann war das?«, fragte Vibeke.

»In der Molkerei, vor einer halben Stunde oder so. Hoffentlich denkt er nicht, ich wollte, dass Niels mir überallhin nachgeht.«

Vibeke legte ihren Löffel neben die Schüssel. »Erzähl«, sagte sie. »Wo ist Niels jetzt, und warum ist er dir nicht zum Abendessen nachgegangen?«

»Ich habe ihm seine Vesper gebracht, wie du mir aufgetragen hattest«, sagte Kirsten, »auf das Feld, wo der Pastor ihn hingeschickt hat. Er hat nicht gearbeitet, sondern lag unter einer Eiche. Ich glaube nicht, dass er schon viel getan hatte.«

Hans prustete und verschluckte sich an seiner Suppe. »Ich bin auf dem Rückweg an dem Feld vorbeigekommen«, sagte er. »Bestimmt hat er mehr Zeit damit verbracht, sich zu kratzen, als die Erde umzugraben.«

»Aber ich habe mich nicht mit ihm unterhalten, während er aß, nicht lange wenigstens«, fuhr Kirsten fort. »Er sagte, er würde mit mir zum Hof kommen, aber ich habe ihn zurückgeschickt. Und als ich zum Melken auf der Weide war, hat er mir zugesehen und angeboten, die Eimer für mich zu tragen.«

»Und das hast du ihm erlaubt?«, fragte Vibeke.

»Ja, schon. Die Eimer waren sehr voll. Aber ich habe ihm gesagt, dass er nicht bleiben darf.«

»Aber er ist trotzdem geblieben«, mutmaßte Vibeke.

»Ja, und da hat der Pastor ihn erwischt.«

»Aha«, sagte Vibeke, »jetzt kommt es raus.«

»Der Pastor hat ihn auf das eine Ohr geschlagen, sodass Niels sich gedreht hat. Dann hat er ihn am anderen Ohr gezogen und Niels zu sich gedreht. Und dann hat er ihn an den Schultern gepackt und zur Tür rausgestoßen.«

»Aber er hat weder zu dir noch zu Niels etwas gesagt?«

»Oh, zu Niels hat er viel gesagt, aber nichts zu mir. Und Niels war ziemlich frech zum Pastor. Dann ist der Pastor zur Kuhweide losgestürmt. Ich weiß nicht, was Niels gemacht hat, ich habe nicht geguckt. Ich hatte solche Angst, ich konnte beim Sahneschöpfen die Kelle nicht richtig halten, so habe ich gezittert.«

Hans sagte: »Du bist ganz schön durchtrieben. Da passiert all das, und du sagst kein Wort.«

»Ich hatte gehofft, der Pastor würde seinen Zorn beim Gehen abschütteln«, sagte Kirsten. »So wie schon manches Mal. Und hier war es so still und friedlich.« Sie sah Vibeke flehentlich an. »Warum sollte ich darüber reden, wenn der Pastor nichts gesagt hat?«

Vibeke nickte und seufzte. »Er ist wütend auf sich selbst, weniger auf Niels, und das schüttelt man nicht so leicht ab.« Sie bemerkte einen skeptischen Blick von Hans und fuhr fort: »Du fragst dich, woher ich das weiß? Bin ich nicht seit siebenundzwanzig Jahren in seinem Dienst? Da müsste ich es eigentlich wissen.«

»Na«, sagte Hans, »mir tut es nicht leid. Ich habe nicht gern das Lager mit Niels geteilt.«

»Was Niels betrifft, so tut es mir auch nicht leid«, sagte die

Haushälterin. »Früher oder später wäre es ohnehin so gekommen, warum also nicht früher?«

Anna sprach während des Essens kein Wort. Sie half Kirsten und Vibeke beim Aufräumen, und dann saß sie an dem kleinen Spinnrad in der Nische, bis es zu dunkel wurde. Bevor sie zu Bett ging, klopfte sie an die Tür des Studierzimmers. Ihr Vater antwortete nicht, und sie begab sich traurig zur Ruhe. Wie die anderen war auch sie froh, dass Niels nicht bleiben würde, aber ihre Erleichterung war von der düsteren Stimmung ihres Vaters überschattet, die sich wie eine dunkle Wolke im ganzen Pfarrhaus ausbreitete.

»Gestern Abend waren wir alle so glücklich«, dachte sie, bevor sie einschlief.

Am nächsten Tag hatte der Pastor in Grenaa zu tun, und dort heuerte er einen neuen Gehilfen an, einen Mann namens Lars Sondergaard. Er war klein und hatte einen Kopf, so hart und rund wie eine Nuss, und einen stämmigen Körper. Er arbeitete gut, war sauber und fröhlich, und Hans hieß ihn in seiner Schlafkammer willkommen.

10

In weniger als einer Woche war Niels wieder da. Er kam auf das Feld, wo Hans und der Pastor arbeiteten. Hans sah ihn durch den jungen Roggen auf den Pastor zugehen, den Hut in der Hand, den Kopf gesenkt. Er dachte, der Pastor würde Niels sofort davonschicken, aber nein, er sprach lange mit ihm und offenbar sehr freundlich.

»Pastor Sören«, sagte Niels, die Augen fest auf den alten schwarzen Filzhut geheftet, »mein Bruder Morten will nichts mit mir zu tun haben. Er sagt, ich bin nicht mehr sein Bruder, weil ich für Euch gearbeitet habe. Er gibt mir weder einen Kanten Brot noch einen Becher mit kaltem Wasser, und wenn ich ganz am Verdursten wäre. ›Geh doch wieder zum Pastor‹, sagt er, ›wirst schon sehen.‹ Und hier bin ich. Bitte«, sagte Niels und hob die Augen nicht von dem Hut, den er in der Hand gedreht und gewendet hatte, »bitte, nehmt mich wieder zu Euch, Herr Pastor. Es war sehr falsch von mir, meine Arbeit nicht ernst zu nehmen. Ich will mich bessern, das verspreche ich.«

Sören Qvist sah den geneigten Kopf, sah das strähnige schwarze Haar, das auf den schmutzigen Kragen fiel, die demütig gebeugten Schultern und empfand eine tiefe Abneigung gegen diesen Bruder von Morten Bruus. Eine Abneigung, die ihm abgrundtief und undurchschaubar erschien. Doch jetzt war Niels von seinem Bruder verstoßen worden, weil er bei dem Pastor gearbeitet hatte, und in gewissem Maße fühlte Sören Qvist sich für den Mann verantwortlich. Niels war zerknirscht, seine Demut wirkte aufrichtig. Jetzt hatte der Pastor die Möglichkeit, einen guten Gehilfen aus ihm zu machen. In der Abgeschiedenheit seines Studierzimmers hatte Sören auf Knien bekannt, dass ihn sein Zorn gegen diesen Mann von Herzen reute. »Und wegen einer solchen Nichtigkeit«, hatte er unter seelischen Qualen ausgerufen, »habe ich ihn geschlagen und weggeschickt! Ich habe ihn bestraft, weil er der Bruder von Morten Bruus ist, aber daraus kann man ihm keinen Vorwurf machen. Hätten Hans oder Lars einen Moment lang ihre Aufgaben vernachlässigt und mit Kirsten geschäkert, wäre ein solch bitterer Zorn in mir aufgewallt?« Jetzt, da Niels wieder da war, sagte er sich: »Mir ist Gelegenheit gegeben, meine Reue in Tat und Gebet zu zeigen. Darüber sollte ich mich freuen.« Doch als er zu dem Mann vor ihm sprach, tat er es mit schwerem Herzen.

»Nun gut, Niels. Ich nehme dich wieder in meinem Haushalt auf. Aber bedenke, dass ich von dir ebenso tüchtige Arbeit erwarte wie von den anderen.«

Da hob Niels den Kopf und dankte dem Pastor, und der alte Mann sah zu ihm hinunter und versuchte zu ergründen, warum ihn Niels' Gesicht einerseits mit so tiefer Abneigung erfüllte und andererseits den seltsamen Wunsch in ihm weckte, ihn wieder bei sich aufzunehmen. Das ihm zugewandte Gesicht zeugte von Dummheit, aber nicht, so dachte der Pastor, von Böswilligkeit. Die Augen waren von einem matten Grün, wie der Grünspan auf Metall, und die Haut war von der Sonne gebräunt, strahlte aber weder Wärme noch Gesundheit aus. In einem Ohr trug Niels einen Bleiohrring, und sein Gesicht erschien dem Pastor, der es intensiv betrachtete, so schwer und so dunkel wie dieses Metall. In der Reinheit und Helligkeit des Sommermorgens, inmitten des jungen Getreides, das sich in der Morgenbrise schlank und leuchtend wiegte, stand Niels wie ein Fleck in der Atmosphäre, dem alles Licht genommen war. Von dem Wunsch getrieben, in dem dumpfen Blick, der endlich auf ihn gerichtet war, ein Flackern von Verständnis zu entfachen, fing der Pastor an, von guten und schlechten Dienern zu sprechen, davon, dass wir alle Diener vor dem Herrn seien und dass der Diener, der in der elften Stunde komme, dennoch mit der gleichen Freundlichkeit empfangen und die gleiche Belohnung erhalten würde wie diejenigen, die den ganzen Tag schwer gearbeitet hatten. Niels hörte widerwillig zu, und später sagte er zu Kirsten: »Seine ganze Predigt war verschwendet, so ganz ohne Gemeinde. Ich dachte schon, die Kirchenmauern würden auf mich runterstürzen, als er zu mir redete.«

Die anderen auf dem Hof nahmen Niels' Rückkehr ohne Widerspruch hin. Niels war gutmütig, und eine Woche lang versah er die ihm zugeteilte Arbeit. Allerdings beschwerte sich Hans bei Vibeke, Niels habe Flöhe in die Schlafkammer gebracht. Ohne dem Pastor etwas davon zu sagen, entfernten Vibeke, Hans und Lars alles Stroh von den Bettstätten und trugen die Lederdecken auf die Wiese, wo sie sie gründlich abbürsteten, außerdem brachten sie Niels dazu, seine Sachen auszuziehen und Vibeke zum Waschen zu geben. In dem vermutlich ersten gründlichen Bad seines Lebens wurde Niels von Lars und Hans abgeschrubbt. Er beklagte sich bitter, er könnte sich erkälten und seine Sachen seien geschrumpft und passten ihm nicht mehr richtig. Aber als sich nach und nach die gewohnte Schutzschicht aus Erde, Ruß und Fett auf Niels' Haut und Kleidung neu gebildet hatte, hörte er auf zu schimpfen und begann Vibeke Komplimente über das Essen zu machen. Auch Vibeke war ihm nun wohlgesinnter. Sören Qvist ging mit gelöster und sonniger Miene umher, und im Pfarrhaus schien alles zum Besten bestellt.

Doch nach einiger Zeit hatte der Pastor von Neuem Grund, sich über Niels zu ärgern. Anfangs waren es Kleinigkeiten, von denen auch die anderen nicht genau sagen konnten, ob der Fehler bei Niels lag. Er war dumm und verstand Anweisungen oft falsch. Es war schwer zu durchschauen, ob er sie manchmal absichtlich missverstand. Eine deutliche Zurechtweisung hatte geringe Wirkung auf ihn. Wenn der Pastor erklärte, welche Folgen Niels' Ungeschick hatte, stand der lächelnd da, bis Sören die Geduld verlor, zu brüllen anfing und die Faust schüttelte, denn offenbar erreichte nur lautstark geäußerte Verärgerung den langsamen Verstand. Den anderen war klar, dass der Pastor seine Ausbrüche bedauerte. Manchmal schaffte er es, sich Niels gegenüber zu beherrschen, geriet dann aber wegen der viel geringeren Verfehlung eines anderen in Wut, und so kam es, dass Kirsten oft in Tränen aufgelöst zu Vibeke lief, nachdem sie vom Pastor gescholten worden war, bloß weil sie ein paar Worte mit Niels gewechselt hatte.

Als die Zeit der Heuernte kam, arbeiteten alle auf den Feldern. Die Schäfchenwolken standen hoch am Himmel, schneeweiß am oberen Rand, längs des unteren Randes vom Wind gefurcht, der aus Westen blies und eine ständige Mahnung war, dass die Stunden des Sonnenscheins ungewiss und knapp bemessen waren; wie die Schatten großer, langsam fliegender Vögel zogen die Wolkenschatten über die Felder. Anna half mittags, die Krüge und Körbe zu den Männern aufs Feld zu bringen, und Vibeke, die sich einen großen, spitzen Hut über die Haube gesetzt hatte, nahm wie auch Kirsten den Rechen zur Hand.

Einmal, als Anna aufs Feld kam, um unter der großen Eiche die Reste der Mittagsmahlzeit zu holen, hörte sie ihren Vater mit Niels sprechen. Die Männer standen in einiger Entfernung, sodass Anna ihre Worte nicht verstand, doch nah genug, um deutlich den frechen Ton in Niels' Stimme und den unterdrückten Zorn in der ihres Vaters zu erkennen, und das bekümmerte sie zutiefst. Seit gut einem Monat war der Pastor zunehmend verschlossen und reizbar. Die Helfer auf dem Hof hielten sich möglichst von ihm fern und besprachen nur das Nötigste mit ihm, und er selbst ging seiner Tochter aus dem Weg. Dennoch bezeigte er ihr hin und wieder große Zärtlichkeit und Wärme, wie an dem Abend, als sie am Spinnrad saß und er zu ihr kam und sagte: »Bestimmt hast du das Datum für die Hochzeit schon festgelegt. Du darfst sie nicht mir zuliebe zu lange aufschieben.«

Doch insgesamt war er zu einer einsamen und grüblerischen Gestalt geworden, und das Leben auf dem Hof war nicht mehr so glücklich und unbeschwert wie früher.

Eines Tages geschah es, dass Lars Sondergaard und Niels zusammen auf dem Markt in Vejlby waren, wo sie Morten

Bruus begegneten. Morten blieb stehen und musterte seinen Bruder.

»Ich habe gehört«, sagte Morten, »dass dein Meister immer wieder Wutausbrüche hat. Na, viel Freude damit.« Er lächelte verschlagen und ging weiter, und Niels sagte nichts.

Bei seiner Rückkehr berichtete Lars, man würde sich in der ganzen Gemeinde von dem veränderten Wesen des Pastors erzählen.

Dann kam der Morgen Ende August, ein goldener Morgen mit einem Hauch von Kühle in der Luft, als das Korn zum Trocknen in Garben auf dem Feld stand, Grund genug für den Pastor, zufrieden zu sein, denn die Ernte war eingebracht, bevor der erste Frost kam. Doch gerade an diesem Morgen wurde er von seinem Knecht Niels so sehr gereizt, dass er ihm einen Schlag versetzte, wie er es seit dem Tag, als Niels auf seinen Hof gekommen war, nicht mehr getan hatte, und in seinem Zorn drohte der Pastor, Niels so hart zu verprügeln, bis die Seele seinem Körper entwich. Doch nach dem ersten Hieb und seinem Ausruf gewann er die Beherrschung zurück, er wandte sich abrupt ab, ließ Niels neben Hans stehen und ging wieder ins Haus. Vibeke sah ihn mit zutiefst kummervoller Miene durch die Küche gehen. Er schloss sich in seinem Studierzimmer ein und blieb den ganzen Nachmittag dort. Als Hans am Abend ins Haus kam, berichtete er, was vorgefallen war, und fügte seine eigene Meinung hinzu.

»Niels ist ein richtiger Teufel für den Pastor. Ich weiß nicht, wie er es schafft, aber immer wieder versetzt er den Pastor in Wut. Er ist das alles nicht wert. Ich weiß nicht, wie oft ich diesen Sommer die Arbeit für Niels gemacht habe, zusätzlich zu meiner, und nur deshalb, damit der Pastor ihn nicht mit seinem Zorn überschüttet. Mir wär's lieber, Niels würde gehen. Dann hätten wir wieder Frieden.«

Aber Niels ging nicht. Den Nachmittag über blieb er verschwunden, und abends kam er zur Essenszeit zurück. Er setzte sich auf seinen üblichen Platz und aß wie immer seine Portion, allerdings sprach niemand mit ihm.

Die Mahlzeit war fast vorüber, als der Pastor in die Küche kam. Er schien überrascht, Niels zu sehen, sagte aber zunächst nichts. Niels stand auf, ging zum Pastor und senkte respektvoll den Kopf. Er sprach leise, aber alle Anwesenden, und das hieß der gesamte Haushalt, hörten, wie er seinen Fehler eingestand und sich unterwürfig dafür entschuldigte und den Pastor bat, ihn auf seinem Hof zu behalten. Es dauerte lange, bis der Pastor antwortete. Sein Blick wanderte von Niels' gesenktem Kopf zu den Gesichtern um den langen Tisch, in denen er die Hoffnung gelesen haben musste, dass er Niels wegschicken möge. Er jedoch wandte sich wieder dem säumigen Knecht zu, nahm dessen Entschuldigung an und sagte, er könne bleiben. Niels dankte ihm. Dann kehrte der Pastor der stummen Missbilligung seines Haushalts den Rücken und ging wieder in sein Zimmer.

Niels wartete, bis die Schritte verklungen waren und die Tür zwischen ihnen und dem Pastor zufiel. Als er sich umdrehte, stand Hans schon neben ihm.

»Komm«, sagte er. »Verschwinde von hier. Deinetwegen hat der alte Mann kein Essen gehabt, und ich glaube, du hast ihn oft genug um seinen Schlaf gebracht.«

Auch Lars stand auf, stellte sich auf die andere Seite und

bekräftigte, was Hans gesagt hatte. Zu dritt verließen sie die Küche, Niels in der Mitte wie ein Mann unter Begleitschutz. Die Frauen blieben zurück.

Anna fing an zu weinen. Vibeke versah eine Weile schweigend ihre Arbeit. Dann legte sie die Hand auf Annas Schulter und sagte: »Ich tue ihm jetzt Suppe auf, bring du ihm die Schüssel, und wenn du zu ihm hineingehst, bitte ihn in unser aller Namen, dass er den Tunichtgut davonjagt.«

Die Schüssel heißer Suppe vorsichtig in beiden Händen haltend, ging Anna zum Studierzimmer ihres Vaters und bat um Einlass. Entgegen ihrer Befürchtung öffnete er die Tür, und sie trat ein und stellte die Schüssel auf seinen Schreibtisch.

»Nun, mein Mädchen?«, sagte er, nachdem er sich bedankt hatte und sie unschlüssig stehen blieb, weil sie nicht wusste, wie sie das, was Vibeke ihr aufgetragen hatte, in Worte fassen sollte.

»Vibeke möchte, dass ich dich bitte, in ihrem Namen und dem der anderen, und auch ich bitte dich darum, Niels Bruus fortzuschicken. Außer dass er dich erzürnt, tut er nichts. Er ist keine Hilfe auf dem Hof. Alle würden ohne ihn besser arbeiten.«

»Ich habe ihm gerade mein Wort gegeben, dass er bleiben darf«, sagte ihr Vater. Er legte Anna den Arm um die Schultern und geleitete sie sanft zur Tür. »Ich danke Vibeke und den anderen für ihre gute Absicht«, sagte er, »aber ich habe mein Wort gegeben.«

Er sprach in so merkwürdigem Ton, dass sie genauso wenig mit ihm hätte rechten können wie mit einem Schlafwandler. Sie ging zurück in die Küche, und als sie sich wieder ans

Feuer gesetzt hatte, erzählte sie Vibeke, was ihr Vater gesagt hatte.

»Ich verstehe das nicht«, sagte Anna. »Wie kann ein einziger nutzloser Knecht alles auf dem Hof so sehr verändern? Vor einem halben Jahr gab es nirgendwo in der Gemeinde Vejlby so viel Zufriedenheit wie an diesem Herd. So kam es mir wenigstens vor.«

»Amen«, sagte Vibeke. »Kirsten, geh du schon mal ins Bett.«

»Die Sonne steht noch am Himmel«, sagte Kirsten.

»Und da wird sie morgen früh auch stehen, bevor ich dich wach bekomme.« Vibeke öffnete die Vorhänge vor dem Bett im Alkoven, dann lehnte sie sich hinein und nahm etwas von der Wand, das über dem Kopfende hing. Sie verhüllte es mit ihrer Schürze, als sie an Kirsten vorbeiging, und setzte sich zu ihrer Herrin in die Nische, wo das Spinnrad stand. Anna wischte sich mit den Fingern über die feuchten Wangen.

Kirstens Blick wanderte vom Bett zu der offen stehenden Tür. Das Sonnenlicht fiel nicht mehr in den Hof und kletterte langsam an der Mauer der Molkerei hinauf. Kirsten ging zum Brunnen, um Wasser zu trinken, aber eigentlich, um zu sehen, ob Hans oder Lars aus ihrer Kammer kommen würden. Doch der Hof lag verlassen, und als sie wieder in die Küche kam, schienen weder Vibeke noch Anna zum Sprechen aufgelegt. Weil sie nichts zu tun hatte und niemand da war, mit dem sie reden konnte, legte Kirsten zögernd ihre Kleidung ab und ging ins Bett. Sie zog die Baumwollvorhänge zu. Im Alkoven war es dunkel und unter dem Federbett warm. Sie hatte den ganzen Tag gearbeitet. Sie dachte darüber nach, wie traurig es war, dass Niels dem Pastor solchen Ärger machte; dabei konnte es mit ihm manchmal lustig sein, mit Niels, aber es war nicht lustig, wenn seinetwegen ständig Verstimmung auf dem Hof herrschte. Sie schlief ein.

Anna und Vibeke saßen noch da, als es dunkler wurde. Schließlich sagte Vibeke: »Kommt Richter Thorwaldsen heute Abend?«

Anna schüttelte den Kopf. »Heute Abend nicht. Er hat diese Woche in Randers zu tun.«

Sie schwiegen wieder, bis Anna sich aufrichtete und sagte: »Was hast du da, Vibeke? Es sieht aus wie ein Vogelbeerenzweig.«

»Das ist es auch«, sagte Vibeke und drehte den Zweig nachdenklich zwischen den Fingern. »Der Zweig ist in der Gabelung der großen Eiche gewachsen. Fünf Wochen lang habe ich ihn beobachtet, bis es an der Zeit war, ihn abzuschneiden.«

»Was meinst du damit – an der Zeit?«

»Vogelbeere hat viele gute Eigenschaften«, sagte Vibeke, »aber nur, wenn man sie an Himmelfahrt schneidet. Ich musste also warten. Sie wehrt böse Geister ab und schützt vor Hexenzauber. Aber man findet sie nur selten. Und die meisten Leute, die glauben, sie kennen sich damit aus, schneiden sie zur falschen Zeit.«

»Dann fühlst du dich damit bestimmt sicherer«, sagte Anna gutmütig, denn ihr kam in den Sinn, wie nachsichtig ihr Vater über Vibekes Ängste gesprochen hatte.

»Ich hatte den Zweig bei mir im Bett«, gestand Vibeke. »Aber jetzt möchte ich, dass du ihn nimmst.«

»Weshalb?«, fragte Anna.

»Du sollst ihn ins Zimmer des Pastors legen, in eine Ecke,

wo er ihn nicht bemerkt, sonst lacht er noch darüber und wirft ihn weg. Oh, ich weiß, er glaubt nicht daran, dass es etwas Gutes bewirkt. Aber«, sagte sie und senkte die Stimme, »in letzter Zeit ist er ganz verändert. Er verhält sich wie jemand, der verhext ist.«

Anna widersprach. »Ich fände es besser, du würdest den Zweig behalten – ohne ihn fühlst du dich doch wahrscheinlich schutzlos. Und ich glaube nicht, dass er meinem Vater helfen würde. Ich bin mir sicher – horch, was war das?«

»Das war die Tür zu seinem Zimmer«, sagte Vibeke. »Sie kreischt wie ein Waldkauz und muss geölt werden. Er kommt in die Küche.« Sie verbarg den Zweig unter der Schürze und faltete ihre Hände darüber.

Pastor Sören kam herein, und als er Anna und die Haushälterin beim Feuer sah, zog er einen Stuhl herbei und setzte sich zu ihnen. Er bewegte sich wie jemand, der sehr müde war; offenbar hatte er schon im Bett gelegen. Er trug seinen langen grünen Morgenmantel und seine weiße Nachtmütze, die er sich aus der Stirn geschoben hatte. Er fuhr sich mit der Hand über die Augen, dann ließ er sie schwer auf die Knie fallen.

»Ich konnte nicht schlafen«, sagte er.

Trotz seines weißen Haars und des weißen Barts hatte Anna ihren Vater nie zuvor als alt betrachtet. Er hatte immer einen klaren Blick und frische Wangen gehabt und war voller Kraft und Energie gewesen. Doch an diesem Abend wirkte er sehr alt.

»Ist Tryg nicht hier?«, fragte er.

Anna antwortete dasselbe wie zuvor Vibeke, nämlich, dass Tryg in Randers zu tun hatte.

Der Pastor nickte. »Das hat er mir erzählt, aber ich habe es vergessen. Ich werde glücklich sein, dich verheiratet zu sehen, mein Mädchen; nur was ich ohne dich tun soll, weiß Gott allein. Nun gut, ich bin gekommen, weil ich glaube, ich schulde euch eine Erklärung, dir und Vibeke, und auch Tryg, denn mir ist klar, dass ihr mein Verhalten befremdlich findet. Nein, widersprecht nicht. Es muss euch seltsam anmuten, das gebe ich zu, dass ich einen armseligen Menschen in meinem Dienst behalte, der allein die Absicht verfolgt, mich zu erzürnen.« Er zögerte. »Es fällt mir schwer weiterzusprechen«, sagte er dann und fuhr fort: »Zunächst ist es nicht von der Hand zu weisen, dass ich eine alte Schwäche habe. Vibeke weiß besser als du, mein Herz, wie oft mir das Kummer bereitet hat. Es ist eine der sieben Todsünden. Ich gehe weiß Gott nicht leichtfertig damit um; mein Leben lang habe ich damit gerungen. Sie braust mit Sturmgewalt in mir auf, aus dem Nichts. Sie macht mich blind und schüttelt mich, und ich bin mir dann selbst fremd. Allein Gottes großer Güte ist es zu verdanken, dass ich in meinem Zorn bisher kein Verbrechen begangen habe. Meinen Sohn habe ich darüber verloren – nein, seine Mutter hat mir deshalb nie Vorwürfe gemacht, aber ich weiß nur zu gut, dass es meine schrecklichen Ausbrüche waren, die Peder aus dem Haus getrieben haben.«

Er hatte leise, aber mit Inbrunst gesprochen, und als er innehielt, sagte Anna flehentlich: »Deshalb möchten wir alle, dass du Niels Bruus fortschickst. Warum solltest du dich dieser Versuchung aussetzen?«

Der Pastor ließ sich viel Zeit mit der Antwort, und während Anna wartete, betrachtete sie ihren Vater, und sie dachte, dass Schein und Schatten des Herdfeuers nicht der einzige Grund waren, warum seine Schläfenmulden so tief erschienen und seine Augen so eingesunken. Nach langem Schweigen sagte der Pastor schließlich: »Es ist Gottes Wille. Es ist Gottes Wille, dass ich so lange versucht werde, bis ich mich als fähig erweise, dieser Anfechtung zu widerstehen. Vielleicht werde ich, wenn ich ein alter Mann bin, Frieden finden, und vielleicht kommt Peder dann zu mir zurück, damit ich ihn noch ein einziges Mal mit eigenen Augen sehe, bevor ich sterbe.«

Anna fragte demütig: »Aber beten wir nicht dafür, dass wir von der Versuchung erlöst werden?«

Der Pastor nickte. »Ich habe gebetet. Aber ich bin zu der Einsicht gekommen, dass Gott mir diese Versuchung geschickt hat. In kleinen Dingen, wenn der Geist offen und wach ist, lässt er uns seinen Plan sehen. Wenn er mir den Teufel schickt, um mich in Versuchung zu führen, dann sage ich mit dem heiligen Franziskus: *Ego confido in castallis Domini, idest daemonibus* – Auch die Teufel sind Schutzbefohlene des Herrn.« Als er Vibeke etwas unter ihrer Schütze hervorziehen sah, fragte er, wie zuvor Anna: »Was hast du da, Vibeke?«

»Das ist ein Vogelbeerenzweig, Pastor. Er wirkt gegen Dämonen. Wenn Ihr ihn in Eurem Zimmer über dem Bett aufhängt, würdet Ihr ungestört ruhen.«

Sören lächelte, und es war an diesem Abend das erste Mal, dass er lächelte. »Nein, Vibeke, nein«, sagte er voller Sanftmut und zutiefst gerührt von ihrer Anteilnahme. »Das würde mir nicht helfen.«

»Aber habt Ihr nicht eben gesagt, dass es der Teufel ist, der

Euch versucht? Dieser Zweig hat Macht gegen den Teufel. Ich habe ihn an Himmelfahrt geschnitten.«

Die brave Frau beugte sich vor, streckte ihm den kleinen, welken Vogelbeerenzweig entgegen, und auf ihre flehentliche Bitte sagte der Pastor mit noch größerer Milde: »Es steht nicht in der Macht eines Zweiges, ob gesegnet oder nicht, mich zu retten. Es ist allein die Kraft meines Geistes, die bewirken kann, dass ich von diesem Teufel befreit werde, wenn es denn der Teufel ist.«

»Ach«, sagte Anna mit einem langen Seufzer, »trotzdem wünsche ich mir aus tiefstem Herzen, du würdest Niels Bruus fortschicken. Er ist ein so armseliger, dummer, nutzloser Kerl, wie könnte er den Teufel spielen?«

Der Pastor stimmte ihr zu. »Er ist dumm und armselig. Ein Grund mehr, dass ich meinen Zorn ihm gegenüber zügle. Vielleicht kann ich euch das nicht verständlich machen, aber mir ist es so klar wie das Licht der Sonne auf der Erde, dass ich ihn in meinem Dienst behalten muss, bis zu dem Tag, an dem er mich aus freien Stücken verlässt.«

Er sagte dies mit einer solchen Festigkeit und Feierlichkeit, dass keine der beiden Frauen es wagte, ihm abermals zu widersprechen. So saßen sie still und niedergedrückt da, und es war der Pastor, der das Schweigen brach. Er sprach in gelösterem Ton, als hätte er seinen Geist durch die Erklärung erheblich erleichtert. »Ich danke dir, Vibeke, für deine Fürsorge. Ich danke dir von Herzen. Wenn du den Vogelbeerenzweig über dein eigenes Bett hängst, wird er dich, des bin ich gewiss, vor den alten Frauen von Ebeltoft beschützen. Oder auch vor denen von Schonen.«

11

Niels blieb also auf dem Hof. Dass er seitens seines Meisters besonderen Schutz genoss, überstieg seine Auffassungsgabe. Allerdings bemerkte selbst er, dass Sören Qvist die Hände hinter dem Rücken verschränkt hielt, wenn er mit ihm sprach. Ihm war bewusst, dass alle Vorwürfe gegen ihn, die seine Trägheit oder Unfähigkeit betrafen, sehr geduldig vorgebracht wurden. Dazu kam, dass er sich viele Predigten, wie er es nannte, anhören musste. Der Pastor lobte ihn, er ermutigte ihn, er sprach vernünftig mit ihm, und während all dies jemandem, der einen Funken Feingefühl in sich trug, ein Ansporn gewesen wäre, sah Niels darin einen Freibrief, sich mit noch größerer Dreistigkeit aufzuführen. In gewisser Weise war er verwundert darüber, aber da Morten ihn belohnte, wenn er davon erfuhr, und der Pastor seine Hände im Zaum hielt, und da Kirsten hübsch war, wenn auch nicht immer freundlich, zuckte Niels die Schultern und machte das Beste aus seiner Lage.

Die kurze Phase des Wachstums, nämlich die Zeit zwischen dem späten Beginn des nordischen Frühlings und dem frühen Herbstanfang, war für alle, die damit zu tun hatten, voller Geschäftigkeit. Von dem Tag, da der Roggen gerade hoch genug stand, dass er sich im Wind bog, bis zu dem Tag, da sich die Ähren schwer neigten und erntereif waren, schien kaum Zeit vergangen zu sein. Der kühle und frühlingshafte Frühsommer ging meist in ein paar wenige sonnenverbrannte Wochen mit gelbbraunen Heuhaufen über, und die Luft war von einem kräftigen Aroma aus Kräutern und Gräsern erfüllt, das durch die Hitze noch verfeinert wurde. Doch kaum war der September da, gemahnte jeder Morgen an die bevorstehenden kalten Tage. Die Störche mit ihren langen, unter dem Körper baumelnden Beinen flogen nach Süden, und so wie die Bauern im Sommer ihre Blicke über die Baumwipfel und in die Weite des Himmels zu den schneeweißen Schäfchenwolken hoben, so hoben sie die Köpfe jetzt zu den südwärts ziehenden Störchen – und verstanden die Mahnung, dass die guten Tage bald vorüber sein würden.

Richter Thorwaldsen drängte Anna, einen Tag für die Hochzeit zu bestimmen, und fast wäre es ihm gelungen, seine Verlobte auf den Martinstag festzulegen. Er hatte sie treu und hingebungsvoll umworben, und sie hielt ihn nicht mehr auf Abstand, weil sie seine Liebesschwüre hören wollte. Sie war in ihn verliebt, und er in sie, ernstlich und glücklich verliebt, und während Anna früher auf ein Abenteuer gehofft hatte, das sie nach Ebeltoft oder gar in das königliche Kopenhagen führen würde, bestand das Abenteuer jetzt darin herauszufinden, wie verliebt sie war. Ihr Vater war der Grund, warum sie sich noch sträubte. Sie glaubte, ihn nicht verlassen zu können, solange er auf der merkwürdigen Fehde mit seinem Knecht bestand und Niels auf dem Hof blieb. Auf Wunsch ihres Vaters hatte sie versucht, Tryg zu erklären, warum Sören den nutzlosen Knecht behielt. Sie war keine Theologin und hatte nicht alles verstanden, was ihr Vater von den Teufeln als den Schutzbefohlenen Gottes gesagt hatte, aber weil sie ihn liebte und sich ihm nah fühlte, verstand sie das Wesentliche. Der Pastor konnte es nicht hinnehmen, dass sein Knecht die niedrigen Wesenszüge in ihm zum Ausbruch brachte. Es mochte alle möglichen Gründe geben, Niels fortzuschicken, aber dass Niels den Pastor zu Zornesausbrüchen reizte, war keiner davon.

Der Richter war ein praktisch veranlagter Mensch, und sein Denken war so klar und geradlinig wie sein Blick. Auch er verstand die Sache mit den Teufeln des Herrn nicht, noch begriff er, warum Sören sich in Abhängigkeit von seinem Knecht gebracht hatte, aber er war voller Achtung und Zuneigung für den alten Mann. Als jedoch das Datum für seine eigene Hochzeit davon abzuhängen schien, ob und wann Niels Bruus den Dienst des Pastors zu verlassen gedachte, machte der Richter Vorschläge, wie man Niels zum Gehen überreden könnte. Er erwog sogar, selbst mit Niels zu sprechen. Aber Anna bat ihren Liebsten, davon abzusehen. Obwohl sie kaum hätte erklären können, warum, glaubte sie, ihr Vater würde jedes Eingreifen anderer bemerken, außerdem schien ihr die Verquickung zwischen ihrem Vater und diesem nutzlosen Knecht mittlerweile so tief und schicksalhaft, dass sie das Gefühl hatte, es würde dem Pastor seelischen Schaden zufügen, wenn er nicht seine eigene Lösung dafür fand. Und so sah Tryg sich gezwungen, diesen Plan aufzugeben.

Sören Qvist beobachtete, wie die Hagebutten sich rot färbten und die Haselnüsse in ihren samtenen grünen Hüllblättern mit den gezähnten Rändern rund wurden, und erkannte ihre bemerkenswerte Schönheit. Der tägliche Kampf mit sich selbst brachte ein wiederkehrendes Hochgefühl hervor, und gewöhnliche Dinge nahmen große Bedeutung an. Wenn er am Brunnen trank oder sich das Gesicht wusch, empfand er die Kühle des Wassers als außergewöhnlich; Nahrung, die er an seinem eigenen Tisch oder auf dem Felde zu sich nahm, die Muskelkraft seiner weißen Stute, die ihn so getreulich trug, das Dunkel des Nachthimmels, unter dem er Ruhe fand – diese Dinge waren an sich außerordentlich, und noch außerordentlicher wurden sie, wenn man die Größe der Schöpfung bedachte, der sie entsprangen. Und so war er in diesen Herbsttagen nicht nur von den Dämonen angefochten, sondern auch umgeben von der Herrlichkeit Gottes.

Die Dämonen jedoch hörten nicht auf, ihn zu quälen. Zwar hielt der Pastor die Hände nach wie vor hinter dem Rücken, wenn er mit Niels sprach, und schlug ihn nicht, dennoch spürte er großen Zorn in sich aufsteigen, und der Anblick des Mannes war ihm verhasster als der eines jeden anderen Menschen. Diese Erkenntnis machte ihn unendlich traurig. Dass es ihm gelang, keine Schläge auszuteilen, war nicht der Sieg, für den er gebetet hatte.

Es war nicht das erste Mal in seinem Leben, dass der Pastor die sichtbare und greifbare Welt um sich herum, die Manifestationen des Schöpfers, mit einem derart geschärften Bewusstsein wahrgenommen hatte, aber nie zuvor war diese Wahrnehmung mit solchem Kummer und ständig wachsenden Qualen einhergegangen. Er dankte Gott für die Arbeit in seiner Gemeinde, den Dienst an den Kranken und Bedürftigen. Es war eine gute Ernte gewesen. Zur Mittsommerwende hatte man aus dem Süden bestürzende Nachrichten von dem Unglück des Königs bei Hameln erhalten. Als dort das Gerüst über einem Graben einbrach, war der König mit seinem Pferd neun Meter in die Tiefe gestürzt. Der König hatte den Sturz überlebt, sei es aufgrund seiner unverwüstlichen Verfassung, sei es, dass die Sterne vor seinem Tod noch andere Aufgaben für ihn vorgesehen hatten, aber der Feldzug hatte sich durch dieses Unglück erheblich verzögert. Dennoch gab es keine Anzeichen dafür, dass Jütland binnen zwei Jahren einer angreifenden Armee nichts würde entgegensetzen können. Der Pastor widmete sich den Angelegenheiten in seiner Gemeinde und denen auf seinem Hof.

Der erste Frost legte sich auf den Buchenwald und verfärbte einige Blätter gelb, sodass es bei bewölktem Himmel den Anschein hatte, auf den Bäumen ruhten vereinzelte Sonnenstrahlen. Als strengerer Frost einsetzte, wurden die Wälder Blatt für Blatt golden. Vor Sonnenaufgang knirschte das Gras unter den Schritten und wurde weich und welk, sobald der Raureif getaut war. Nach und nach biss sich der Frost tiefer in die Erde, und der Pastor, der den Küchengarten seit einiger Zeit vernachlässigt hatte, wusste, dass die Erde in den nächsten ein, zwei Tagen, bevor der Boden zu hart wurde und nicht mehr bepflanzt werden konnte, umgegraben werden musste. Entgegen seiner sonstigen Gewohnheit, die Arbeiten in dem abgeteilten Garten selbst zu erledigen, wies er Niels Bruus an, die Kohlbeete umzugraben und die welken Halme und Kohlstrünke zusammenzuharken. Er erklärte, warum diese Arbeit unverzüglich zu erledigen sei, dann ging er in sein Studierzimmer, um die Predigt für den kommenden Sonntag zu schreiben.

Es war eine arbeitsreiche Woche gewesen, und wegen der Kälte glaubte der Pastor seit einigen Tagen, vielleicht über Gebühr besorgt, dass für die Erledigung der noch ausstehenden Landarbeiten Eile geboten sei. Deshalb fiel es ihm schwer, sich von den praktischen Angelegenheiten abzuwenden und mit der Predigt zu beginnen. Aber er setzte sich hin.

»Wir alle sind Diener des Herrn«, schrieb er mit kratzender Feder. Es war schon fast Mittag. Als er die Feder hob, hörte er durch die beiden geschlossenen Türen das schwache Geräusch des Spatens – ein Zeichen, dass Niels mit der Arbeit im Garten begonnen hatte. In der Ferne krähte ein Hahn zur Unzeit, und aus der Küche drangen undeutlich die Stimmen der Frauen an sein Ohr. Der Pastor schrieb weiter. Er hätte die Vorbereitung der Predigt nicht so lange aufschieben sollen. Er fragte sich, ob Niels, dem alles langsam von der Hand ging, bis zum Einbruch der Dunkelheit mit dem Umgraben fertig würde. Wenn nicht, müsste er selbst die Arbeit zu Ende bringen. Grünkohl und Weißkohl waren zwei Gemüse, die im Winter unentbehrlich waren. Sie würden trotz Kälte gedeihen, wenn man sie zeitig genug pflanzte; oft hatte er Schnee von den Grünkohlblättern abgeschüttelt.

Die Feder kratzte beim Schreiben so laut, dass er nicht hörte, ob Niels im Garten weiterarbeitete, und es bekümmerte ihn, dass der Gedanke an Niels und sein eigenes Misstrauen dem Knecht gegenüber ihm bis hierher, in seine Studierstube, folgte und sich auf seine Vorbereitungen für den Sonntag auswirkte. Er legte die Feder hin und kniete sich einen Augenblick nieder zum Gebet, und die ganze Zeit konnte er den Spaten hören, der unregelmäßig in die Erde gestochen wurde, und er schalt sich, weil er darauf lauschte. Er nahm erneut die Feder, tauchte sie in die Tinte und schrieb: »Und wer zu seinem Diener sagt: ›Arbeite‹, und er arbeitet selbst nicht …«, dann hielt er inne, denn er konnte den Spaten nicht hören, und die Tinte an der Federspitze trocknete. Als das Geräusch wieder anfing, kehrte Sören beruhigt zu seiner eigenen Arbeit zurück.

So ging es über eine halbe Stunde, eine halbe Stunde, in der er lauschte, schrieb und sich selbst Vorwürfe machte. Aber der Gedanke, dass der Garten umgegraben werden müsse, und zwar noch heute, ließ ihn nicht los. Die Predigt konnte er notfalls auch bei Kerzenlicht zu Ende schreiben. Am Ende der halben Stunde kam eine längere Phase, in der Sören Qvist den Spaten nicht hörte. Er ärgerte sich doppelt, einmal über sich selbst, dann über Niels, und er stand vom Schreibtisch auf, trat in den Gang und ging in den Garten hinaus.

Dort war es windstill und sonnig. Das Sonnenlicht fiel auf die weiße Hauswand, und das alte, aber immer noch goldene Reetdach leuchtete so wie die Heugarben auf den Feldern. Das geöffnete Fenster am anderen Ende, das zur Schlafkammer der Männer gehörte und das einzige Fenster in dieser Wand war, setzte einen dunklen Akzent. Rechts davon, hinter einer dichten Hecke, erhob sich der mit goldenen Buchen bestandene Hügel. Die Haselnusssträucher hielten hartnäckig an ihren Blättern fest, obwohl auch die sich gelb und ocker verfärbt hatten. Sie bildeten eine dichte Hecke, die den Garten von der Straße abschirmte. Und der Garten war leer. In der

Mitte, dort, wo das Beet teilweise umgegraben war, steckte der Spaten aufrecht im Boden. Von Niels keine Spur. Sören, der in der Küchentür stand, betrachtete das umgegrabene Stück und fand, dass es angesichts der mit dem Graben zugebrachten Zeit klein war. Er hörte Stimmen hinter der Hecke und Gelächter, dann schob Niels sich durch die Haselnusssträucher. Er hatte die Hände voller Nüsse. Er musste den Pastor gesehen haben, tat aber so, als hätte er ihn nicht bemerkt, ging zu dem Spaten, stützte sich darauf und begann, die Nüsse, die er gesammelt hatte, zu knacken und zu essen. Sören näherte sich ihm und sagte ungeduldig, aber nicht zornig: »Warum tust du nicht die Arbeit, die dir aufgetragen wurde?«

Niels hob den Blick von den Nüssen in seiner Hand, lächelte den Pastor listig an und sagte: »Ich esse lieber Nüsse. Außerdem ist es nicht meine Aufgabe, den Garten umzugraben. Ich soll auf dem Feld arbeiten.«

»Du sollst da arbeiten, wo es dir aufgetragen wird«, sagte Sören Qvist und spürte den Zorn in sich aufsteigen, trotz seiner Anstrengung, ihn zu zügeln.

Niels zuckte die Schultern und rieb sich mit dem Handrücken das Kinn.

»Du bist ein ungezogener Hund«, sagte der Pastor.

Wie es gemeinhin üblich war, benutzte er für Niels und alle Mitglieder seines Haushalts die familiäre Anrede. Niels jedoch setzte sich über die Regeln hinweg, als er den Pastor seinerseits so anredete.

»Pastor«, sagte er in anmaßendem Ton, »du bist ein Halunke.«

Er zog mit einer Hand den Spaten aus der Erde, und nachdem er die Haselnussschalen weggeworfen hatte, schob er sich den Hut in den Nacken, wie um einen besseren Blick auf den Pastor zu haben. Sein Lächeln blieb und schien seine Genugtuung darüber auszudrücken, den Pastor mit seinem Zorn ringen zu sehen; auch eine gewisse Sicherheit lag darin, als wüsste er genau, dass er unter einem besonderen Schutz stand.

Sören Qvist sah unverwandt in dieses lächelnde Gesicht, in die grünen Augen mit dem seltsamen Glanz; er sah die schwarzen Stoppeln, die sich wie Schmutz um den Mund und unter der Nase entlangzogen; er sah den fleckigen Bleiohrring im rechten Ohr. All das sah er mit einem leidenschaftlichen Hass, der so groß war, dass sein Arm sich unwillkürlich zu heben begann, schwerelos, wie unter Wasser, und bevor der Pastor sich bezähmen konnte, hatte er Niels zweimal ins Gesicht geschlagen.

Niels schrie auf und schleuderte den Spaten zu Boden. Mit lauter, krächzender Stimme, die im ganzen Haus zu hören sein musste, schrie er: »Du Henker! Du Halunke! Lump! Mörder!«

Das letzte Wort stieg in die Luft und blieb dort hängen, und Sören Qvist, der vor Wut ganz von Sinnen war, hob den Spaten auf, schlug den Mann vor ihm zweimal mit dem Schaufelblatt und rief dabei: »Ich werde dich schlagen, du Hund, ich werde dich so lange schlagen, bis du tot zu meinen Füßen liegst.«

Niels fiel der Länge nach flach aufs Gesicht, und im selben Moment klärte sich der vom Zorn vernebelte Blick des Pastors, denn er erkannte, dass er abermals gescheitert war.

Wie Niels so lächelnd vor ihm gestanden hatte, war er für den Pastor die Personifizierung allen Übels.

»Ich werde dich erschlagen!«, hatte er gebrüllt und dabei in die grünen Augen geblickt, die seltsam glühten, als würde in ihnen ein infernalisches Licht brennen. Jetzt lag Niels am Boden, und er war wieder ein Mensch, ein Mann in Lumpen, eine Kreatur von schwachem, vergänglichem Fleisch. Von einer schrecklichen Angst erfasst, beugte Sören sich über ihn, aber Niels atmete. Er war nicht einmal bewusstlos. Sören fasste ihn unter den Achseln und half ihm auf die Füße, und während der Pastor Niels mit einer Hand stützte, begann er mit der freien Hand die Erde von dessen Kleidung abzuklopfen.

Plötzlich riss Niels sich los, rannte durch den Garten zu der Hecke, die weg von der Straße verlief, drückte sie auseinander und zwängte sich hindurch. Der Pastor sah ihn über das angrenzende Feld zum Buchenwald laufen. Nachdem seine dunkle Gestalt zwischen den Bäumen verschwunden war, sank Sören Qvist auf die Knie, schlug die Hände vors Gesicht und dankte Gott, dass er Niels Bruus nicht getötet hatte.

»Lieber Gott, mein Herr«, betete er in dem stillen Garten mit verzweifelter Demut, »erlöse mich endlich von dieser Versuchung. Nimm diesen Mann von mir hinweg. Sieh doch, ich bin es nicht wert, dass du mich prüfst. Vergib mir, dass ich dachte, ich könnte meine Stärke mit seiner messen, der die Erde durchstreift und sich auf ihr bewegt, jetzt wie auch zu der Zeit der Patriarchen. Ich habe keine Kraft, es sei denn, du gibst mir Kraft.«

Hier, noch auf Knien, fand Anna ihn.

12

In der zweiten Nacht nach dem Zornesausbruch des Pastors schlief Kirsten nicht sehr gut. Ihr schien, dass auch der Pastor unruhig war. Sie lag neben Vibeke wach im Bett und glaubte ihn zu hören. Anscheinend schlug das Wetter um. Die Daunendecke war zu warm, und Kirsten hatte Durst. Als sie aufstand, um einen Schluck Wasser zu trinken, hörte sie das Rauschen des Windes, und sie spürte die milde, weiche Nachtluft. Sie wollte sich gerade wieder hinlegen, da glaubte sie, im Gang einen Zipfel von dem grünen Morgenmantel des Pastors und seine weiße Nachtmütze zu sehen, und gleich regte sich ihr schlechtes Gewissen, weil sie manchmal mit Niels geschäkert hatte. Nicht, dass sie Niels besonders mochte, aber sie tändelte gern. Lars Sondergaard und Hans waren zwar gute und zuverlässige Knechte, aber zum Tändeln schienen sie nie aufgelegt, außerdem waren sie zu alt, dachte Kirsten, bestimmt so alt wie Vibeke. Dennoch wünschte sie sich, bevor sie einschlief, sie hätte Niels nie eines Blickes gewürdigt. Es war nicht ihre Absicht gewesen, ihn in seinem unverschämten Verhalten gegenüber dem Meister zu bestärken.

Vibeke schlief und träumte, und einmal schrie sie im Schlaf angstvoll auf. Als die anderen ihr erzählten, Niels sei weggelaufen, hatte sie lediglich gesagt, dafür sei Gott zu danken, und sie hoffe, er würde nie zurückkommen. Alle waren froh, dass Niels fort war, doch die Düsternis, die er mitgebracht hatte, blieb im Pfarrhaus.

Ein paar Tage darauf – als Vibeke später dazu befragt wurde, konnte sie nicht mit Sicherheit sagen, an welchem Tag – war sie in Vejlby auf dem Markt, wo sie Morten Bruus begegnete. Morten war auf sie zugekommen und hatte lächelnd gefragt: »Was gibt es Neues über meinen Bruder Niels?«

»Ich dachte, die ganze Welt wüsste inzwischen, dass er wieder einmal weggelaufen ist«, antwortete sie schnippisch.

Darauf hatte Morten sich überrascht gezeigt, aber nichts weiter gesagt. Eine Woche später jedoch, als wieder Markttag war, hörte sie von Freunden, Morten würde überall erzählen, der Pastor habe Niels etwas angetan und halte ihn versteckt. Vibeke hatte das entrüstet von sich gewiesen, und natürlich stimmten die Freunde ihr zu, dass Morten Bruus mit böser Zunge sprach. Aber die ganze Woche hindurch kamen Leute zu ihr und berichteten, was Morten Neues verbreitet hatte, und am Ende der Woche hieß es, er würde vor Gericht gehen, wenn der Pastor seinen Bruder nicht lebend und unversehrt vorweisen konnte. Dann hörte man aus Ingvorstrup, Morten habe erklärt, er würde den Pastor zwingen, seinen Bruder herauszugeben, »und wenn er ihn aus der Erde ausgraben müsste«.

Vibeke erzählte Anna davon, und sie stimmten überein, dass sie das dem Pastor nicht erzählen würden, denn er war in tiefe Niedergeschlagenheit versunken und verhielt sich so seltsam, dass seine Tochter sich größere Sorgen denn je um ihn machte.

Auch das Wetter war trübselig. Statt des Kälteeinbruchs, den der Pastor erwartet hatte, mit hart gefrorenem Boden und sonnigen Tagen, kamen Nässe und Nebel, und der Backsteinfußboden im Pfarrhaus war feucht wie die Steine im Brunnen. Die ersten Oktoberwochen vergingen, der Pastor war verschlossen und trübsinnig, und in seinem Haushalt herrschte eine gedrückte, beklommene Stimmung. Schließlich kamen die Gerüchte über Niels' Verschwinden auch dem Pastor zu Ohren.

Er warf den Mitgliedern seines Haushalts nicht vor, dass sie ihm dies verschwiegen hatten. Aber als er von einem Besuch bei Ida Möller zurückkehrte, wo er gehört hatte, was man über ihn sagte, ging er unverzüglich in sein Zimmer und nahm aus der hintersten Ecke der Schreibtischlade den Lederbeutel, in dem er das Münzgeld aufbewahrte. Der Beutel war seinen Gemeindemitgliedern wohlbekannt. Wenn jemand in Not geriet, holte der Pastor ihn hervor und nahm ein paar Münzen heraus, um die Not zu lindern. Diesen Beutel steckte er jetzt in seine Tasche, bestieg sein Pferd und ritt auf schnellstem Wege zu Trygs Haus in Rosmus.

»Ich bin gekommen, um mir meine Ruhe zu erkaufen«, sagte er und legte den Beutel vor Tryg auf den Tisch. »Zweifellos habt Ihr gehört, was Morten Bruus über mich erzählt.«

Tryg nickte traurig.

»Dann müsst Ihr eine Suche nach Niels einleiten, und hier ist das Geld dafür.«

Tryg machte keine Anstalten, das Geld zu nehmen. »Mortens Gerede ist wilder Unfug«, sagte er. »Wer in dieser Gemeinde würde Morten glauben und nicht Euch? Wahrscheinlich ist Niels weggelaufen, um sich dem König anzuschließen.«

»Das glaube ich auch«, sagte der Pastor ernst. »Er hat oft genug gesagt, sein Bruder kümmere sich nicht um ihn. Dass er seinen Bruder um Unterstützung bitten würde, kann man wohl kaum vermuten. Aber nehmt das Geld, Tryg – viel ist es nicht – und findet heraus, wo er ist, denn es macht mich unglücklich, dass solche Dinge über mich gesagt werden, selbst wenn es Morten Bruus ist, der sie sagt.«

»Wie Ihr meint, Pastor«, sagte Tryg. Der alte Mann schickte sich an zu gehen, und Tryg stand auf und begleitete ihn zur Treppe. »Es gibt niemanden in der Gemeinde Vejlby, der so verehrt wird wie Ihr, Pastor Sören«, sagte er. »Übles Gerede kann Euch nichts anhaben. Und ich meinerseits bin froh, dass der Nichtsnutz weg ist.« Er hätte gern noch gesagt, welche Ehre es ihm war, dass er bald der Schwiegersohn des Pastors sein würde, aber beim Abschied drückte dessen Miene eine solche Einsamkeit aus, dass Tryg davon absah, sein eigenes Glück zu erwähnen. Langsam ging Sören Qvist die Treppe hinunter.

Der Pastor war kaum eine halbe Stunde fort, als weitere Besucher bei Richter Thorwaldsen eintrafen. Zunächst war da Morten Bruus persönlich. Er brachte einen jungen Feldarbeiter und eine Frau mittleren Alters samt ihrer stämmigen blonden Tochter mit. Der Richter glaubte alle drei als Mitglieder von Sören Qvists Gemeinde zu erkennen. Sie stellten sich hinter Morten Bruus und warteten unterwürfig und verstört, dass Morten sein Anliegen vortrug. Morten trat zum Schreibtisch vor und sagte: »Herr Richter, bevor ich den Grund meines Kommens vorbringe, darf ich Euch zu der bevorstehenden Eheschließung gratulieren?«

Der Richter unterdrückte seine Überraschung wie auch seine Verärgerung, bejahte mit geschlossenen Lippen die Frage und wischte sie gleichzeitig mit einer Handbewegung weg. Morten lächelte schwach und wandte sich zu seinen Begleitern um.

»Ich habe«, begann er, »diese Zeugen mitgebracht, die meine Anschuldigung, zu der ich mich gezwungen sehe, bestätigen werden. Ihr kennt sicher Jens Larsen aus Vejlby sowie die Witwe Kirsten, Witwe des Schäfers von Ingvorstrup, und Elsa, ihre Tochter. Das sind ehrliche Leute, wie Ihr bestimmt zugeben werdet.«

»Ich habe keinen Zweifel an ihrer Ehrlichkeit«, sagte Tryg. »Und deine Anschuldigung?«

»Ich beschuldige den Pastor Sören Qvist des Mordes an meinem Bruder Niels Bruus.«

»Ich habe die Leute von dieser Anschuldigung reden hören«, sagte Thorwaldsen mit großem Ernst. »Es ist von beträchtlichem Gewicht, sie offiziell bei mir vorzubringen, aber es ist besser, sie öffentlich zu machen, damit sie öffentlich zurückgewiesen werden kann.«

Morten lachte kurz auf. »Sie kann erst zurückgewiesen werden, wenn es zur Gerichtsverhandlung kommt«, sagte er.

»Es kann erst zu einer Gerichtsverhandlung kommen«, antwortete der Richter mit Schärfe, »wenn die Anschuldigung besser begründet wird, als ich es bisher vernommen habe.«

»Ihr habt meine Zeugen noch nicht angehört«, gab Morten zurück. »Ich verlange, dass Ihr meine Zeugen anhört. Ich verlange Gerechtigkeit, auch von Euch, Herr Richter.« Beim Sprechen beugte Morten sich vor, stützte die eine Hand auf den Schreibtisch und starrte Thorwaldsen herausfordernd und mit einem Ausdruck reiner Bosheit an.

Thorwaldsen spürte, wie das Blut in ihm aufwallte, aber er sprach nicht, ballte auch nicht die Hand zur Faust und hielt dem intensiven Blick so lange stand, bis der Ankläger sich wieder aufrichtete, umwandte und auf seine Begleiter deutete. Diese wirkten verängstigt, besonders das Mädchen, und der Feldarbeiter Jens Larsen war sichtlich beunruhigt. Die Witwe Kirsten sah zu dem Lederbeutel, den Sören Qvist auf dem Tisch zurückgelassen hatte, worauf Tryg, der ihrem Blick folgte, wieder einfiel, warum der Pastor bei ihm gewesen war.

»Du hast vielleicht erraten«, sagte er ruhig und ohne Eile, »dass der Pastor hier war, es ist keine Stunde her. Er hat mir Geld gegeben, alles Geld, das er besitzt, soweit ich weiß, damit ich nach Niels suche. Das würde er kaum tun, wenn er der Tat schuldig wäre, die du ihm vorwirfst. Überleg es dir gut, Morten Bruus, ob du die Sache weiterverfolgen willst. Sollte deine Anschuldigung sich als falsch erweisen, wird es dir schlecht bekommen.«

»Der Pastor hätte das Geld gut eingesetzt«, sagte Morten, »wenn er meinen Bruder lebend finden kann. Meine Zeugen, Herr Richter. Befragt meine Zeugen.«

Er nickte zur Witwe Kirsten hinüber und entfernte sich ein paar Schritte vom Tisch. Ja, er ging sogar zu den bleigerahmten Fenstern und blickte auf die Straße hinunter, als wollte er betonen, dass er volles Vertrauen in die Zeugenaussagen dieser Menschen hatte. Aber als die Witwe Kirsten zu sprechen begann, drehte er sich um und kam leise wieder näher.

»Ich möchte nichts zum Schaden des Pastors sagen«, begann sie und wandte den Blick von dem Lederbeutel vor dem Richter ab, »denn der Himmel weiß, dass er freundlich zu uns gewesen ist, aber ich habe einmal erzählt, wir hätten ihn mit Niels streiten hören, Elsa und ich. Das ist ja nicht so schlimm, nicht wahr?«

»Nicht so schlimm und auch nichts Neues, wenn das alles ist«, sagte Tryg trocken. »Aber erzähl deine Geschichte.«

Die Witwe faltete die Hände vor dem Bauch und begann zu sprechen, als hätte sie die Geschichte schon oft erzählt und wäre sich der Einzelheiten allein deshalb so sicher, weil sie diese viele Male wiederholt hatte.

»Um die Mittagszeit gingen wir, Elsa und ich, auf der Straße am Pfarrgarten vorbei, und als wir gerade bei der Hecke waren, teilte sie sich, und Niels Bruus guckte heraus und bot Elsa ein paar Nüsse an. Während wir miteinander sprachen und die Nüsse aßen, wurde im Haus eine Tür zugeschlagen, und Niels nickte mir zu und zwinkerte. ›Bleibt hier und hört zu‹, sagte er, ›dann kriegt ihr eine Predigt zu hören.‹ Er verschwand auf der anderen Seite der Hecke, und im nächsten Moment hörten wir die Stimme des Pastors. Er schalt Niels wegen seiner Trägheit, und Niels gab dem Pastor eine unverschämte Antwort. Er nannte den Pastor einen Henker. Und der Pastor nannte Niels einen Hund und sagte, und das sind seine Worte: ›Ich werde dich schlagen, bis du tot vor meinen Füßen liegst.‹ Dann hörten wir zwei Schläge, als würden sie auf den Rücken eines Menschen niedergehen, und wir sahen zweimal ein Stück von dem Stiel und dem Blatt eines Spatens hoch in der Luft. Das sahen wir über die Hecke hinweg. Durch die Hecke konnten wir nichts sehen. Danach war alles still, und wir sind schnell weitergegangen. Das war an dem Mittag, als Niels weggelaufen ist. Und Niels hatte zu uns gesagt: ›Der Pastor will, dass ich den Garten umgrabe, aber ich esse lieber Nüsse. Wartet eine Minute, dann kriegt ihr eine Predigt zu hören.‹ Ja, genau, das war alles, stimmt's, Elsa? Und ich sehe nicht, wie das zum Schaden des Pastors sein kann.« Sie hörte auf zu sprechen und atmete schwer, als wäre sie gerade eine steile Treppe hinaufgestiegen. Tryg warf ihr einen beruhigenden Blick zu.

»Nein«, sagte er dann. »Das ist mehr oder weniger das, was der Pastor selbst mir erzählt hat. Da gibt es keine Unstimmigkeiten.«

»Moment mal«, sagte Morten hastig. »Ich habe hier noch einen Zeugen.«

Jens Larsen sprach mit größerer Mühe. Die Worte fielen ihm schwer, er wirkte bedrückt und machte seine Aussage widerstrebend. »Eines Abends kam ich spät von Tolstrup nach Hause –«

Tryg unterbrach ihn. »An welchem Abend war das?«, fragte er. »Der Tag, an dem Niels weggelaufen ist?«

»Nein, Herr Richter«, sagte Larsen, »nicht an dem Abend. Das war am zweiten Abend, nachdem Niels, wie die Leute es erzählen, weggelaufen war. Ich kam also spät von Tolstrup auf der Straße, die am Garten des Pastors vorbeiführt, und der Mond schien hell, aber der Wind frischte auf, und nicht lange danach begann es zu regnen. Ich kam am Garten vorbei und hörte jemanden graben, und es war schon sehr spät. Erst war ich erschrocken, das könnt Ihr Euch vorstellen, deshalb habe ich mir die Schuhe ausgezogen und bin auf den Übertritt in der Hecke gestiegen. Von da konnte ich in den Garten gucken, und ich sah, wie der Pastor den Boden mit dem Spaten glatt klopfte. Es war mit Sicherheit der Pastor. Er trug den grünen Morgenmantel, den ich kenne, und eine weiße Nachtmütze, und der Mond schien sehr hell. Der Pastor stand mit dem Rücken zu mir. Ich hätte gern noch länger zugesehen, aber er drehte sich langsam um, und ich wollte nicht, dass er mich beim Spähen ertappt. Deshalb bin ich wieder runtergeklettert, habe meine Schuhe in die Hand genommen und bin weitergegangen.«

»Da habt ihr's!«, rief Morten und ließ dem Richter keine Zeit, diese merkwürdige Aussage abzuwägen. »Da! Es liegt klar auf der Hand, was der Pastor in der Nacht gemacht hat. Sucht in seinem Garten!« Er stellte sich unmittelbar vor den Schreibtisch und schlug mit der Faust darauf, und seine Stimme schwoll an, bis er beinah schrie: »Sucht im Garten des Pastors. Da werdet ihr den letzten Zeugen meiner Anschuldigung finden!«

Nach seinem Besuch in Rosmus war der Pastor sofort nach Hause zurückgekehrt. Als er dem Richter den Beutel mit dem Geld gegeben und somit die Verantwortung, seinen verschwundenen Knecht zu finden, dem Gesetz übertragen hatte, war ihm sein Herz gleich um vieles leichter. Die moralische Verantwortung für Niels' Verschwinden lag jedoch immer noch bei ihm, und das machte ihn traurig, aber die unmittelbar drängende Frage, wie Mortens Verleumdungen zu begegnen sei, hatte er, so befand er, gut gelöst. Deshalb war er fast glücklich, als er durch die raucherfüllte Herbstluft ritt. Zurück auf dem Hof rieb er eigenhändig die Stute trocken und verweilte danach in der Küche, wo er mit Vibeke über dies und das sprach, wie er es seit Wochen nicht mehr getan hatte. Er war noch in der Küche, als Morten Bruus in Begleitung seiner Zeugen und des Richters Thorwaldsen auf den Hof ritt.

Die beiden Frauen waren jeweils hinter Morten und Jens Larsen aufgesessen, Tryg ritt sein eigenes Pferd, und das Klappern der Hufe verursachte einigen Lärm im Hof. Der Pastor trat in die Küchentür, um zu sehen, was die Unruhe zu bedeuten hatte. Beim Anblick des Pastors saß Morten hastig ab, rannte zur Tür und rief laut: »Das ist er! Das ist der Mörder meines Bruders!«

Kirsten, die aus der Molkerei kam, blieb erschrocken stehen. Auch Vibeke eilte zur Tür und verharrte, als der Pastor langsam auf seinen Beschuldiger zuging. Die beiden Frauen in Mortens Gruppe waren abgestiegen und blieben im Hintergrund, während Larsen die beiden Pferde hielt. Thorwaldsen sah sich nach Hans und Lars Sondergaard um und rief dann nach ihnen. Morten brüllte wieder mit sich überschlagender Stimme: »Mörder! Ich bin wegen der Leiche meines Bruders Niels gekommen.«

Während der Pastor verständnislos und ohne ein Wort auf den erregten Mann herabblickte, stürmte Morten zur Tür und wollte sich an Vibeke vorbeidrängen, aber sie stemmte die Arme in die Hüften und versperrte ihm den Weg.

Unterdessen schickte Thorwaldsen Kirsten auf die Suche nach den Männern, und Mortens braune Stute, von dem Gebrüll ihres Herrn unbeeindruckt, trottete quer über den Hof zu der Stelle, wo Larsen mit den anderen beiden Pferden stand.

»Was hat das alles zu bedeuten?«, fragte der Pastor schließlich, als Thorwaldsen sich ihm näherte.

»Es hat zu bedeuten«, schrie Morten und wirbelte herum, »dass wir den Garten durchsuchen werden.«

»Es tut mir leid, Pastor Sören«, sagte der Richter, »er fordert die Durchsuchung als sein Recht, und ich muss es ihm gewähren.«

»Dann sucht doch«, sagte der Pastor milde.

»Ich brauche einen Spaten«, sagte Morten.

»Ich werde Hans sagen, er soll dir einen bringen«, sagte der Pastor. »Lass ihn ins Haus, Vibeke.«

Vibeke, die eine Berührung an der Schulter spürte, drehte sich um, und als sie Anna unmittelbar hinter sich sah, drängte sie das Mädchen in die Nische mit dem Spinnrad, während Morten an ihnen vorbeieilte. Thorwaldsen folgte ihm, und beide waren so sehr mit ihrer Sache befasst, dass sie das Mädchen hinter der Haushälterin nicht wahrnahmen. Der Pastor, zusammen mit Hans, kam auch ins Haus, dann traten alle nacheinander, auch Vibeke und die Mädchen, in den stillen Garten hinaus, bis schließlich sowohl die Gruppe der Beschuldiger als auch alle Mitglieder des Pfarrhaushalts versammelt waren.

Morten nahm Hans den Spaten ab, rannte zur Mitte des Gartens und fing an zu graben. Die Witwe Kirsten erklärte Vibeke flüsternd, dass sie dem Pastor keinen Schaden zufügen wolle und dass der Richter ihr versichert habe, sie hätte keinen Schaden angerichtet, aber umgeben von dem unheilvollen Schweigen der anderen verstummte sie nach wenigen Sätzen. Morten grub wild in der Erde und warf den Aushub rücksichtslos auf die neu gesetzten Pflanzen. Nach wenigen Minuten rannte er zu einer anderen Stelle und fing erneut an zu graben, doch weil er die Erde zu hart fand, suchte er wiederum eine andere Stelle.

»Was für ein sonderbares Gebaren«, sagte Sören Qvist.

Im nächsten Moment kam Morten zu der Gruppe, das Gesicht schweißüberströmt wegen der Heftigkeit, mit der er sich über den Garten hergemacht hatte, und seine Augen glänzten.

»Mir ist nicht klar«, sagte Sören milde zu ihm, »was du dir von deinen Mühen versprichst.«

»Ah, ich verspreche mir viel, keine Bange«, antwortete Morten, dann rief er Jens Larsen zu: »Zeig uns die Stelle, wo du den Pastor beim Graben gesehen hast, am zweiten Abend nachdem mein Bruder verschwunden ist.«

»Ich soll nachts im Garten gegraben haben?«, sagte der Pastor. »Ich war die ganze Nacht im Bett, nachdem Niels weggelaufen war, und die nächste Nacht auch, ich habe nicht im Garten gegraben.«

»Das werden wir noch sehen«, sagte Morten mit einem hämischen Grinsen.

Larsen sah betreten zum Pastor hinüber und kletterte auf den Übertritt in der Hecke. Von dort sah er hinunter in den Garten, entschied sich für eine Stelle und ging darauf zu.

»Hier war es«, sagte er, »und ich bin mir sicher, ich habe den Pastor graben sehen.«

Die Stelle, auf die er zeigte, war von trockenen Strünken und Kohlblättern bedeckt. Morten ging darauf zu, den Spaten in der Hand, und bemerkte, indem er seinen Blick schweifen ließ: »Das würde passen. Sehr gut getarnt.«

»Hier ist in letzter Zeit nicht gearbeitet worden«, sagte der Pastor.

»Soll ich graben, Pastor?«, fragte Morten Bruus.

»Nur zu, grab«, sagte der Pastor. »Und wenn dir die Kräfte ausgehen, lass Hans graben.«

Hans kam hinzu und säuberte die Stelle von welkem Zeug. Die Zuschauenden traten näher und sahen, dass hier vor nicht allzu langer Zeit gegraben worden war, verglichen mit dem Erdreich in der Nähe, wo kleine grüne Spitzen hervorlugten. Hans sagte nichts und begann zu graben. Die Erde war locker und gab leicht nach. Morten sah ihm zu und beugte sich in wachsender Erregung vor. Plötzlich rief Hans aus: »Gott steh uns bei!«

Alle kamen ein wenig näher, und Richter Thorwaldsen stellte sich neben Morten Bruus und blickte hinunter in das fast einen Meter tiefe Loch, zu der Stelle, wo der Spaten zuletzt eingestochen worden war. Zu seinem Entsetzen sah er etwas, das eindeutig die Krone eines Filzhuts war.

Morten rief: »Das ist der Hut von Niels! Den würde ich überall erkennen. Ah, wir finden ihn, wir finden ihn. Grab weiter, Hans!« Dann sprang er in die Grube und machte sich daran, die Erde mit bloßen Händen von dem Hut wegzuschaufeln.

Kurz darauf konnte er den Hut aus der Erde ziehen. Er warf ihn aus der Grube, und ein Hinterkopf mit glattem schwarzem Haar kam zum Vorschein. Morten hatte Hans zur Seite geschoben und arbeitete wild mit den Händen weiter, bis er die Schultern der Leiche freigelegt hatte, die mit dem Gesicht nach unten und angewinkelten Knien vergraben war, und schließlich zog er sie aus der Erde und legte sie vor Sören Qvist auf den Pfad.

Der Pastor war sehr blass geworden. Auch aus Vibekes Gesicht war alle Farbe gewichen, und kalter Schweiß stand auf ihrer hellen Haut, aber sie hielt ihren Arm weiter schützend um Anna, die neben ihr stand und ihr Gesicht an der Schulter der Haushälterin verbarg.

Der Tote lag jetzt auf dem Rücken, sein strähniges Haar fiel lose auf den Boden. Das Gesicht war so zertrümmert, dass die Züge nicht mehr zu erkennen waren, und der Körper war schauerlich anzusehen in der fortgeschrittenen Verwesung. Der Gestank, wie der einer riesigen toten Ratte, verbreitete sich in der milden, feuchten Luft. Die Leiche trug die Kleidung, die Niels am Tage seines Verschwindens getragen hatte. Verdreckt und schlaff, wie die Leiche dalag, glich sie einer Vogelscheuche, die von ihrem Pfosten gefallen war, und mutete eher grotesk als menschlich an. Morten kniete neben der Leiche nieder, riss am Kragen, drehte das Kragenband um, auf das der Name Niels Bruus geschrieben war. Er zeigte auf den einzelnen Bleiohrring und forderte alle Anwesenden auf zu bezeugen, dass dies Niels' Leiche war.

Nacheinander traten die Menschen aus dem Pfarrhaus vor und legten Zeugnis ab. Nachdem die Magd Kirsten einen Blick auf die Leiche geworfen und genickt hatte, hielt sie sich die Hand vor den Mund und rannte aus dem Garten. Die Witwe Kirsten war entsetzt und erstaunt und beschwor, dass dies die Leiche von Niels Bruus sei, und ihre Tochter Elsa tat es ihr nach. Jens Larsen weigerte sich, die Identität des Leichnams zu bestätigen. Er hatte Niels nicht gut gekannt. Anna wurde das Zeugnis erlassen, und nachdem Vibeke, wie Kirsten, mit einem Nicken die Identität bestätigt hatte, durfte sie mit Anna ins Haus gehen. Die ganze Zeit stand der Pastor mit bleichem Gesicht dabei, bis jeder gesprochen und sich dann von der Leiche entfernt hatte. Als nur noch Morten Bruus, der Richter und der Pastor bei der Leiche standen, verlangte Morten von dem Richter, dass er handle, und Thorwaldsen sagte zum Pastor: »Lieber Freund, es betrübt mein Herz zutiefst, aber ich habe keine Wahl, als Euch unter Arrest zu stellen.«

Die Stimme des Pastors war sehr leise, aber fest, und er sprach zu Tryg Thorwaldsen, als wäre niemand sonst im Garten. Und er sagte: »Gott weiß, dass ich an dieser entsetzlichen Tat nicht schuldig bin. Es muss das Werk des Teufels sein oder das seines Gefolges. Ich weiß seit Langem, dass ich vom Teufel verfolgt werde. Aber derjenige lebt, der zur rechten Zeit meine Unschuld beweisen wird. Bringt mich ins Gefängnis. In der Einsamkeit und in Ketten werde ich geduldig ausharren und das erwarten, was er in seiner Weisheit beschließt.«

13

Sören Qvist wurde in das Gefängnis von Grenaa gebracht, und Anna, die ihren Vater nicht alleinlassen wollte, schloss sich der Gruppe an. Im Pfarrhaus herrschte große Aufregung, doch trotz des Durcheinanders wurden bestimmte Verrichtungen vor Einbruch der Dunkelheit erledigt. Hans und Lars Sondergaard zimmerten einen Sarg und legten die verwesende Leiche hinein. Die Grube im Garten wurde aufgefüllt, das Beet in Ordnung gebracht. Da Vibeke nicht duldete, dass der Sarg über Nacht im Pfarrhaus blieb, hoben die beiden Männer ihn auf eine Karre und brachten ihn auf den Friedhof von Vejlby. Kirsten molk die Kühe wie jeden Tag und trug die Eimer mit der Milch in die Molkerei, und als die Dunkelheit sich über die Landschaft legte, versammelte sich das Gesinde vollzählig in der Küche, wo Vibeke das Abendessen bereitet hatte.

»Das ist die schauerlichste Arbeit, die ich je verrichtet habe«, sagte Lars und blies in seine Suppe.

Kirsten sah auf ihre Schüssel und rührte die Suppe nicht an. »Es legt sich auf den Geschmack«, sagte sie. »Mir ist immer noch übel.«

»Wer hätte gedacht, dass es so ausgehen würde?«, sagte Lars.

»Dass Niels zwei Tage lang tot in der Hecke lag, und wir haben es nicht gemerkt.«

»Was willst du damit sagen?«, fragte Vibeke scharf.

»Na ja, wir alle haben es gehört«, sagte Lars und legte den Löffel hin. »Das, was die Witwe Kirsten erzählt hat. Stimmt doch, Hans, nicht?«

Hans nickte trübsinnig.

»Ihr habt nicht gehört, dass Niels tot in der Hecke lag«, sagte die Haushälterin.

»Wir haben jedes Wort von dem Streit gehört – du wahrscheinlich auch. Wir waren in unserer Kammer und haben Zaumzeug geflickt. Das Fenster stand offen. Ich habe nicht rausgeguckt, aber ich habe alles gehört – das Fluchen, die Schläge mit dem Spaten, das Rascheln in der Hecke, und dann war alles still.«

»Niels ist durch die Hecke geschlüpft und auf den Hügel geflohen«, sagte Vibeke.

»Wer hat ihn denn rennen sehen?«, sagte Lars.

»Der Pastor hat ihn gesehen. Die Witwe Kirsten und ihre Elsa haben natürlich nichts gesehen, sie waren auf der anderen Seite.«

»Und?«, sagte Lars und zuckte die Schultern.

»Wenn der Pastor sagt, Niels ist weggelaufen, und er hat es gesehen, dann stimmt das. Niemals würde der Pastor die Unwahrheit sagen.«

»Er ist ein guter alter Mann, ich kenne keinen besseren«, sagte Lars, »aber ich glaube, selbst der Pastor würde lügen, wenn er damit seinen Kopf aus der Schlinge ziehen könnte.«

»Aus der Schlinge!«, rief Vibeke empört. »Eher vor dem

Schwert retten. Was für eine Schande wünschst du dem Pastor?«

»Vor dem Schwert, meinetwegen«, sagte Lars. »Umso mehr Grund, Angst zu haben. Es tut mir sehr leid, Frau Vibeke. Denk in Gottes Namen nicht, dass ich es dem Pastor zum Vorwurf mache. Das Leben von Niels Bruus war nichts wert, nicht wie seines. Aber wie soll man die Geschichte von Jens Larsen sonst verstehen? Und wie soll die Leiche in den Garten gekommen sein?«

»Ach, Jens Larsen«, sagte Vibeke. »Soll ich etwa sein Wort gegen das von Pastor Sören stellen?«

»Die Geschichte von Jens Larsen stimmt aber«, sagte Kirsten, und sie erzählte ihnen, wie sie in der Nacht wach gewesen und den Pastor in seinem grünen Morgenmantel und der weißen Nachtmütze ganz deutlich gesehen habe, weil der Garten in hellem Mondschein lag, und wie sie, als er zurückkam, das Knarren der Tür gehört habe.

Vibeke sah sie mit großen, entsetzten Augen an. »Trotzdem kann das nicht wahr sein«, flüsterte sie. »Es kann nicht wahr sein.«

»Bitte denk nicht, dass ich lüge«, sagte Kirsten und brach in Tränen aus.

Vibeke war ratlos. Dann sagte sie: »Nein, so schlecht würde ich von dir nicht denken, Kirsten, aber du kannst dich getäuscht haben.«

»Der Mond schien hell«, sagte Hans, und es war das erste Mal, dass er sprach.

»Ach, ihr seid alle gegen ihn«, sagte Vibeke zutiefst erschüttert.

»Ich wünschte, wir könnten etwas ändern«, sagte Lars Sondergaard darauf. »Glaub mir, lieber würde ich morgen davonlaufen als gegen ihn aussagen, aber wenigstens werde ich nichts bezeugen, was er nicht vor uns allen schon selbst gesagt hat.«

»Ich wünschte, ich hätte nichts gesagt«, sagte Kirsten. »Wenn ihr nicht gegen mich sprecht, dann erzähle ich morgen nichts davon.«

Vibeke blickte von einem Gesicht zum anderen und entdeckte keine Feindseligkeit. Aber niemand sprach. Die beiden Männer sahen sie an, und Vibeke sagte langsam und widerstrebend: »Am besten, du sagst die Wahrheit. Was immer Unrechtes geschehen ist, kommt am ehesten mit der Wahrheit ans Licht. Wir alle sollen morgen in Rosmus aussagen, und Weglaufen wird da nicht helfen.«

Sie saßen noch beim Essen, als Anna zurückkam. Sie war allein, da sie sich von Tryg vor der Tür verabschiedet hatte, und setzte sich an ihren angestammten Platz am Tisch, ohne ihren Umhang abzulegen. Vibeke war aufgestanden, als ihre junge Herrin hereinkam, sprach aber nicht. Die anderen um den Tisch sahen Anna erwartungsvoll an, dann senkten sie ihre Blicke wieder auf die Teller, als befürchteten sie, Anna zu bedrängen. Anna machte keine Anstalten, sie zu begrüßen, sondern saß regungslos da, fast so, als hätte sie vergessen, wo sie war und was sie da sollte. Ihr Blick wanderte langsam von einem Gesicht zum nächsten, aber mit so merkwürdig unbewegtem Ausdruck, dass Vibeke angst und bange wurde. Dann sagte Anna leise: »Du hast geweint, Kirsten. Du musst nicht weinen.«

»Hast du keine Botschaft vom Pastor für uns?«, fragte Vibeke darauf.

Anna sah sie an. »Er sagt, wir müssen tapfer sein und auf Gott vertrauen«, antwortete sie.

»Ja, das ist richtig«, sagte Vibeke und fasste wieder Mut. »Habt ihr gehört? Es ist nicht alles verloren. Wir lassen uns zu leicht entmutigen. Leg deinen Umhang ab, Anna, und ich bringe dir zu essen.«

Das Mädchen schüttelte den Kopf. »Ich kann nichts essen«, sagte sie und stand auf. »Ich glaube auch nicht, dass ich schlafen kann.« Und sie ging, ohne Gute Nacht zu sagen, aus der Küche.

Darauf schob die gutherzige Kirsten ihre Schüssel zur Seite, legte den Kopf auf den Tisch und weinte, als wollte sie nie wieder aufhören. Vibeke ging zu ihrer Kräutertruhe, braute einen starken Baldriantee und brachte ihn ihrer Herrin ins Brautgemach, wo sie darüber wachte, dass Anna ihn trank. Sie half Anna ins Bett und setzte sich neben sie.

Eine Weile lag das Mädchen zitternd im Bett, doch langsam wärmten die Decken sie, der Tee begann zu wirken, und Anna wurde ruhiger. Vibeke blieb neben ihr sitzen, obwohl es im Zimmer kalt war. Schließlich sagte Anna: »Vibeke, ich verstehe das nicht, und es macht mir Angst. Du weißt, dass es Menschen gibt, die denken, dass er es getan hat.«

»Es gibt immer solche mit bösen Gedanken«, sagte Vibeke.

»Aber er kann es nicht getan haben.«

»Das hat er gesagt«, antwortete Vibeke. »Was sagt Richter Thorwaldsen dazu?«

»Ich habe ihm nur eine einzige Frage gestellt«, sagte das

Mädchen. »Ich habe ihn gefragt, ob er die Worte meines Vaters für die Wahrheit hält, und er hat das mit Ja beantwortet.«

»Dann sollten wir keine Angst haben«, sagte Vibeke.

»Ja«, sagte das Mädchen, »wir sollten auf Gott vertrauen, wie er es uns aufträgt. Mir ist auch nicht richtig bange, Vibeke.«

Vibeke dagegen fürchtete sich sehr wohl. Noch lange nachdem Anna eingeschlafen war, saß sie an ihrem Bett, wie damals, als Anna klein war, nach dem Tod ihrer Mutter, um sie zu trösten, falls sie aus dem Schlaf schreckte und weinte. Sie zweifelte nicht an der Unschuld des Pastors, aber sie wusste nicht, wie das Gericht die Menge der Beweise gegen ihn ausräumen sollte. Ihr fiel wieder ein, was er über Dämonen gesagt hatte, und sie folgte ihren eigenen trüben Gedanken. Während sie so neben ihrem schlafenden Kind saß, kamen ihr viele entsetzliche Dinge wieder in den Sinn, Dinge, die sie lange Jahre verdrängt hatte und die sie nach all den glücklich verbrachten Stunden seither für immer zu vergessen gehofft hatte. Es war spät, als sie sich neben Kirsten zur Ruhe legte.

Die Versammlung in Rosmus war klein, denn als Zeugen kamen nur diejenigen, die Morten Bruus schon am Tag zuvor mitgebracht hatte, sowie die Mitglieder des Pfarrhaushalts. Der Pastor, der am frühen Morgen durch die noch taufeuchten Wiesen aus dem Gefängnis in Grenaa gebracht worden war, trug seine Arbeitskleidung vom Vortag, nämlich einen Ledermantel, gelbe Strümpfe und Holzschuhe. Sein Gesicht sah müde aus wie das eines Mannes, der die ganze Nacht mit einem Engel gerungen hatte und ihn schließlich, ohne seinen

Segen erhalten zu haben, gehen lassen musste. Dennoch war sein Auftreten würdevoll, und das führte allen Anwesenden seine geistliche Berufung umso deutlicher vor Augen.

Richter Thorwaldsen traf als Letzter ein, setzte sich an den langen Tisch und begann ohne Umschweife mit der Vernehmung. Mortens Anklage und die Aussagen seiner Zeugen sowie die Aussagen der Mitglieder des Pfarrhaushalts waren dieselben wie am Vortag, aber an diesem Tag wurden sämtliche Äußerungen von dem Schriftführer niedergeschrieben und für alle Zeit festgehalten. Als die Magd Kirsten erzählte, dass sie den grünen Morgenmantel und die weiße Nachtmütze des Pastors bei hellem Mondschein im Gang gesehen habe, frohlockte Morten Bruus, und der Pastor fuhr sich mit der Hand über die Augen. Kirsten war die letzte Zeugin, und als sie mit ihrer Aussage fertig war, sprang Morten Bruus auf.

»Der Fall ist abgeschlossen, Herr Richter«, rief er. »Ich fordere ein Urteil.«

»Warte«, sagte der Richter. »Der Angeklagte muss die Gelegenheit haben zu sprechen. Pastor Sören Qvist, was könnt Ihr zu Eurer Verteidigung vortragen?«

»Gott steh mir bei«, sagte der alte Mann sehr langsam. »Ich werde die reine Wahrheit sagen. Ich habe Niels Bruus mit dem Spaten geschlagen, und er fiel zu Boden, doch er war imstande aufzuspringen und fortzulaufen. Ich sah ihn übers Feld laufen und in den Wald hinein. Was danach mit ihm geschah, weiß ich nicht, noch, wie seine Leiche in meinem Garten verscharrt werden konnte. Und was die Aussage derjenigen angeht, die mich in der Nacht im Garten gesehen haben wollen, so ist es entweder eine böse Verleumdung oder – und Gott möge mir verzeihen, wenn ich jemanden fälschlich beschuldige – eine vom Leibhaftigen herbeigeführte Täuschung. Denn in der Nacht habe ich tief und fest geschlafen und war mir der Fallstricke um mich herum nicht bewusst. Ich Elender! Auf der ganzen Welt ist niemand, der zu meiner Verteidigung sprechen könnte – das ist offenkundig. Wenn auch Gott im Himmel schweigt, so habe ich mich seinem unerforschlichen Willen zu fügen.«

In der langen Pause, die seiner Aussage folgte, glaubte Anna, die an Vibeke Andersdatters Arm lehnte, ihr Herz habe aufgehört zu schlagen und ihr Atem stehe still. Ihr Vater blickte nicht zu ihr hinüber, als er sich setzte, sondern schlug die Hände vors Gesicht. Tryg Thorwaldsen hatte den Gefangenen unverwandt angesehen. Mit einer Stimme, die kaum mehr als ein Flüstern war, aber in der Stille laut klang, wiederholte Morten Bruus: »Das Urteil, Herr Richter.«

Thorwaldsen zögerte die Antwort weiter hinaus. Er nahm seine Feder und legte sie wieder hin, er faltete seine Hände und öffnete sie wieder. Schließlich sah er zum Schriftführer hinüber, nickte leicht und begann zu sprechen.

»Angesichts der Unbescholtenheit des Gefangenen«, sagte Richter Tryg Thorwaldsen, »und seiner Berufung und der langen Zeit seines Dienstes in dieser Gemeinde und in Anbetracht der Tatsache, dass seine Aussage den Aussagen der anderen Zeugen widerspricht, erklärt das Gericht die Beweislage für nicht schlüssig. Das Gericht kann kein Urteil erlassen. Gleichwohl haben die Aussagen gegen den Gefangenen ein solches Gewicht, dass sie nicht verworfen werden können. Das Gericht erklärt deshalb, dass die Urteilsfindung für drei

Wochen aufgeschoben wird. Nach Ablauf dieser Frist wird das Gericht in dieser Stadt und um die gleiche Stunde wieder zusammenkommen.«

Eine dreiwöchige Frist bedeutete, dass die zweite Verhandlung auf den Martinstag fallen würde. Das war Richter Thorwaldsen in dem Moment nicht aufgefallen.

14

Am späten Nachmittag, nach der ersten Anhörung im Fall von Pastor Qvist, wurde die Leiche, die in seinem Garten ausgegraben worden war, unter der Leitung von Peder Korf aus Aalsö auf dem Friedhof von Vejlby in geweihter Erde beigesetzt. Morten Bruus war als Zeuge und Trauergast zugegen, und Richter Thorwaldsen kam als Vertreter des Königs. Um nicht auf den Haufen ausgehobener Erde zu treten, standen die beiden unfreiwillig nebeneinander. Peder Korf stellte sich ans Kopfende des Grabes, der Küster ihm gegenüber. Unter dem bewölkten Himmel schimmerte die frisch ausgehobene Erde an den Schnittstellen des Spatens mit mattem Glanz, und das dichte Gras, auf das sich schon früh der Tau gelegt hatte, leuchtete fahl. Das silbrige Zwielicht reichte nicht in die längliche Grube hinein. Morten schien sehr traurig zu sein, und auf seinem füchsischen Gesicht zeigte sich ausnahmsweise weder Boshaftigkeit noch Spott. Der Richter beobachtete ihn und wollte ihm das aufrichtige Recht zu trauern zubilligen, doch bei dem Gedanken daran, dass es Morten dem Anschein nach an jedweder Zuneigung für seinen Bruder gefehlt hatte und dass ein triumphierendes Leuchten in seinen blassgrünen Augen aufgeblitzt war, als er Pastor Sören Qvist die Leiche vor die Füße gelegt hatte, schwand sein guter Vorsatz. Aus lauter Widerwillen gegen den Mann neben ihm stieg in seinem Mund unwillkürlich der Geschmack bitterer Galle auf.

Peder Korf las die Worte der Totensegnung, der Küster stand mit gesenktem Kopf da und hatte die Hände ehrerbietig auf dem Spatengriff gefaltet, und Morten Bruus bedeckte seine Augen mit einer Hand. Tryg Thorwaldsen sagte zu sich: »Möge Gott mir verzeihen.« Die Kirche hinter ihnen, ein altes Gotteshaus, das noch viel älter werden sollte, besaß eine gewaltige Festigkeit und warf einen kalten, grauen Schatten. Die Worte, die der Pastor verlas, waren von derselben Festigkeit. Für Tryg Thorwaldsen versiegelten sie das verwesende Fleisch in dem Sarg bis zum Tag des Jüngsten Gerichts. Was immer Niels' Anteil an der Lage seines Meisters sein mochte, er war dem Urteil und der Schuldzuweisung eines menschlichen Gerichts enthoben. Ganz gleich, ob ihm seine Sünden erlassen oder vergeben waren, er lebte nicht mehr auf dieser Welt. Niels' Geschichte ist vorbei, dachte Tryg, als der Pastor die Bibel zuklappte und der Küster den Spaten ansetzte.

Morten Bruus dankte dem Pastor und verneigte sich förmlich vor Tryg. Offenbar wollte er am Grab verweilen, bis der Küster seine Arbeit verrichtet hatte, aber Pastor Korf und Richter Thorwaldsen wandten sich ab und gingen auf den schmalen Pfaden zwischen den Ruhestätten von ehemaligen Einwohnern dieser Gemeinde zum Tor. Als sie den Friedhof verließen, wandte Tryg sich um und sah Morten immer noch mit gesenktem Kopf am Grab stehen.

»Armer Kerl«, sagte Pastor Korf. »Es ist schwer, den letzten lebenden Verwandten gehen zu lassen. Auch wenn zwischen diesen Brüdern dem Anschein nach wenig Freundlichkeit geherrscht hat. Aber Blutsbande sind stark.«

»Es ist das Schicksal der Lebenden, mit dem wir uns jetzt befassen müssen«, sagte Tryg.

»Und doch«, sagte der Pastor. Dann fügte er schlicht hinzu: »Es tut mir sehr leid für Euch.«

»Ich möchte um Euren Rat bitten«, sagte Tryg. »Bevor Morten Bruus seine Anschuldigung vorbrachte, war Pastor Sören bei mir und hat mir einen Geldbetrag gebracht, der mir die Suche nach Niels ermöglichen sollte. Wie kann ich dieses Geld jetzt am besten einsetzen, um dem Pastor zu helfen?«

Peder Korf strich sich über den Bart. In dem von der Sonne gebräunten Gesicht wirkte der Blick aus seinen intensiv blauen Augen, mit denen er Tryg jetzt ansah, besonders eindringlich.

»Ihr glaubt also nicht, dass er schuldig ist, Herr Richter?«, fragte er.

»Ich kann nicht glauben«, sagte Tryg, »dass er mir eine so ungeheuerliche Lüge zumuten und mich bitten würde, nach Niels zu suchen, wenn er die ganze Zeit wusste, wo Niels lag. Er ist ein ehrenwerter Mann, ein Mann Gottes.«

»Er ist mein Freund«, sagte Peder Korf. »Trotzdem, er ist ein Mensch, und alle Menschen haben Schwächen. Seine Herzensgüte ist bemerkenswert. Aber Jähzorn entfacht sich wie ein Feuer. Er braust auf und schaltet den Verstand aus.«

»Wäre ich von seiner Schuld überzeugt, hätte ich heute Morgen das Urteil über ihn gesprochen«, sagte der Richter.

»Ihr glaubt also, dass Gott einen Zeugen schicken und die Unschuld unseres Freundes beweisen wird? Dann lobt eine

Belohnung für Zeugen aus. Aber sagt, hatte Pastor Sören nicht noch ein zweites Kind, einen Sohn?«

»Ja«, sagte Tryg. »Peder, er ist schon vor geraumer Zeit von zu Hause fortgegangen. Es heißt, er sei in Schonen umgekommen.«

»Vielleicht auch nicht. Könntet Ihr mit dem Geld nicht eine Suche nach Peder Qvist einleiten?«

»Er würde als Zeuge nichts nützen«, sagte Tryg.

»Nein«, sagte Pastor Korf, »aber er wäre ein Trost. Um ehrlich zu sein, ich fürchte, dass es keinen Zeugen gibt, der helfen könnte.«

Sie schwiegen. Dann sagte der Pastor sehr freundlich: »Mein Sohn, es ist ein großes Unglück für Sören Qvist, dass Ihr der Friedensrichter seid und damit verantwortlich für seinen Fall. Als Repräsentant des Königs kann Euch Euer persönliches Vertrauen in Pastor Sören nicht förderlich sein.«

»Wäre es besser«, fragte Tryg sachlich, »wenn ich den Fall niederlegte und ihn einem der Reisenden Richter des Königs überließe?«

»Daran habe ich auch schon gedacht«, sagte Pastor Korf.

»Ich auch«, sagte Tryg. »Aber ein Richter des Königs wäre ein Fremder in der Gemeinde, und Pastor Sörens Ruf als guter Mensch hätte für ihn keine Bedeutung. Nein, ich behalte den Fall.«

»Wie Ihr es für richtig erachtet«, sagte Peder Korf.

»Ich werde Eurer Gebete bedürfen«, sagte Tryg. Er wollte schon gehen, da sagte er: »Man sollte bedenken, Pastor Peder, wie seltsam es ist, dass Mortens Anschuldigung gegen den Pastor uns allen dreien, die wir seinen Hass schon zu spüren bekommen haben, gleichermaßen Kummer bringt: Anna, der Tochter des Pastors, dem Pastor selbst und mir.«

Im Pfarrhaus wartete Anna und hoffte auf einen Besuch von Tryg, aber Tryg kam nicht, und sie wusste nicht, weshalb. Sie wollte ihm danken, dass er den Prozess aufgeschoben hatte und dass er öffentlich sein Vertrauen in die Ehrlichkeit ihres Vaters bekräftigt hatte, und sie wollte ihm das Versprechen abnehmen, dieses Vertrauen niemals fahren zu lassen. Außerdem wollte sie ihre Hände in seinen spüren, die so fest und stark waren. Sie dachte, wenn sie nur seine Hände berühren könnte, dann wäre der Boden unter ihren Füßen weniger wie Treibsand, denn trotz ihres unerschütterlichen Glaubens an die Unschuld ihres Vaters und an Trygs Liebe und Loyalität hatte sie große Angst. Sie ging ihren Pflichten nach, so gut sie es vermochte, aber zwischendurch fand Vibeke sie zitternd in der Nische beim Spinnrad sitzen, die Hände zwischen die Knie gepresst, die Schultern gebeugt und so verwirrt, dass sie nicht mehr wusste, was sie hatte tun wollen. Vibeke selbst war wenig zuversichtlich. Die anderen versahen still ihre Arbeit. Am Tag zuvor hatten sie so viel geredet, dass sie jetzt nichts mehr zu sagen fanden. Die Anhörung am Vormittag war aufreibend und zermürbend gewesen, und obwohl der Richter sein Vertrauen in den Pastor gezeigt hatte, waren sie danach alle niedergeschlagen und müde zurückgekehrt.

Bei Einbruch der Dunkelheit fing die Kirchenglocke von Vejlby zu läuten an.

»Das klingt so traurig«, sagte Vibeke, die an der offenen Tür stand. »Das mag ich gar nicht hören. Sie scheint zu sagen:

›Pastor Sören ist im Gefängnis, Pastor Sören ist im Gefängnis.‹«

»Sie läutet für den Toten«, sagte Hans. »Niels Bruus ist beerdigt worden.«

»Manchmal kommt es mir vor, als wäre der Pastor so gut wie tot«, sagte Vibeke leise. »Aber dieser Niels Bruus – warum ist er uns als eine solche Heimsuchung geschickt worden? Immer, wenn wir dachten, wir sind ihn los, ist er zurückgekommen, zweimal lebendig, einmal tot. Gut, jetzt ist er, wie du sagst, in geweihter Erde begraben. Jetzt kann er nicht mehr aufstehen und uns quälen.«

Für den Rest des Abends war sie so schweigsam, dass es sogar Anna auffiel, die in ihre eigenen traurigen Gedanken versunken war, und sie vermied es, Vibeke anzusprechen. Sie traf ihre Vorbereitungen für den nächsten Tag, denn sie wollte ihrem Vater Lebensmittel und Kleidung ins Gefängnis von Grenaa bringen, und sobald ihr Korb gepackt und die Küche aufgeräumt war, zog sie sich ins Brautgemach zurück. Vibeke kam herein, als Anna dabei war, sich in dem dunklen, kalten Zimmer auszuziehen. Die Haushälterin hatte eine Kerze in der Hand, die sie auf die Brauttruhe stellte. Dann setzte sie sich auf die andere Truhe und faltete die Hände über den Knien.

»Du bist verschwenderisch«, sagte Anna und löste ihr Mieder. »Ich brauche keine Kerze, um ins Bett zu gehen.«

»Ich möchte über etwas sprechen, wozu ich Licht brauche«, sagte die Haushälterin.

»Alles, worüber wir den ganzen Tag gesprochen haben«, sagte Anna mit einem Seufzen, »braucht ein Licht, und das sehr nötig.«

»Ich habe nachgedacht«, sagte die Haushälterin, »und ich weiß, was getan werden muss, damit wir gerettet werden. Richter Thorwaldsen muss in einer Woche, nicht eher, mit Pastor Peder Korf auf den Friedhof von Vejlby gehen und im hellen Licht des Tages das Grab von Niels Bruus öffnen.«

»Oh nein!«, rief Anna entsetzt.

»Das muss er tun«, beharrte Vibeke. »Dann wird sich herausstellen, dass die Leiche nicht mehr die eines Menschen ist, sondern eine tote Katze oder vielleicht ein Lumpenbündel oder eine Wachspuppe.«

»Und woher weißt du das?«, fragte Anna sanft, setzte sich neben Vibeke und legte eine Hand auf die Hände der Älteren.

»Weil ich etwas über Hexen weiß«, sagte Vibeke. Anna erschauderte. Vibeke fuhr mit festerer Stimme fort. »Ich weiß, dass sie solche Dinge tun. Sie verzaubern ein Lumpenbündel, damit es aussieht wie etwas anderes. Sie machen das mithilfe des Leibhaftigen. Hör mir zu, denn ich weiß, wovon ich rede. Es ist offenkundig wie der helle Tag, dass der Pastor Niels Bruus niemals umgebracht und im Garten vergraben haben kann, denn er hat gesagt, dass er es nicht getan hat. Deshalb kann die Leiche im Garten nicht wirklich die von Niels Bruus gewesen sein. Sie ist von einer Hexe dorthin gebracht worden – frag mich nicht, wessen Leiche, aber wir werden es erfahren –, und sie wurde so verändert, dass sie uns allen wie die des armen Niels erschien. Aber jetzt ist sie in geweihter Erde begraben und wird wieder die Form annehmen, die sie hatte, bevor sie verzaubert wurde. Bestimmt ist sie jetzt schon verwandelt, aber um sicherzugehen, sollten wir eine Woche warten und das heilige Glöckchen mehrmals über der Grabstelle läuten.«

»Ach, liebe Vibeke«, sagte Anna. »Tryg wird das niemals glauben, und Pastor Peder auch nicht; es ist besser, die Toten in Frieden ruhen zu lassen.«

»Hör mir zu«, sagte Vibeke mit zitternder Stimme, »denn ich weiß etwas über Hexen. Sie schließen einen Bund mit dem Leibhaftigen, dem Satan, und sie erhalten Geld von ihm als Lohn für ihre bösen Taten; manchmal Geld, manchmal auch andere Sachen wie Edelsteine. Und diese Dinge glänzen sehr hell im Mondenschein, die Goldmünzen und die Edelsteine. Aber am nächsten Tag, wenn die Hexe ihren Schatz ansieht, ist er nur noch ein Haufen trockenes Laub oder eine Handvoll Dung. Das ist die Wahrheit. Man könnte denken, sie würden nicht für einen Meister arbeiten, der sie so betrügt, aber doch, sie tun es; weil sie gern Böses tun, und der Dung ist ihnen ebenso Lohn wie das Gold.«

»Ich kann mir nicht vorstellen, dass das wahr ist«, sagte Anna. »Warum fallen dir immer diese schlimmen Geschichten ein, die du gehört hast? Sie machen dir Angst, und es gibt weiß Gott auch so schon genug, was einem Angst macht, ohne dass wir über Dinge nachdenken, die gar nicht wahr sind.«

»Oh, aber sie sind sehr wohl wahr, mein Kind. Dein Vater weiß das. Und ich weiß noch viel mehr, nur spreche ich nie davon. Aber wenn ich dir mehr erzählen muss, damit du mir glaubst«, Vibeke senkte die Stimme, »dann will ich dir erzählen, dass ich einmal bei einer Hexe gelebt habe, so wahr mir Gott helfe, und sie war niederträchtig und schmutzig, und das, was sie tat, hätte mich beinah das Leben gekostet.«

»Mein Vater sagt, Vertrauen in den Herrn ist der beste Schutz gegen alle Macht des Teufels«, sagte Anna angstvoll, als sie bemerkte, dass Vibeke am ganzen Leib bebte und ihre Augen schreckgeweitet waren.

»Ich wollte das nie jemandem erzählen«, sagte Vibeke mit so leiser Stimme, dass Anna sich zu ihr vorbeugen musste, um sie zu verstehen. »Ich wollte nicht, dass die Menschen bei uns in der Gemeinde davon erfahren und es mir dann zur Last legen, und ich wollte es am liebsten vergessen, aber jetzt ist die Zeit gekommen, dass du es wissen musst, so wie der Pastor es weiß und auch deine Mutter es wusste, Gott hab sie selig.«

»Oh, sprich nicht davon, Vibeke, wenn es dir Angst macht«, sagte das Mädchen. »Sprich bitte nicht davon.«

»Doch, es muss sein«, sagte Vibeke, »denn vielleicht können wir den Pastor retten, wenn du mir glaubst. Du wirst es als Geheimnis bewahren, weil du mich lieb hast. Es geschah, als ich ein junges Mädchen in Ebeltoft war. Wie hätte ich wissen können, dass sie eine Hexe war, als ich in ihren Dienst trat? Aber mit der Zeit erfuhr ich mehr. Ich musste ihr beim Anziehen und Ausziehen helfen, und da habe ich die Male gesehen. Anfangs wusste ich nicht, dass es Hexenmale waren. Dann erfuhr ich es. Ich hörte, wie sie mit einer Kröte sprach. Sie machte dann selbst Geräusche wie eine Kröte, und die Kröte kam, wenn sie nach ihr rief. Sie hatte noch einen anderen Geist, einen Hausgeist, der aussah wie ein Fuchs und an ihr saugte. Nein, nicht an der Brust, wie ein Kind bei der Mutter, sondern an einer Zitze an der Seite. Manche haben die Zitzen an ihrer Scham, habe ich gehört, aber diese hatte ihre unter dem Arm, deshalb habe ich sie gesehen. Sie war nicht bedürftig, nein, sie war eine reiche Frau und in Ebeltoft gut angesehen, bis es Vorfälle gab, die sie verraten haben.

Dann kam es zu einem Prozess. Ich hatte große Angst, als ich erfuhr, dass ich bei einer Hexe diente, aber ich wusste nicht, wie ich sie verlassen konnte, denn sie hatte eine schriftliche Abmachung. Außerdem fürchtete ich mich davor, dass sie mich verhexen würde, wenn ich sie verließ. Wenn ich weggelaufen wäre, hätte sie gewusst, wohin, und hätte mich verhext. Deshalb habe ich gelitten, bis sie vor Gericht kam, und ich musste alles tun, was sie wollte, alle möglichen schmutzigen Arbeiten, von früh bis spät. Ich war ein junges Mädchen, jünger als du jetzt, und hatte die ganze Zeit Angst.

Dann fing der Prozess an, und ich dachte, jetzt komme ich frei. Aber ein böser Mensch sagte, ich wäre bestimmt auch eine Hexe. Ich hätte bei einer Hexe gelebt, und sie hätte mir sicherlich ihre Hexenkünste beigebracht. Wenn die Frau des Bürgermeisters im königlichen Kopenhagen als Hexe verbrannt wird, worauf kann dann eine arme Dienstmagd hoffen? Sie tun alles Mögliche, damit eine Hexe ein Geständnis ablegt, denn es ist bekannt, dass der Teufel sie gegen Geständnisse feit. Allein wenn man beschuldigt wird, ist das schon fast so, als würde man für eine Hexe gehalten.«

Beim Sprechen war kalter Schweiß auf Vibekes Stirn getreten, und sie wandte den Blick der Kerze zu, als gäbe das Licht ihr den Mut, über diese dunklen Dinge zu sprechen.

»Dann kam dein Vater«, sagte sie. »Er sollte mit deiner Mutter in Ebeltoft, wo sie lebte, verheiratet werden, und als er von dem Hexenprozess hörte, sprach er mit den Richtern. Und er überzeugte sie – wie, habe ich nie begriffen –, dass die Dienstmagd der Hexe nicht mit ihrer Herrin zusammen vor Gericht gestellt werden sollte, sie sollte als Dienstmagd zu ihm und seiner Frau kommen, und er würde für meinen christlichen Lebenswandel bürgen, solange er und ich lebten. So blieb mir die Folter erspart. Und ich durfte helfen, deine Mutter für ihre Hochzeit anzukleiden, und dann bin ich nach Vejlby gekommen, wo ich ein friedliches und glückliches Leben hatte.«

An dieser Stelle verlor die gute Seele die Fassung und weinte, und Anna weinte mit ihr. Dann sagte Anna: »Und die Hexe?«

»Sie wurde verbrannt«, sagte Vibeke. Sie bebte am ganzen Körper, während sie Atem schöpfte. »Verstehst du jetzt, warum ich mir so sicher bin, dass dein Vater eines solchen Vergehens nicht schuldig sein kann? Und warum ich deine Mutter und ihre Kinder geliebt habe? Und warum ich mich so vor Hexen fürchte? Oh, Anna, meine kleine Anna, wir müssen Pastor Sören retten, und ich habe dir gesagt, wie wir es machen können.«

15

Nach dem Gespräch mit Pastor Korf auf dem Friedhof von Vejlby war Tryg am Abend nicht in der Stimmung, Anna Sörensdatter aufzusuchen. Während des trostlosen Nachmittags hatte der Gedanke, dass er mit ihr sprechen würde, ihn gewärmt; die Zärtlichkeit, mit der er an sie dachte, war wie ein Talisman gegen die Gefühle von Boshaftigkeit und Hass, die ihnen allen stärker entgegenzuschlagen schienen. Doch nachdem er und der Pastor aus Aalsö sich voneinander verabschiedet hatten und er zu seiner Liebsten hätte gehen können, verhinderte der Gedanke an seine eigene hilflose Lage, die der Pastor ihm so deutlich vor Augen geführt hatte, dass er den vertrauten Weg einschlug. Stattdessen kehrte er ohne Trost nach Hause zurück. Es war ihm ein Anliegen gewesen, Anna zu trösten, aber dass er an die Unschuld ihres Vaters glaubte, hatte er ihr schon versichert, und jetzt überschatteten die Bedenken Peder Korfs seine Überzeugung. So aufrichtig Trygs Loyalität auch sein mochte, die Menschen in der Gemeinde würden den Grund dafür weniger in Trygs Verehrung für den alten Mann sehen als in seiner Liebe zu Pastor Sörens Tochter.

Zu Hause setzte er sich mit Papier und Tinte hin und versuchte, einen Brief zu schreiben, in dem er Anna sowohl seine

Liebe beteuerte als auch die Gründe für sein Zögern, sie zu besuchen, darlegte; aber als er dafür Vorsicht nannte, kam es ihm wie Feigheit vor, und als er Befangenheit ins Feld führte, war es wie ein Verstoß gegen sein Amt, und als er auf den Druck der öffentlichen Meinung hinwies, wirkte es wie eine Drohung. Was immer er schrieb, alles würde sie mehr verletzen als sein Schweigen, und in seiner Verzweiflung knüllte er das Papier zusammen und warf es ins Feuer.

Wäre Anna nicht gewesen, das war ihm bewusst, hätte er sich frei gefühlt, gegen die Beweise vorzugehen und seiner eigenen Überzeugung zu vertrauen, dass der Pastor die Wahrheit sagte. Seine Gedanken drehten sich unablässig im Kreis, und nach Ablauf einer Stunde war er wieder an derselben Stelle wie schon am Morgen. So erdrückend die Beweislage auch schien, sie war dennoch unvollständig, denn die Aussage des Pastors galt auch als Beweis, und sie stand im Widerspruch zu den anderen Zeugenaussagen. Folglich musste er eine Belohnung aussetzen, damit weitere Zeugen sich meldeten und neues Licht auf den Fall warfen; gleichzeitig würde er eine Belohnung aussetzen, um etwas über den Verbleib von Peder Sörensen Qvist zu erfahren. Aber welche Beweise erhoffte er sich? Dass sich die Aussagen von Jens Larsen und Kirsten, der Magd, als falsch erwiesen? Es blieb die Leiche im Garten. Wer glaubte an die Unschuld des Pastors, fragte er sich, außer Anna, Vibeke und ihm selbst? Und war es nicht möglich, dass er sich von seiner Liebe täuschen ließ? Ist es nicht eine altbekannte Tatsache, dass alle Menschen stets das glaubten, was sie sich wünschten, sollte er da von den allgemeinen menschlichen Schwächen ausgenommen sein?

Mit einem Stöhnen ließ er den Kopf in die Hände sinken, und hinter seinen geschlossenen Lidern sah er das blasse junge Gesicht seiner Liebsten. Ihre Augen blickten ihn vertrauensvoll an, vertrauensvoll wie ein Kind, aber wegen der großen Traurigkeit, die in ihrem Blick lag, war es auch das Gesicht einer Frau. So hatte sie ihn angesehen, als er das letzte Mal mit ihr gesprochen hatte. Würde er es je wagen, wieder mit ihr zu sprechen?

Er glaubte, wenn er an dem festgelegten und näher rückenden Tag über Pastor Sören Qvist das Todesurteil verhängen müsste, wäre es nichts anderes, als verurteilte er seine Liebste zum Tode, und das überstiege seine Kräfte. Deshalb blieb ihm nur ein Ausweg: den König zu ersuchen, dass ein anderer Richter geschickt würde.

Er hob den Kopf und sah vor sich das weiße Papier und daneben die Feder. Er musste das Gesuch nur schreiben, dann wäre er der Verantwortung enthoben. Je stärker er sich seiner Liebe bewusst wurde, desto stärker wurden auch seine Selbstzweifel, bis er mit verzweifelter Zärtlichkeit und Trauer die Hand ausstreckte und die Feder berührte. Er zog das Blatt Papier heran. Er tauchte den Federkiel in die Tinte und hielt ihn über das Blatt. Während er so verharrte, dachte er an Anna, die auf ihn wartete und der er sagen musste: »Ich habe ihn, und damit auch dich, der Barmherzigkeit eines Fremden ausgeliefert, von dem ich keine Barmherzigkeit erwarte, denn auch von mir konnte ich keine erwarten.«

»Und wie triumphierend Morten Bruus' Augen leuchten werden!«, sagte er laut in das leere Zimmer hinein.

An dem Abend schrieb er niemandem einen Brief. Der Gedanke an Morten Bruus machte ihm bewusst, dass er in einer Falle steckte, und er richtete all seine Energie auf den Entschluss, dass er sein Möglichstes tun würde, um den Pastor freizubekommen. Am nächsten Morgen schickte er einen Boten nach Vejlby, damit der sich nach Annas Befinden erkundigte und ihr ausrichtete, dass ihn seine Pflichten fernhielten. Es war Vibeke, die Trygs Boten empfing, denn Anna war aufgebrochen, um ihren Vater zu besuchen.

Das Gefängnis in Grenaa war ein kleines Gebäude, das aus nur zwei Räumen bestand, aber aus Stein gebaut war. In dem vorderen Raum wohnte der Gefängniswärter mit seiner Familie. Der hintere Raum, in dem die Gefangenen eingeschlossen wurden, hatte nur die eine Tür, die sich zum vorderen Zimmer öffnete, und ein kleines, vergittertes Fenster ganz oben. Es war nicht üblich, dass Gefangene hier lange blieben. Die Prozesse waren kurz, die Bestrafung erfolgte zügig, und für die armen, nur vorübergehend verweilenden Insassen war die Ausstattung von der einfachsten Art.

Bei ihrem ersten Besuch traf Anna ihren Vater allein an. Der Gefängniswärter ließ sie unverzüglich ein. Er entschuldigte sich, dass der Toiletteneimer mehrere Tage lang nicht geleert worden war, und rief seine Frau herbei, damit sie diese Aufgabe versah. Trotzdem stank es in der Zelle, und es war kalt und dunkel. Nachdem die Tür hinter ihr verriegelt worden war, ging Anna zu ihrem Vater, der auf der Kante des niedrigen hölzernen Bettgestells saß, und kniete vor ihm nieder. Er legte seine Hand auf ihren Kopf, dann ließ er sie auf ihre Schulter sinken, wo sie liegen blieb, als wäre sie völlig kraftlos. Er war mit Ketten an den Fußgelenken gefesselt. Sie wartete, dass er etwas sagte, aber es dauerte eine gute Weile, bevor er sprach. Schließlich sagte er mit der Stimme eines sehr alten Mannes: »Es bekümmert mich, dich hier an diesem Ort zu sehen.«

»Es bekümmert mich noch mehr, dich hier lassen zu müssen«, sagte sie, nahm seine Hand und presste sie an ihre Lippen. »Aber nach der zweiten Anhörung kommst du bestimmt frei.«

»Nein«, sagte er. »In meiner Seele ist eine solche Schwäche, und die sagt mir, dass mein Gott sich von mir abgekehrt hat. Ich habe mein Leben in seinen Dienst gestellt. Warum lässt er mich jetzt allein? Mir bleibt kein Trost außer dem, dass ich hier, in meinem Herzen«, und er schlug sich an die Brust, »weiß, dass ich kein Mörder bin.«

Sie redete ihm gut zu, erinnerte ihn an Trygs Loyalität und Vibekes Hingabe, aber er wischte jedes ihrer Worte beiseite. Sie hatte ihm etwas zu essen und zu trinken mitgebracht, von dem Brot, das Vibeke gebacken hatte, und die kleinen runden Quarkkäselaibe und von dem Bier, das er selbst gebraut hatte, aber er wies alles zurück. Er trug ihr auf, Vibeke für ihre Freundlichkeit zu danken, und bat um seine Bibel. Dann versank er in ein Schweigen, das er kaum brach, um sich von Anna zu verabschieden, als der Gefängniswärter die Tür öffnete und ihr bedeutete, dass die Zeit um war.

Als Anna ihm am nächsten Tag die Bibel brachte, lächelte er sie an, und sie konnte ihn überreden, ein paar Bissen zu essen.

Für Anna begann ein neuer Tagesablauf, der die drei Wochen bis zur zweiten Verhandlung bestimmte. Täglich machte sie den Weg von Vejlby nach Grenaa, und die Straße wurde ihr so vertraut wie der Feldweg vom Pfarrhaus zur Kirche.

Sie lernte die Sumpfwiesen mit den Meeresvögeln kennen, den dunklen Streifen des Waldes im Osten, die wilde Heide, die sich dahinter erstreckte. Der Gefängniswärter erlaubte ihr zwar keine langen Besuche bei ihrem Vater, aber er war freundlich zu ihr. An einem kalten Tag gestattete ihr die Frau des Gefängniswärters, das Bier auf dem kleinen Herd im vorderen Raum zu wärmen. Von da an wechselte Anna manchmal ein paar Worte mit der Frau, wenn sie warten musste, bis sie zu ihrem Vater durfte. Es mutete sie seltsam an, die Frau ihr Jüngstes bei der Herdglut stillen zu sehen oder sie bei der Vorbereitung einer Mahlzeit und den gewöhnlichen Verrichtungen des Lebens zu beobachten, wo es doch hinter der Tür mit den Eisenbeschlägen so viel Kummer und Verdorbenheit gab.

Wenige Tage, nachdem der Pastor ins Gefängnis gekommen war, bemerkte Anna auf dem Strohlager in der hinteren Ecke der Zelle eine junge Frau, die während Annas Besuch kein einziges Mal den Kopf von den Knien hob, sodass ihr Gesicht verborgen blieb. Als Anna die Frau des Gefängniswärters nach ihr fragte, antwortete sie, die junge Frau habe ihr Baby unmittelbar nach der Geburt getötet.

»Sie wird geköpft«, sagte sie und bedachte Anna mit einem seltsamen Blick.

Am nächsten Tag war die junge Frau nicht mehr da, und statt ihrer saßen zwei Diebe in der Zelle, die sich die Zeit beim Würfelspiel vertrieben. Besucher waren im Gefängnis nur selten zugelassen, aber die Prozession der Missetäter riss nicht ab, von denen es manchen schlimmer als anderen erging. Bisweilen war das hintere Zimmer überfüllt, aber oft war es leer, und Pastor Sören Qvist war der einzige Gefangene. Dank seines Ansehens wurde dem Pastor wenigstens die Gefälligkeit zuteil, dass er täglich etwas Zeit mit seiner Tochter verbringen durfte.

Anna machte sein Bett, sie wusch ihm das Gesicht und die Hände, sie brachte ihm zu essen, ganz so, als wäre er krank. Sie konnte kaum glauben, dass er sich in so kurzer Zeit derart verändert hatte. Seine Energie und Tatkraft, seine Herzlichkeit, die so sehr Teil von ihm gewesen waren, schienen aus ihm gewichen, als hätte die schale Luft im Gefängnis sie erstickt. Seine Hand in der Hand seiner Tochter war kraftlos, und wenn er sprach, dann mit schwacher Stimme. Er war ihr gegenüber sehr zärtlich, voller Zuneigung und Besorgnis. Jeden Tag beklagte er, dass sie derart widerwärtigen Anblicken und Gerüchen ausgesetzt war. Ihren Vater so gebrochen zu sehen, machte Anna das Herz schwer, und wenn sie ging, hatte sie jedes Mal das Gefühl, als würde sich das Gewicht ihres Kummers wie ein schweres hölzernes Joch auf ihre Schultern legen. Dennoch schritt sie tapfer durch das Vorderzimmer, hielt den Kopf hoch und nahm die Schultern zurück; erst im Schutz des Brautgemachs ließ sie ihren Tränen freien Lauf.

Vibeke hatte ihr Trygs Botschaft ausgerichtet, danach hatte Anna nicht wieder von ihm gehört. In der ersten Woche seines Fernbleibens fand sie es einleuchtend, dass er sehr beschäftigt war und keine Zeit hatte, zu ihr zu kommen, und obwohl er ihr sehr fehlte, war sie zunächst nicht übermäßig beunruhigt. Aber als die zweite Woche ins Land ging, ohne dass sie ihn sah, stieg in ihr die Befürchtung auf, dass er sie mied, weil er nicht mehr an die Unschuld des Pastors glaubte. Vibeke bedrängte sie weiterhin, sie solle Tryg ihren Vorschlag, das Grab zu öffnen, unterbreiten.

»Wie soll ich mit ihm sprechen, wenn ich ihn nicht sehe?«, sagte Anna.

»Dann schick nach ihm«, sagte Vibeke, und schließlich gab Anna dem Drängen der Haushälterin nach, und Hans wurde nach Rosmus geschickt. Er kam mit einem Brief für Anna zurück, den Tryg in Eile, während Hans wartete, geschrieben hatte. Tryg bat sie inständig, darauf zu vertrauen, dass er alles in seiner Macht Stehende tue, Beweise zu finden, die den Pastor entlasten würden. Ihm sei es klüger erschienen, sie in dieser Phase nicht zu besuchen. Er versicherte sie seiner Liebe und bat sie, auf ihre Gesundheit zu achten.

»Das ist alles«, sagte das Mädchen zu Vibeke. »Du siehst, er kommt nicht.«

»Dann gehe ich zu ihm«, sagte Vibeke.

»Lass mich erst mit meinem Vater sprechen«, sagte Anna.

Zu wissen, dass Tryg sich für den Pastor einsetzte, machte Anna wieder Mut und Hoffnung, mehr als sie seit ihrer letzten Begegnung mit Tryg empfunden hatte, und bei ihrem nächsten Besuch versuchte sie ihrem Vater diese neue Hoffnung zu vermitteln. Sie erzählte ihm von dem Brief des Richters, und während sie über Trygs Zögern, sie zu besuchen, rasch hinwegging, betonte sie seine Bemühungen, neue Zeugen zu finden. Der alte Mann hörte ihr mit trübem Blick zu, und als sie zu Ende gesprochen hatte, wiederholte er, was er schon oft gesagt hatte:

»Es gibt nur einen Zeugen, der mich retten kann, und wenn er schweigt, bin ich meinem Feind ausgeliefert. Aber er verweigert mir seine Güte. Ich werde behandelt, als wäre ich in der Tat der Mörder meines Knechts.« Dann sagte er mit einer Stimme, aus der unendliche Mattigkeit sprach: »Ich weiß genau, dass ich Niels Bruus nicht umgebracht habe. Und ich verstehe nicht, wie seine Leiche in meinen Garten gelangen konnte.«

»Vibeke hat eine Erklärung«, sagte Anna zögernd. »Ich soll dir erzählen, das Grab müsse geöffnet werden, dann würde man feststellen, dass sich die Leiche, nachdem sie in geweihter Erde gelegen hat, in ein Lumpenbündel oder etwas ähnlich Wertloses verwandelt hat. Sie sagt, es sei keine richtige Leiche gewesen, und nur durch Zauberei habe es wie eine Leiche ausgesehen. Sie sagt, es sei das Werk des Teufels und sie könnte auch Namen nennen, aber sie habe Angst.«

»Vibeke hat viel durchgemacht«, sagte der alte Mann. »Sie hat aus guten Gründen Angst.«

»Sie möchte, dass ich zu Tryg gehe«, sagte Anna, »und verlange, dass er das Grab öffnen lässt.«

Der Pastor lehnte das mit einer Handbewegung ab. »Nein, nein«, sagte er, »geh mit diesem Unsinn nicht zu Tryg, und lass dich nicht von Vibekes Geschichten beunruhigen. Aber es stimmt«, sagte er und richtete sich auf, »hinter alldem steckt die Macht des Teufels.« Seine Stimme klang jetzt kräftiger, und seine Augen unter den buschigen weißen Brauen wurden klar und brannten mit einem dunklen Feuer. »Er wird der Verleumder und Ankläger genannt, und er hat mich sowohl verleumdet als auch angeklagt. Er wird der Widersacher genannt. Er hat meine Wege gekreuzt, sich gegen mich gewandt und Fallstricke ausgelegt. Ob er mich in der Gestalt von Niels Bruus herausfordert oder aus dem Mund von Morten Bruus beschuldigt, ist alles eins, denn der Kampf findet hier statt«, sagte er und schlug sich aufs Herz. »Ja, der Gedanke an den Tod ist bitter, aber zehntausendmal bitterer ist das Wissen, dass die Gnade Gottes nicht mehr in meinem Herzen wohnt. Und was sonst könnte ich spüren in meiner Schwäche und Verwirrung?«

Dann kam ein Tag, an dem Anna den Gefängniswärter nicht antraf und seine Frau mit einem stämmigen Mann beim Herdfeuer sitzen sah. Der Mann war schlicht gekleidet mit Lederwams, kurzen Lederhosen und Holzpantinen, und er hatte ein wettergegerbtes Gesicht mit einem grauen Bart. Die Frau des Gefängniswärters hatte ihm warmes Bier und den besten Kuchen aus ihrem Vorratsschrank vorgesetzt, und er trank mit sichtlicher Zufriedenheit. Anna setzte sich auf einen Schemel etwas abseits des Herdfeuers, und während sie auf den Gefängniswärter mit den Schlüsseln wartete, beobachtete sie den Mann. Er sprach nur wenig, und als er seinen Becher geleert hatte, sah es aus, als wollte er aufbrechen, doch da kam der sechsjährige Sohn des Gefängniswärters und lehnte sich an sein Knie. Die beiden sprachen leise, sodass Anna kaum etwas verstand, aber sie sah, wie der Mann in seinen Taschen nach einem kleinen Geschenk für das Kind suchte, und sie meinte, eine Kupfermünze zu sehen. Dann stand er auf und klopfte dem Jungen auf die Schulter. Sie wusste nicht, was sie an dem Mann bemerkenswert fand, außer dass er einsam wirkte; später fragte sie die Frau des Gefängniswärters nach ihm.

»Na, das war Villum Ström.«

»Und wer ist das?«

»Na, das ist der Scharfrichter«, sagte die Frau einigermaßen überrascht.

»Und du gibst ihm zu trinken und setzt dich sogar zu ihm?«, fragte Anna vorwurfsvoll.

»Ja, warum denn nicht?«, sagte die Frau des Gefängniswärters. »Es gibt doch kaum jemanden, der sich mit einem Scharfrichter zum Bier hinsetzt.«

Danach dachte Anna oft an ihn, manchmal erschaudernd, dann wieder mitleidig, denn sie selbst hätte nicht gern mit ihm zusammengesessen, und es mutete sie seltsam an, dass er einen Namen hatte, so wie jeder andere auch. Sie fragte sich, welchen Lohn er für das Vollziehen der Strafen bekam, und ob er durch schiere Armut dazu gezwungen war, sein Geld mit dem Leid seiner Mitmenschen zu verdienen, oder, wenn dem nicht so war, warum er dieses Gewerbe ausübte und ob er es jemals aufgeben konnte, um sich einen Hof oder ein Boot zu kaufen und dann wie alle anderen Menschen sein Geld zu verdienen, ohne Grausamkeit zu verüben. Er hatte nicht grausam gewirkt, auch nicht verroht.

Sie dachte auch über die Unglücklichen nach, die bisweilen das neue Quartier ihres Vaters teilten. Bei den Bauern in der Gemeinde von Vejlby hatte sie Armut gesehen, sie hatte das Leid der Alten und Kranken gesehen, aber noch nie zuvor in ihrem jungen Leben war sie dem Elend von Sünde und Strafe in Verquickung mit Armut und Krankheit begegnet. All das sah sie im Gefängnis von Grenaa. In den ersten Tagen, die ihr Vater im Gefängnis war, hatte sie lediglich an ihr eigenes Unglück gedacht und an das ungerechte Schicksal ihres Vaters. Es war für sie überraschend, dass es im Gefängnis Männer und Frauen gab, von denen sich einige auf dem sicheren Weg in den Tod befanden und die alle dem Leid und der Verzweiflung ausgeliefert waren. Es war eine andere Welt, von deren Existenz sie in der Sicherheit des Pfarrhauses von Vejlby nichts geahnt hatte.

An einem düsteren Nachmittag kam sie in einen Kapuzenumhang gehüllt beim Gefängnis an, nachdem sie im dichten Nebel durch die schmalen kopfsteingepflasterten Gassen mit den eng stehenden Fachwerkhäusern, die verschlossen und abweisend wirkten, gegangen war. Auch diesmal war der Gefängniswärter nicht da, und sie setzte sich auf den Schemel, den seine Frau für sie ans Feuer stellte. Der kleine Junge näherte sich ihr, als sie ihren Korb auf den Boden stellte und ihre Röcke über den Knien ordnete, und sie lächelte ihm zu. Sein Haar war wie das Stroh auf den Dächern, es hatte dieselbe Farbe und fiel gerade über seine Augenbrauen, und darunter blickten seine Augen ernst, und sein Kindermund war ebenfalls ernst, sodass Anna sich fragte, ob der Sohn des Gefängniswärters, ähnlich wie der Scharfrichter, nur wenige Menschen fand, die sich mit ihm abgeben wollten. Deshalb lächelte sie und streckte die Hand zu ihm aus. Er kam näher, bis er bei ihren Knien stand, und sah stumm zu ihrem Gesicht hinauf. Nach einer Weile sagte er: »Nimmst du bitte die Kapuze ab, dass ich dein Haar sehen kann?«

Diese Bitte überraschte sie. Falls überhaupt, dann hatte sie erwartet, dass er sie um eins der Küchlein bitten würde, die sie ihrem Vater bringen wollte. Sein schlichter Wunsch war leicht zu erfüllen. Sie schob die Kapuze des dunklen Umhangs aus derber Baumwolle zurück und löste die weiße Leinenhaube, die ihr Haar bedeckte. An dem Tag war es zu Zöpfen geflochten, die um ihren Kopf gelegt waren, von ein paar einzelnen gelockten Strähnen um ihre Stirn abgesehen. Der Feuerschein fiel auf den güldenen Kranz aus dem Flechtmuster der Zöpfe, sodass es wie feinste Goldschmiedearbeit aussah, und der Junge betrachtete es und lächelte.

Nach einer Weile setzte Anna die Haube wieder auf, doch erst nachdem sie das Bild von sich verinnerlicht hatte, wie sie neben dem Kaminfeuer saß, so wie der Scharfrichter zuvor, und mit dem Kind des Gefängniswärters sprach; und die Tatsache, dass sie in diesem Zimmer barhäuptig gesessen hatte, als wäre es ihr eigenes Zuhause, vermittelte ihr das Gefühl, mit der Welt, die zum Gefängnis gehörte, eins geworden zu sein. Es war auch ihr Zuhause. Merkwürdigerweise hatte sie nicht das Gefühl, sich dadurch erniedrigt zu haben, sondern empfand es eher als Trost, dessen sie so sehr bedurfte, den Trost menschlicher Gemeinschaft.

Die Tage gingen ins Land, langsam und voller Traurigkeit, aber auch mit einer entsetzlichen Erbarmungslosigkeit, bedachte man das, was am Ende stand. Die Mulden in dem hageren Gesicht von Richter Thorwaldsen wurden tiefer, die Falten um seinen Mund gruben sich mehr ein. Trotz seiner Bemühungen hatte er nichts gefunden, was ihm aus seiner Zwangslage helfen würde; dennoch war er nicht bereit, den Fall an einen Fremden abzugeben. Wegen seiner eigenen Rechtschaffenheit war er von den beiden Menschen abgeschnitten, die er um Trost hätte bitten können, und während Anna eine Linderung ihrer Einsamkeit in dem Gefühl der Gemeinschaft mit den Erniedrigten erfuhr, blieb ihm dergleichen versagt. Er lebte zurückgezogen, und auf dem Markt hielten sich die Menschen von ihm fern, teils wegen der Würde seines Amtes, teils wegen des gejagten Ausdrucks in seinen Augen.

Anna hatte Trygs Brief klein zusammengefaltet und trug ihn immer bei sich. Es war der einzige Brief, den sie je von ihm erhalten hatte, und es war ein Brief, in dem stand, dass er sie liebe. Im Laufe der Wochen sah sie darin mehr als nur eine Versicherung seiner Liebe – sie sah darin die Gewähr für das Leben ihres Vaters. In ihrem Denken, das schlicht und unkompliziert und von Zuneigung bestimmt war, bedeutete Trygs Liebe für sie, dass er ihren Vater nicht dem Tod ausliefern würde. Am Ende der dritten Woche und damit am Vorabend der zweiten Verhandlung fasste sie Mut und sprach mit dem Pastor über diese letzte noch verbliebene Hoffnung. In den drei Wochen war er gebrechlich geworden. Wegen der Ketten an seinen Fußgelenken konnte er sich kaum bewegen, die gesunde Farbe war aus seinem Gesicht gewichen, und er war stark abgemagert. Seine Schwermut hatte sich verstärkt, wie auch seine Teilnahmslosigkeit, sodass er seiner Tochter manchmal unerreichbar erschien. Obwohl sie sich täglich nach besten Kräften um sein Wohl gesorgt und ihm ihre Zuneigung gezeigt hatte, kam es ihr manchmal so vor, als weilte er in einer anderen Welt, nur sein Körper wäre im Gefängnis geblieben, und er hörte ihre Stimme nur wie aus großer Ferne. Aber er war immer sehr freundlich zu ihr, und seine Augen folgten ihr, wenn sie die Zelle verließ, und so wusste sie, dass er sie bei sich haben wollte, und jeden Tag brach es ihr fast das Herz, ihn verlassen zu müssen. Als sie von Tryg sprach, hörte er ihr aufmerksam zu.

»Er hat sich geweigert, dich zu verurteilen«, sagte sie, »und es gibt keinen Grund, warum er seine Einstellung geändert haben sollte. Morgen kommst du frei, dessen bin ich sicher. Du bist ein zu liebenswürdiger und zu gütiger Mensch, man darf dich nicht wie einen gewöhnlichen Verbrecher sterben lassen.«

»Glaubst du, mir könnte wohl sein«, sagte der Pastor ganz sanft, »wenn ich im Schatten einer so gewaltigen Anschuldigung leben müsste? Nein, wenn unser Schöpfer diese Schuld nicht von mir nimmt, möchte ich nicht weiterleben. Ohne die Gnade Gottes zu leben ist so, als wäre man ein Toter im Leben.«

»Ich kann nicht glauben«, sagte Anna, »dass du, der du ein so gutes Leben geführt hast, ohne die Gnade Gottes sein sollst.«

»Es ist sein Entschluss, ob er gibt oder verwehrt«, sagte der alte Pastor. »Vielleicht habe ich einst geglaubt, ich könnte seine Gnade erlangen, wenn ich Bettlern Brot gebe. Jetzt tadelt er mich für meinen Hochmut. Oh, ich habe ihn angefleht. Aber wir haben nicht von dir gesprochen, mein Kind.«

»Es gibt keinen Grund, von mir zu sprechen«, sagte Anna.

»Am Martinstag sollte Hochzeit sein«, sagte der alte Mann. »Ich wünschte, ich hätte dich verheiratet gesehen, bevor all dies über uns hereinbrach. Der Gedanke, dass ich derjenige bin, der dein Glück zerstört, ich, dem dein Wohl fast mehr bedeutet als die Rettung der eigenen Seele, ist bitter.«

»Du darfst nicht so sprechen, als wäre schon alles beschlossen«, antwortete sie. »Tryg ist dir wie ein Sohn. Er wird nicht zulassen, dass du stirbst.«

»Ich denke nicht an meinen Tod«, sagte der alte Mann, »sondern an dein Glück. Wie kann ein Richter die Tochter eines Verbrechers heiraten?«

»Aber Tryg wird dich niemals verurteilen«, rief Anna.

»Du hast ein solches Vertrauen zu ihm«, sagte der Pastor mit trauriger Stimme.

»Warum sollte ich das nicht haben?«, gab das Mädchen zurück.

»Menschen verändern sich«, sagte der Pastor.

»Aber nicht Tryg«, sagte das Mädchen halb flehentlich, und trotz ihres Vertrauens legte sich eine Kälte um ihr Herz, als ihr Vater sagte: »Tryg ist auch nur ein Mensch.«

Dann sagte er: »Du bist ganz blass geworden. Glaub mir, ich bin nicht herzlos. Aber ich kann dich nicht verlassen, ohne an deine Zukunft zu denken, und ich habe nur noch eine kurze Zeit. Wann hast du das letzte Mal mit Tryg gesprochen? Nicht seit meiner Gefangennahme. Auch ich habe ihn seit der Verhandlung nicht mehr gesehen. Du hast einen Brief von ihm, in dem er sagt, dass ein Treffen zurzeit nicht klug sei. Er ist in keiner leichten Lage. Ich kann ihm keinen Vorwurf machen. Aber merkst du nicht selbst, wie der Wind sich dreht?«

Anna senkte den Kopf und sagte beinah flüsternd: »Ich hatte geglaubt, er würde mich für immer lieben.«

»Vielleicht liebt er dich für immer«, sagte der Pastor, »aber als Richter darf er dich nicht heiraten.«

Ihr Leben lang war die Weisheit und die Autorität ihres Vaters für sie unumstößlich gewesen. Sie konnte auf seine Worte nichts entgegnen, und so blieb sie still mit gesenktem Kopf sitzen, und der Pastor hob die Hände vors Gesicht und betete wortlos. Die Stille zwischen ihnen schien lange zu dauern, denn in der kalten, düsteren Zelle, fern dem Getriebe in der Stadt, fern der Menschen und anderen Lebewesen und ihrem Tun, gab es keine Bewegung, mit der die Zeit gemessen werden konnte. Aber in dieser Stille begann sie zu verstehen, dass die Zeit begrenzt war, und sie hörte wieder, wie ihr Vater sagte: »Ich habe nur noch eine kurze Zeit.«

Schließlich sagte sie: »Ich bin mir sicher, dass es falsch ist zu verzweifeln«, und als sie sprach, legte der Pastor eine Hand auf ihre, die andere über seine Augen und blieb reglos sitzen.

Die Tür zum vorderen Zimmer war sehr dick, und die Schritte derjenigen, die draußen waren, konnte man drinnen genauso wenig hören wie ihre Stimmen, aber während Anna und der Pastor still dasaßen, hörte das Mädchen das Kratzen des Schlüssels im Schloss und dachte: »Jetzt muss ich gehen, und dies ist mein letzter Besuch.« Die Zeit, die eben noch stillzustehen schien, war vergangen und vorbei.

Langsam öffnete sich die Tür, und der zitternde Schein einer Fackel fiel auf den fleckigen Fußboden. Der Gefängniswärter kam mit einem anderen Mann herein, und einen Augenblick lang dachte Anna, ein neuer Gefangener würde die Nacht in der Zelle mit ihrem Vater verbringen. Aber der Gefängniswärter trat zur Seite, sodass der Mann, der bei ihm war, durch den Raum gehen konnte, wo sie Hand in Hand mit ihrem Vater saß. Der Pastor sah auf, dann erhob er sich schwankend. Langsam legte er eine Hand auf die Schulter des Fremden und drehte ihn ein wenig, damit ihm das Licht der Fackel ins Gesicht schien. Der Mann war jung und blond.

»Das ist nicht möglich«, sagte der Pastor. »Und doch muss es so sein, denn ich bin wach.«

»Es ist auch so«, sagte der junge Mann mit einem Lächeln.

Dann sah Anna, wie ihr Vater beide Hände auf die Schultern des Fremden legte und seinen Kopf auf eine Hand sinken ließ, und da wusste sie, dass der Fremde Peder Qvist war.

16

Ein Fischerboot hatte in Varberg in Schonen mit einem Fang Heringe angelegt. Der junge Verwalter eines Landguts, das einige Meilen von der Küste entfernt lag, war geschäftlich in der Stadt und kam zum Hafen, um die Fischer zu begrüßen. Das hatte er sich seit einigen Jahren zur Gewohnheit gemacht. Er pflegte den Kontakt mit Männern von beiden Seiten des Kattegat, aus Norwegen und von den Inseln Seeland und Fünen. Diejenigen, die häufig nach Varberg kamen, kannten ihn und brachten ihm Nachrichten aus ihren Heimathäfen. Am meisten interessierten ihn die Nachrichten aus Jütland. An diesem Tag Anfang November 1625 hatten Fischer aus Grenaa angelegt, und ihre Neuigkeiten betrafen hauptsächlich den Prozess von Sören Qvist. Peder, so hieß der Verwalter, hörte sich die ganze Geschichte an, bevor er ihnen erzählte, dass er der Sohn des Pastors sei. Das machte sie sehr betroffen. Da sie keine Jütländer waren, sondern aus Schonen stammten, war keiner von ihnen dem Pastor je begegnet, aber sie hatten nur Gutes über ihn gehört; inzwischen war die Volksmeinung zugunsten des Pastors umgeschlagen, zumal sein Fall aussichtslos schien, und die Fischer boten an, Peder nach Grenaa zu bringen. Sie wären sogar einen Tag eher angekommen, hätte die schlechte Witterung sie nicht auf der Insel Anholt festgehalten. Wäre das Wetter so heiter gewesen, wie sie es erhofft hatten, bemerkte Peder Qvist mit einem Lächeln, wären er und die Fischer jetzt vielleicht weniger gute Freunde, aber Regen und Wind und die Verzögerung hatten sie zu engen Gefährten gemacht. Am Nachmittag, es dämmerte bereits, waren sie in Grenaa angelandet, und Peder hatte sich unverzüglich auf den Weg zum Gefängnis gemacht.

Er war, wie Vibeke vermutet hatte, Soldat in Schonen gewesen und dort geblieben, nachdem er geheiratet hatte und seine Frau ihre Heimatgemeinde nicht verlassen wollte. Er hatte oft daran gedacht, nach Hause zu kommen, aber immer gab es einen Grund, der eine Reise in dem Moment verhinderte. Dass seine Mutter gestorben war, hatte er einige Monate nach ihrem Tod gehört, und das sprach eher gegen eine Rückkehr, denn er scheute die Trauer seines Vaters und befürchtete bittere Vorwürfe, weil er von zu Hause weggegangen war. Peder war nicht sonderlich redegewandt, aber seine Ehrlichkeit und Geradlinigkeit waren offensichtlich. Die gespannte Aufmerksamkeit seiner beiden Zuhörer brachte ihn in Verlegenheit, sodass er seine Geschichte stockend erzählte, aber er war zweifellos zutiefst dankbar, seinen Vater lebend vorzufinden, und es gelang ihm ohne viele Worte, sowohl Anna als auch seinen Vater zu überzeugen, dass seine Zuneigung zu ihnen so unverbrüchlich war wie eh und je und während seiner langen Abwesenheit unvermindert fortbestanden hatte.

Der Pastor konnte die Augen nicht von seinem Sohn abwenden. Er hatte einen Arm um Anna gelegt, die neben ihm saß, und drückte sie immer mal fester, während der junge Mann sprach und dabei manchmal ins Stocken geriet, und es war, als wollte er beide Kinder auf einmal umarmen. In seinem Gesicht war eine erstaunliche Veränderung vor sich gegangen. Ein tiefes Glücksgefühl drückte sich darin aus und verlieh ihm eine gesunde Farbe. Die Spuren seiner Qualen, die Falten, die dunklen Schatten um die Augen, sie waren verschwunden. Eine solche Veränderung kann man bei Kranken beobachten, wenn das Fieber weicht und sich eine natürliche Frische auf der Stirn ausbreitet.

Er sagte: »Gott hat das Gebet in meinem Herzen beantwortet«, und auch seine Stimme war verändert und klang wieder warm wie früher. Er fuhr fort: »Welch ein Trost es mir ist zu wissen, dass du heute Nacht in Vejlby schläfst! Sogar die Mauern werden froh sein, dass du wieder da bist.« Er stellte nicht viele Fragen, sondern schien zufrieden, Peder erzählen zu lassen, wie er es eben vermochte – von seinen Fährnissen, von seinen beiden Kindern. Als der Moment des Abschieds kam, segnete der Pastor seinen Sohn, während Peder vor ihm kniete, und die große Hand, die immer so tatkräftig gewesen war, lag liebevoll auf dem gebeugten blonden Kopf. Dann erhob Peder Qvist sich, lächelte sein stilles Lächeln und wischte sich mit dem Handrücken über die Augen, ohne sich dessen zu schämen.

Als Peder Korf aus Aalsö später zu dem alten Pastor kam, um mit ihm das Abendmahl zu feiern, fand er ihn in einem so ungewöhnlich heiteren Gemütszustand vor, dass er dem Gefängniswärter bereitwillig glaubte, als der sich hinabbeugte, um die Tür zu entriegeln, und sagte:

»In Gottes Namen, er sieht so gelöst aus, bestimmt haben

sie einen neuen Zeugen gefunden, und morgen früh wird er entlassen. Darauf würde ich wetten, wirklich wahr.«

Aber als Peder Korf das Abendmahl vorbereitete und dem Pastor die Worte des Gefängniswärters wiederholte, antwortete der alte Mann gefasst: »Gott ist mein Zeuge.«

Dann legte er vor seinem Freund die Beichte ab und bekam das gesegnete Brot und den Wein gereicht, und nachdem der Pastor das Abendmahl eingenommen hatte, entbot Pastor Peder den Friedensgruß, wie es üblich war, und fügte hinzu, er hoffe, der Pastor habe dadurch Stärke gewonnen für das, was am nächsten Tag bevorstand.

»Heute Abend bin ich glücklicher«, sagte Pastor Sören feierlich, »als seit vielen Monaten. Mein Sohn Peder ist zu mir zurückgekehrt, Peder, von dem Ihr gehört habt, und er ist am Leben und wohlauf. Aber es ist nicht nur sein Anblick, der mich mit Freude erfüllt, nein, es will mir scheinen, dass Gott mir wieder sein liebevolles Antlitz zugewandt hat. Ihr könnt nicht ermessen, wie sehr ich in den letzten Wochen gelitten habe, weil ich glaubte, alle Gnade sei von mir genommen.«

»Es scheint wirklich so«, sagte Peder Korf, »dass dies ein Zeichen göttlicher Güte ist. Gelobt sei Gott.«

»Ich bin froh, dass Ihr so denkt«, sagte Sören Qvist, und dann erzählte er ausführlich, wie es sich zugetragen hatte, dass Peder zurückgekommen war, wo er gewesen und was ihm widerfahren war. Pastor Korf hörte sich die ganze Geschichte mit großer Anteilnahme an und zögerte seinen Abschied hinaus. Als der Gefängniswärter den Besucher zu später Stunde aus der Zelle holte und fromm seinen eigenen Friedensgruß dem von Peder Korf hinzufügte, erhob sich Sören Qvist und sagte: »Ich danke dir für deine freundlichen Worte, und ich danke Euch, Peder, herzlich für Euren Besuch. Ich wünschte, ich könnte Euch zur Tür bringen, aber heute Abend bin ich noch in Ketten.« Dann ließ er seinen Blick von dem Mann Gottes zu dem Mann mit den Ketten und Schlüsseln wandern und sagte mit einem ausgesprochen frohen Lächeln: »Ich erhoffe mir für morgen Glück und Segen. Ich weiß nicht, auf welch merkwürdige und unerwartete Weise es zu mir kommen wird, dennoch kann ich nicht daran zweifeln, dass es so sein wird und von Gott gesandt ist.«

»In Gottes Namen«, sagte der Gefängniswärter, und Peder Korf schloss: »Amen.«

17

Nebel lag auf den Feldern, als sich die Reitergruppe an dem Novembermorgen vom Pfarrhaus in Vejlby auf den Weg nach Rosmus machte. Mit ihnen ritt Peder Sörensen, ein kräftiger blonder Mann, der aufrecht im Sattel saß und seinen Gefährten mit seiner stillen, jugendlichen Stärke neue Gewissheit und Zuversicht verlieh. Sein Vater hatte recht gehabt: Selbst die Mauern des Pfarrhauses waren froh gewesen, ihn zu sehen, und Vibeke hatte gelacht und geweint, bis sie selbst nicht mehr wusste, ob sie froh oder traurig war. Dass der Pastor ihren Rat ausgeschlagen hatte, war eine herbe Enttäuschung für sie gewesen; sich zu weigern, das frische Grab auf dem Friedhof von Vejlby öffnen zu lassen, diente ihrer Ansicht nach nur dem Teufel. Über Peders unverhoffte Rückkehr hingegen dachte sie so wie sein Vater: Darin zeigte sich die Freundlichkeit des Herrn. Und jetzt waren es ihrer drei in Vejlby, die unerschütterlich an die Unschuld des Pastors glaubten.

Als Peder über den Hof ging, um zu sehen, was sich in zwölf Jahren verändert hatte und was gleich geblieben war, folgte sie ihm, und ihre Augen ruhten noch auf ihm, als er am Tisch auf dem Platz seines Vaters saß und den Blick in leichtem Erstaunen durch die Küche schweifen ließ, wo die Kupfertöpfe und Pfannen immer noch so standen wie zu Lebzeiten seiner Mutter. Nach der Mahlzeit schilderte Vibeke in großer Ausführlichkeit, was in den zwölf Jahren auf dem Hof geschehen war; sie berichtete alle Einzelheiten, die Tiere und die Felder betreffend, und erzählte von der Krankheit seiner Mutter. Sie entlockte ihm seine eigene Geschichte in größerer Vollständigkeit, als sein Vater es vermocht hatte, und bekam einen ausführlichen Bericht über seine Kinder und seine Frau, die der Grund waren, weshalb er nicht nach Hause gekommen war.

Auf dem Weg vom Gefängnis in Grenaa nach Vejlby war Peder neben seiner Schwester gegangen, die auf der weißen Stute des Pastors saß, und hatte von Anna all das über den Fall seines Vaters erfahren, was die Fischer ihm nicht hatten erzählen können. An Richter Thorwaldsen konnte er sich nicht erinnern. Zu der Zeit von Peders Weggang war Tryg noch zu jung gewesen, um ein Amt zu bekleiden. Er schien ein guter Mann zu sein und wäre eine glückliche Wahl für Anna gewesen, hätte es nicht die Anschuldigungen gegen seinen Vater gegeben. Trotz Annas Versicherungen, dass Tryg Thorwaldsen ihren Vater niemals aufgeben würde und dass kein Zweifel an seiner Rechtschaffenheit bestehe, schien in Peders Augen die größte Gefahr gerade in dieser Rechtschaffenheit zu liegen, und obwohl er dies Anna gegenüber nicht erwähnte, war er zutiefst besorgt.

Anna erlebte einen Aufruhr der Gefühle, denn einerseits war sie froh über Peders Rückkehr und die veränderte Gemütsverfassung ihres Vaters, aber andererseits war sie äußerst bekümmert über das, was ihr Vater über die Eheschließung mit Tryg gesagt hatte. Und so hellte sich ihre Miene in einem

Moment auf und verdunkelte sich im nächsten, wie eine Wasserfläche, wenn Wolken sich vor die Sonne schieben. In der Nacht war es ihr ein großer Trost gewesen, ihren Bruder im Zimmer des Pastors zu wissen, so wie es auch ein Trost war, ihn jetzt neben Lars Sondergaard vorwegreiten zu sehen. Doch dieser Trost konnte ihre Angst und Beklommenheit angesichts der bevorstehenden Verhandlung nicht vertreiben. Seit drei Wochen hatte sie Tryg Thorwaldsen nicht gesehen. Drei Wochen lang hatte sie sich jede Stunde des Tages nach ihm gesehnt, und jetzt fürchtete sie sich davor, ihn wiederzusehen.

In der Stadt herrschte großes Getümmel. Die Verhandlung hatte so viel Aufmerksamkeit erregt, dass sie ins Wirtshaus verlegt worden war, dessen Hof schon jetzt voller Menschen war und wo die Gruppe aus Vejlby kaum Platz für ihre Pferde fand. Als sie sich ihren Weg zur Tür bahnten, rief jemand laut: »Da ist die Tochter des Pastors!«, und alle Köpfe drehten sich in ihre Richtung wie Blätter bei einem starken Windstoß. Andere Zurufe waren zu hören, auch Segensworte und Versicherungen, dass alles einen guten Ausgang finden würde, denn jeder in der Umgebung wusste von der Güte Sören Qvists. Doch für Anna waren diese Menschen Fremde.

Nahe der Tür jedoch erkannte sie zwei Männer, denen sie lieber nicht begegnet wäre, aber die Menge schob sie kräftig nach vorn, dass sie im Abstand von kaum einer halben Armlänge an ihnen vorbeigehen musste. Der eine war Villum Ström, der andere Morten Bruus. Üblicherweise bezahlte der Ankläger die Gebühr für den Scharfrichter, und es war bekannt, dass im Gefängnis von Kopenhagen Männer seit Jahren hinter Gittern saßen, alle zum Tode verurteilt, zu denen der Henker nicht kam, weil der Ankläger die zehn oder sieben oder zwölf Reichstaler – je nach Schwere des Verbrechens – nicht aufbringen wollte. Im vorliegenden Fall jedoch hatte es nie einen Zweifel gegeben, dass der Ankläger die zwölf Reichstaler für die Hinrichtung mit dem Schwert bereitstellen würde – die Todesart, die dem Pastor, sollte er zum Tode verurteilt werden, zustand, anstelle des unwürdigen Todes durch den Strang. Aber dass Morten an diesem Tag unmittelbar neben Villum Ström stand, schien unangemessen.

Als Anna unfreiwillig nah an ihm vorbeigeschoben wurde und ihr keine Zeit blieb, den Blick abzuwenden, verneigte sich Morten, fast als wäre er überrascht, mit der gleichen übertriebenen Höflichkeit und Bewunderung, mit der er sie in der Küche des Pfarrhauses begrüßt hatte, als er mit dem Vorsatz gekommen war, um ihre Hand anzuhalten. Da Annas Denken ganz von Liebe und Kummer bestimmt war, hatte sie völlig vergessen, dass Morten sie hatte heiraten wollen. Für sie war er einzig und allein der Verfolger ihres Vaters. Doch jetzt, als sie die Bewunderung in seinem Blick las und sein Gesicht so nah an ihrem war, dass sie das Glasgrün seiner Augen und die dichten dunklen Wimpern deutlich sehen konnte, fiel es ihr mit Schrecken wieder ein. Dass er imstande war zu lächeln, machte ihr Angst. Sie würdigte Villum Ström kaum eines Blickes und beeilte sich, mit Peder Sörensen Schritt zu halten, doch als sie die Schwelle überschritt, hörte sie Mortens mit lauter Stimme geäußerte Bemerkung: »Es heißt, Freund Villum, die beste Zeit zum Schweineschlachten sei der Martinstag.«

Die Bewohner des Pfarrhauses von Vejlby bekamen Plätze in nächster Nähe des Richtertisches auf einer für sie reservierten Bank zugewiesen. Alle anderen Plätze im Raum waren bereits besetzt, und als Anna im Begriff war, ihren Kopf zum Gebet zu neigen, wie man es in einer Kirche tut, bemerkte sie auch vor den Fenstern eine Menge Gesichter. In dem Saal war es keineswegs still. In der erwartungsvollen Atmosphäre war ein monotones anhaltendes Summen von Stimmen zu hören, manchmal erhob sich eine einzelne Stimme über das gedämpfte Murmeln, hin und wieder sogar ein Lachen. Anna saß zwischen Peder Sörensen und Vibeke, vor ihr waren Kirsten, Hans und Lars Sondergaard. Vor dem Richtertisch stand der leere Stuhl für den Gefangenen. Aber entweder waren sie zu früh gekommen oder es hatte eine Verzögerung gegeben, denn weder der Richter noch der Gefangene erschienen.

Hinter ihr zog ein Mann ein Stück Brot und eine Scheibe Schinken aus der Tasche – sie roch das Fleisch, auch ohne den Kopf zu wenden – und fing an zu kauen. Sie hörte, wie er seinem Banknachbarn erklärte: »Ich musste so früh los, um rechtzeitig hier zu sein, und hatte keine Zeit fürs Frühstück. Jetzt wär ein Becher Bier recht.«

Der Mann neben ihm fragte: »Bist du aus Vejlby?«

»Nein, das nicht«, sagte der erste Sprecher. »Ich bin aus Hallendrup. Aber wer hat nicht vom Pastor gehört? Ich bin auf jeden Fall für ihn. Soll er seine Feinde zerschmettern.«

»In Gottes Namen«, stimmte der andere ihm zu. »Bleibt abzuwarten, ob er unschuldig ist. Ja, das wird bestimmt ein interessanter Prozess. Auch in anderer Hinsicht.«

»Wie das?«, fragte der Mann aus Hallendrup.

»Ist der Richter nicht der Schwiegersohn des Pastors?«, fragte der andere.

»So ähnlich«, sagte der Mann aus Hallendrup, »oder er wäre es bald geworden. Ja, ich verstehe, was du meinst.«

Immer noch erschienen weder Richter noch Angeklagter. Allmählich wurden die Menschen müde und waren nicht mehr so gesprächig; das Stimmengesumm verebbte, erhob sich erneut in einer Ecke des Raumes, dann in einer anderen und legte sich wieder. Aber die Geduld des Publikums war so groß wie sein Interesse. Die Luft im Raum wurde drückend. Der Morgen war kalt gewesen, beim Aufbruch war Anna die feuchte Luft bis in die Knochen gedrungen, und sie hatte sich in ihren wärmsten Umhang gehüllt. Auch jetzt, trotz der zunehmenden Wärme im Raum, zog sie ihn fest um sich, als böte er ihr den dringend benötigten Schutz. Das Warten war schwer. Etwas musste vorgefallen sein, dass die Prozesseröffnung verschoben worden war. Vor drei Wochen hatte Tryg die gleiche Stunde angesetzt, und die war längst verstrichen. Während Anna den ängstlichen Gedanken, dass der Pastor krank geworden sein könnte, zu verdrängen suchte, senkte sich plötzlich Totenstille über die Anwesenden. Hinter dem Richtertisch öffnete sich eine Tür. Der Gefangene betrat den Raum.

Die Kette zwischen seinen Fußgelenken rasselte über den Holzfußboden, als der Pastor sich langsam auf den Platz zubewegte, der ihm vorbehalten war. Obwohl er abgemagert war, sah er gesund aus. Seine Miene drückte eine heitere Gelassenheit aus, und als er sich kurz umdrehte, entdeckte er seine Kinder und lächelte ihnen zu. Das Lächeln war ungezwungen und erhellte sein Gesicht.

»Gelobt sei Gott«, sagte Anna zu sich, während Zärtlichkeit und Erleichterung in ihr aufwallten. »Gelobt sei Gott. Möge er uns einen Zeugen schicken.«

Wenige Minuten später betrat Richter Thorwaldsen den Raum. Im Vergleich mit dem Gefangenen sah er aus wie jemand, der eine schwere Krankheit durchlitten hatte. Er war ausgemergelt und wirkte sehr groß in seiner schwarzen Robe, und sein Gesicht über der weißen Halskrause sah noch hagerer aus als sonst. Er ging zu dem Tisch, setzte sich, ohne nach rechts oder links zu blicken oder in der Menge nach einem bestimmten Gesicht zu suchen. In dem kalten Licht wirkte sein flachsblondes Haar fast weiß, und das Blau schien aus seinen Augen geronnen zu sein. Bei seinem Anblick war Anna entsetzt und zunächst von Mitleid erfüllt, dann von Angst, da die Düsterkeit seiner Erscheinung auf eine schreckliche Entscheidung hinzudeuten schien. Sie wollte, dass er sie ansah, gleichzeitig fürchtete sie seinen Blick und wandte deshalb ihre Augen von ihm ab und der gefassten Miene ihres Vaters zu. Die Verhandlung begann.

Sie ging langsam vonstatten, Wort für Wort wurde erinnert und berichtet, wie bei einem schlechten Traum, dessen Ende man kennt und den man trotzdem noch einmal ganz durchleben muss. Die Anklage wurde erneut erhoben, mit denselben Worten wie in der vorherigen Verhandlung, und der Pastor stritt sie abermals ab. Die Zeugen traten vor, einer nach dem anderen, und machten ihre Aussagen. Wieder berichtete die Witwe Kirsten, was sie beobachtet hatte, und ihre Tochter Elsa erzählte wie vormals, sie und ihre Mutter hätten mit Niels bei der Hecke gelacht und geredet. Er habe ihr Nüsse gegeben. Er habe gesagt: »Warte, gleich kriegst du eine Predigt zu hören.« Der Landarbeiter Jens Larsen sprach abermals davon, dass er bei Mondschein von Tolstrup gekommen sei und seine Holzschuhe ausgezogen habe und auf den Übertritt gestiegen sei, wo er gesehen habe, wie der Pastor die Erde in seinem mondbeschienenen Garten glatt geklopft habe. Hans, Lars Sondergaard und Vibeke berichteten, wie die Leiche ausgegraben wurde, und jeder von ihnen bestätigte aufs Neue, dass es sich bei der verwesenden Leiche zweifellos um die von Niels Bruus gehandelt habe. Anna kannte jeden Satz, bevor er gesprochen wurde. Für sich genommen konnte sie die Aussagen nicht bestreiten, doch das Bild in seiner Gesamtheit ergab für sie keinen Sinn. Peder Sörensen war die Schilderung der Ereignisse neu, obwohl man ihm das Wesentliche erzählt hatte. Er saß vorgebeugt und hörte mit höchster Konzentration zu, und Anna war, ohne dass sie ihn berührte, jeder noch so kleinen Veränderung in seinem Atem gewahr, und sie spürte, wie Anspannung und Erregung hinter seinem ruhigen Äußeren wuchsen. Die Magd Kirsten berichtete, sie habe den Pastor im Gang gesehen und der Mond habe auf seinen grünen Morgenmantel und die weiße Nachtmütze geschienen, danach senkte sie, weil es ihr so unendlich leidtat, ihren Kopf und weinte bitterlich, was ihre Ehrlichkeit über jeden Zweifel erhob. Wieder wurden die Einzelheiten der langwierigen Streitigkeiten zwischen dem Pastor und Niels Bruus vorgebracht, und jede neue Aussage fiel auf Annas Herz wie Tropfen eines leichten Sommerregens, der die schweren Köpfe der Roggenhalme allmählich zu Boden drückt und sie dort festhält. Richter Thorwaldsen hörte mit leicht vorgestrecktem, in die Hand gestütztem Kopf zu und sah niemanden an, außer wenn er den nächsten Zeugen aufrief. Er war so fern von dem Mädchen, das ihn beobachtete, als hätte er nie auch nur ihre Hand berührt.

Als alle früheren Zeugen gehört waren, besprach sich der Richter einen Moment mit dem Schriftführer. Dann sah er in den Saal und sagte: »Das Gericht hat die Verhandlung mit Verspätung eröffnet, weil es unterrichtet wurde, dass zwei neue Zeugen zu einer Aussage bereit seien. Sind diese Zeugen anwesend?«

Hinten im Raum kam es zu einer leichten Unruhe, als zwei Bauern aufstanden und sich ihren Weg nach vorn bahnten. Alle drehten sich zu ihnen um, auch der Pastor, nur Annas Augen waren auf ihren Vater gerichtet, und sie sah in seinem Gesicht eine so hoffnungsfrohe Erwartung, dass sie überzeugt war, sein Vertrauen auf ein Wunder erfülle sich endlich. Ein derartiger Ausdruck von Hoffnung in einem so aufrichtigen Gesicht war für sie der schlüssige und unumstößliche Beweis und die Bestätigung seiner Unschuld. Aber sie war die Einzige im Raum, die das bemerkte.

Die beiden Bauern gaben ihre Namen an und wurden unter Eid verpflichtet, die Wahrheit zu sagen. Sie waren Cousins und kamen aus Tolstrup. Der erste sprach für beide.

»Was wir zu sagen haben, ist das Gleiche. Wir waren zusammen und haben dasselbe gesehen. Es war an dem Abend nach dem Tag, an dem Niels, wie die Leute sagen, aus dem Pfarrhaus weggelaufen war.«

Anna rang die Hände und hörte, wie Peder den Atem einsog.

»Wir waren spät auf dem Weg nach Hause von einem Tanz.

Es war sehr spät, aber der Mond schien. Wir kamen auf der Straße an Pastor Sörens Garten vorbei, und auf dem Weg sahen wir einen Mann aus dem Wald kommen und über die Straße zu dem Garten gehen. Er trug einen Sack, der sehr schwer aussah. Er ging gebeugt, sodass sein Gesicht im Schatten war und wir es nicht sehen konnten. Er trug eine weiße Nachtmütze – der Mond beschien sie hell – und einen langen Morgenmantel, der grün aussah. Er ging auf der Straße an uns vorbei.«

Thorwaldsen fragte: »Habt ihr den Mann, als er an euch vorbeiging, nicht als den Pastor erkannt?«

Aber bevor der Zeuge antworten konnte, erscholl ein lauter Ruf von dem Gefangenen selbst. Sören Qvist hatte sich von seinem Sitz erhoben. Sein Gesicht war jetzt sehr blass und hatte, frostweiß umrandet von seinem Haar und Bart, die Farbe von einem Blatt im Winter. Seine Augen leuchteten ungewöhnlich hell.

»Mir ist übel«, rief er, »sehr übel.« Dann schwankte er und fiel, bevor ihm jemand zu Hilfe kommen konnte, der Länge nach auf den Boden.

In der überraschten Stille im Saal sprang Morten Bruus auf. »Aha!«, rief er erregt. »Jetzt ist es dem Pastor wieder eingefallen!«

Sofort brach ein Tumult aus. Ein paar Zuhörer eilten zum Pastor, hoben ihn mit Mühe auf, denn er war trotz seines abgemagerten Zustands schwer, und trugen ihn aus dem Raum. Alle waren aufgesprungen und in Bewegung. Leute drängten sich zwischen Anna und ihren Vater, sodass sie kaum sehen konnte, wie er hinausgebracht wurde. Sie raffte ihre Röcke hoch, kletterte über die vordere Bank, hastete ein paar Schritte nach vorn, stolperte über einen Fuß und wäre beinah gefallen. Ein halbes Dutzend Hände streckten sich aus, um sie zu halten. Sie machte sich von den Helfern los, hastete weiter, an dem Richtertisch und dem Stuhl des Angeklagten vorbei, sie schob und drängte, bis sie bei der Tür war, doch die war geschlossen. Sie stand davor und schlug mit der Faust dagegen. An Peder und Vibeke dachte sie in dem Moment nicht, es kümmerte sie auch nicht, was mit ihnen war. Sie wollte nur zu ihrem Vater. Plötzlich ging die Tür auf, Anna wurde in den Gang gezogen, und die Tür wurde hinter ihr geschlossen und verriegelt. Abrupt war der tumulthafte Lärm abgeschnitten, verstummt, wie wenn sich jemand während des Sprechens die Hand vor den Mund schlägt. Anna stand im Halbdunkel.

18

Ganz allmählich erlangte der Pastor das Bewusstsein wieder. Diejenigen, die ihn umringten, bemerkten, wie sich eine Hand leicht bewegte, dann schlug er die Augen auf, sah aber niemanden an. Sein versunkener Blick schien konzentriert auf ein Objekt in großer Ferne gerichtet zu sein, als wäre der Pastor gerade Zeuge einer apokalyptischen Vision. Seine Lippen waren immer noch blutleer, sein Atem ging flach und unregelmäßig. Doch dann kehrte die Farbe, ein leichter Hauch von Rosa auf dem Grau, in sein Gesicht zurück, und er erwachte aus seiner Versunkenheit. Jetzt wanderte sein Blick umher, über die Decke mit den Balken und die Einrichtung des unvertrauten Raums. Kalter Schweiß stand auf seiner Haut. Der Pastor wandte den Kopf, und als er Tryg Thorwaldsen neben sich sah, hob er die Hand leicht aus dem Handgelenk und sagte mit schwacher Stimme: »Anna. Wo ist Anna?«

Der Gefängniswärter sagte nervös: »Pastor Sören, geht es Euch wieder gut? Bei Gott, Ihr habt uns einen schönen Schrecken eingejagt.«

Der Pastor antwortete, und seine Stimme war immer noch sehr leise: »Ich muss ein Geständnis ablegen. Wo ist Anna?«

»Sie wartet im Gang, Pastor Sören.«

»Ich muss sie bei mir haben«, sagte der Pastor. Er atmete tief ein und ließ dann die Luft langsam ausströmen. Jetzt war seine Gesichtsfarbe wieder wie vorher, und Thorwaldsen zog ein Taschentuch heraus und wischte dem alten Mann den Schweiß von der Stirn.

»Ich muss ein Geständnis ablegen«, wiederholte Sören Qvist. »Holt Euren Schriftführer, damit das, was ich zu sagen habe, aufgeschrieben wird.«

Auf ein Zeichen von Tryg verließ der Gefängniswärter den Raum und führte gleichzeitig diejenigen hinaus, die den Pastor aus dem Gerichtssaal getragen hatten. Der Richter und der Pastor blieben allein zurück. Thorwaldsen zog einen Stuhl zu der Bank, auf der der Pastor lag, und setzte sich neben seinen Freund. Noch einmal trocknete er ihm das Gesicht. Er legte seine Hand auf die des Pastors und rieb sie, weil sie feucht und kalt war. Ohne sich aufzurichten, wandte der Pastor seinen Kopf zu Tryg, und während er den Richter mit großem Ernst ansah, sagte er mit immer noch matter Stimme, sodass Tryg sich zu ihm beugen musste: »Gottes Wege sind unerforschlich. Er hat mir einen Zeugen geschickt, in Antwort auf mein Gebet, und dieser Zeuge bin ich selbst.«

Er sprach nicht weiter, bis der Gefängniswärter mit Anna Sörensdatter und dem Schriftführer zurückkam. Anna ging sofort zu ihrem Vater, kniete sich neben ihn und bedeckte seine Hand mit Küssen. Der Pastor hob unter Anstrengung die andere Hand und legte sie ihr auf den Kopf, und so verharrten sie, Vater und Tochter, bis der Schriftführer sein Schreibwerkzeug bereitgelegt hatte.

»Ich bin so weit, Herr Richter«, sagte der Schriftführer.

»Ihr seid bereit? Dann bin ich es auch«, sagte der Pastor mit kräftigerer Stimme. »Bleib so, mein Herz. Dies ist eine schreckliche Sache, aber Gott wird dir die Kraft geben, es zu tragen, wie er sie auch mir geben wird, des bin ich gewiss. Aber es ist schwer für mich, es auszusprechen. Ich bin am Tod von Niels Bruus schuldig. Zunächst war es mir ein Rätsel, wie es dazu hatte kommen können, doch jetzt verstehe ich es. Habt Geduld mit mir, denn ich werde manches zu erklären haben.«

»Aber ich weiß gewiss, dass du Niels Bruus nicht getötet hast«, sagte Anna leidenschaftlich und unterbrach damit die leise geäußerten Worte ihres Vaters. »Du bist krank, und du täuschst dich. Tryg, ist es nicht so, dass er so wirr spricht, weil er krank ist?«

Sie wandte sich zum ersten Mal an Tryg, und es war ganz selbstverständlich, so als hätten sie sich in den letzten drei Wochen jeden Tag gesehen und als hätte es in ihren Gedanken nie einen Moment des Zögerns oder Zweifelns gegeben. Tryg berührte sie leicht an der Schulter.

»Warte«, sagte er. »Lass ihn sprechen.«

»Ich täusche mich nicht«, sagte der Pastor. »Ich bitte euch, mein Geständnis anzuhören und mir zu glauben.«

»Wenn ich dir glaube, dann nur, weil du mich darum bittest«, sagte das Mädchen. »Peder genauso. Peder wird auch niemals glauben, dass du schuldig bist, es sei denn, du bittest ihn darum.«

»Peder?«, sagte Sören Qvist mit verwundertem Blick. »Sprichst du von meinem Peder? Aber er ist schon so viele Jahre fort. Ist er nicht tot?« Mit fragendem Blick sah er seine

Tochter an, dann fiel es ihm wieder ein. Er konnte nicht sprechen, und seine Augen füllten sich mit Tränen, die ihm über die Wangen und in sein dichtes weißes Haar liefen. Anna versuchte sie mit den Fingerspitzen wegzuwischen.

»Mein Verstand ist tatsächlich getrübt«, sagte er schließlich. »Ich bin wie jemand, der vom Blitz Gottes getroffen ist. Ich bin benommen und verwirrt, aber eins habe ich sehr klar gesehen. Etwas, worüber ich sogar meinen Peder vergessen konnte. Jetzt werde ich euch davon berichten.« Er sah an Anna vorbei zu dem Schriftführer, der, wie auf ein Signal, seine Feder in die Tinte tauchte. Der Pastor begann:

»Von Kindheit an war ich, soweit ich mich erinnern kann, aufbrausend und hitzköpfig, ich habe keinen Widerspruch geduldet und war schnell bereit zuzuschlagen. Aber nur selten bin ich mit meinem Groll zu Bett gegangen, noch war ich jemals nachtragend. So leicht mein Zorn entflammte, so schnell war ich auch bereit zu verzeihen. Das wisst ihr.

Einmal, als ich ein kleiner Junge war, habe ich einen Hund getötet, weil er mein Mittagessen gestohlen hatte. Ein andermal, in Leipzig, habe ich mit einem deutschen Studenten gestritten. Ich habe ihn herausgefordert und in einem Duell schwer verwundet, aber Gott sei Dank habe ich ihn nicht getötet. Gott war es, der sein Leben verschont hat, nicht ich, und jetzt ist mir so, als käme die Strafe auf mich nieder, weil ich den Wunsch hatte, ihn zu töten. Jetzt, da ich ein alter Mann und Vater zweier Kinder bin, jetzt, da ich glückliche Stunden mit meinem Sohn und meiner Tochter erleben könnte, kommt sie mit zehnfachem Gewicht auf mich nieder! Oh, Vater im Himmel, an dieser Stelle tut es besonders weh.«

Wieder rannen ihm Tränen aus den Augen, und erst nach einer langen Pause konnte er fortfahren.

»Ich werde jetzt das Verbrechen gestehen, das ich zweifellos begangen habe, dessen ich mir aber immer noch nicht vollständig bewusst bin. Dass ich Niels mit dem Spaten geschlagen habe, weiß ich genau. Ich glaubte, ich hätte ihn mit der breiten Seite des Schaufelblatts geschlagen und nur geringen Schaden angerichtet. Niels fiel vor mir zu Boden, und ich habe ihm, da bin ich sicher, beim Aufstehen geholfen. Er riss sich los und lief weg. All das weiß ich mit Gewissheit. Was dann geschah, haben – der Himmel möge mir beistehen! – vier Zeugen gesehen, ich hingegen erinnere mich an nichts davon, nämlich, dass ich die Leiche aus dem Wald geholt und in meinem Garten begraben habe. Jetzt werde ich erzählen, warum ich mich gezwungen sehe, das für wahr zu erachten.

In meinem Leben ist es mir drei- oder viermal geschehen, dass ich im Schlaf aufgestanden und gewandelt bin. Beim letzten Mal, vor ungefähr neun Jahren, sollte ich am nächsten Tag einen Trauergottesdienst für einen Mann halten, der unerwartet eines schrecklichen Todes gestorben war. Mir fiel keine passende Textstelle ein, da entsann ich mich plötzlich der Worte eines weisen Mannes bei den Griechen: ›Man nenne einen Menschen erst dann glücklich, wenn er im Grab ist.‹ Worte aus einem heidnischen Text für eine christliche Zeremonie auszuwählen, schien sich nicht zu geziemen, doch dann erinnerte ich mich, dass sich derselbe Gedanke auch in den Apokryphen findet. Ich habe ihn gesucht und gesucht, aber vergeblich. Es war spät, und ich war von des Tages Arbeit sehr ermüdet. Deshalb ging ich zu Bett und fiel in einen tiefen Schlaf.

Wie groß war mein Erstaunen, als ich am nächsten Morgen aufstand, mich an meinen Schreibtisch setzte und vor mir auf einem Blatt Papier in großen Buchstaben las: ›Sirach 11,34‹. Doch nicht nur das. Ich fand auch eine Traueransprache vor, die zwar kurz, aber so gut war wie andere Texte, die ich verfasst hatte, und in meiner Handschrift. In dem Zimmer konnte außer mir niemand gewesen sein. Deshalb wusste ich, wer die Trauerrede geschrieben hatte – ich selbst.

Kaum mehr als ein halbes Jahr davor war ich, wiederum in demselben fantastischen Zustand, mitten in der Nacht in die Kirche gegangen und hatte ein Taschentuch geholt, das ich auf einem Stuhl hinter dem Altar vergessen hatte. Jetzt hört gut zu.

Als die beiden Zeugen heute Morgen ihre Aussage vor dem Gericht machten, kamen mir meine früheren Schlafwandelepisoden wieder in den Sinn, und ich erinnerte mich, wie ich am Morgen nach der entsetzlichen Nacht überrascht war, meinen Morgenmantel hinter der Tür auf dem Fußboden liegen zu sehen, obwohl es meine Angewohnheit ist, ihn auf den Stuhl neben meinem Bett zu legen. Niels, der unselige Niels, muss im Wald tot umgefallen sein. Und ich bin ihm schlafwandelnd dorthin gefolgt. Ja, bei der Barmherzigkeit des Herrn! So war es. So muss es gewesen sein.«

Das Kratzen der Feder auf dem Papier war nach den letzten Worten des Pastors so laut zu hören, dass es wie ein Echo klang. »So muss es gewesen sein.«

Der Schriftführer legte seinen Federkiel hin und warf einen verstohlenen Blick auf die drei Menschen, die dem Pastor zugehört hatten und so still dasaßen, als hätte der Blitz Gottes, von dem der Pastor gesprochen hatte, sie alle getroffen, oder als sähen sie vor sich eine fremde Landschaft, die von einem unerträglich grellen Licht überflutet war. Dann ergriff der Pastor wieder das Wort. Er wandte sich an den Richter.

»Wenn Ihr mir also, mein teurer Freund, freundlich gesinnt seid, dann sprecht das Urteil so schnell wie möglich und sorgt auch dafür, dass die Strafe unverzüglich ausgeführt wird.«

Anna rief laut: »Nein, nein, Tryg! Das kannst du nicht tun!«

Tryg wandte sich ihr zu und sagte sanft, das Gesicht so bleich und angespannt wie ihres: »Aber wenn ich es nicht tue, dann tut es ein anderer!«

Und der Pastor, dessen Stimme jetzt klar und fest war, richtete sich auf einem Ellbogen auf und sagte: »Er hat recht, mein liebes Kind. Meine Geschichte soll lieber von einem Freund vollendet werden und nicht von einem Fremden.« Er lächelte schwach. »Du wolltest nie, dass ein altes Pferd an den Abdecker verkauft wird, damit es nicht unter Fremden sterben musste.«

»Aber es ist nicht gerecht«, sagte Anna zu Tryg, »dass jemand für eine Tat bestraft wird, die er unwissentlich ausgeführt hat.«

Doch ihr Vater streckte eine Hand geöffnet vor sich und sprach: »Ob wachend oder schlafend, ich bin verantwortlich für das, was ich getan habe.« Dann schien er die Fassung zu verlieren. Er blickte von seiner Tochter zum Richter und sagte zu Thorwaldsen, wobei er sich die Worte mühsam abrang: »Ich vertraue sie Euch an. Sorgt für sie.« Dann legte er sich wieder hin und drehte den Kopf zur Wand.

Anna erhob sich, und die drei Männer taten es ihr gleich. Tryg trug dem Gefängniswärter auf, Anna zu ihrem Bruder zu bringen. Doch zuvor wandte er sich ihr zu. Das Mädchen zog sich ihren Umhang eng um den Körper und sah zu ihm auf, als wollte sie etwas sagen, und in ihren Augen standen Fragen und Vorwürfe.

Nach der Erschütterung, die das Geständnis des Pastors ausgelöst hatte, durchflutete Tryg eine Woge der Erleichterung. Die Bürde, eine Entscheidung treffen zu müssen, war von ihm genommen. Ihm war nicht klar gewesen, wie stark Unentschlossenheit und Verantwortung auf ihm gelastet hatten, bis er davon befreit wurde. Es kam ihm vor, als wäre er vom Folterrad losgebunden worden. Diese Empfindung währte nur einen Moment, gerade lange genug, dass er sich ihrer mit einem Gefühl der Schmach bewusst wurde. Darauf stiegen Trauer und Zuneigung in ihm auf, und er fühlte sich dem Pastor und Anna näher als je zuvor. Es war eine fromme und edle Gemütsbewegung und hätte ihm, ähnlich wie ein Tränenausbruch, das Herz erleichtern können, wäre da nicht sein Schuldbewusstsein gewesen. Das Gesicht vor ihm war so jung, dass selbst die Anspannung und der Kummer der letzten Wochen ihm die Frische und schneegleiche Transparenz nicht hatten nehmen können, und wieder musste er an die ersten Anemonen in den Buchenhainen denken, die in ihrer Zartheit eher dem Schnee glichen, an dessen Stelle sie traten, als dem Grün, das danach spross. Auch der Ausdruck ihrer Augen hatte in seiner Klarheit und Kühle etwas Frühlingshaftes, etwas von dem ersten schwach goldenen Sonnenlicht im Wald. Unter ihrem prüfenden Blick wuchs Trygs Zärtlichkeit im selben Maße wie seine Bedrängnis, und Anna erspürte in seiner Zuneigung eine Verwirrung, die sie nicht verstand.

»Wenn du mich liebst«, sagte er, »geh bitte nach Hause und warte dort auf mich.« Er streckte die Hand nach ihr aus, aber sie wich rasch einen Schritt zurück, und seine Finger streiften nur eben ihren wollenen Umhang. Mit einem Ausdruck der Verzweiflung ließ er die Hand sinken. Sie wusste nicht, warum sie zurückgewichen war, und es tat ihr im selben Moment leid. Doch sie fand für ihre unwillkürliche Reaktion weder eine Entschuldigung noch eine Erklärung. So verharrte sie einen Moment vor ihm und wünschte sich von Herzen, sie könnte ein Wort der Entschuldigung sagen, aber sie waren nicht allein. Daher drehte sie sich zu dem Gefängniswärter um und verließ mit ihm den Raum.

Im Korridor gingen sie an einer Wache vorbei, und ihre Schritte hallten zwischen den kahlen Mauern. An der Tür zum Gerichtssaal blieben sie stehen, und bevor der Gefängniswärter aufschloss, sagte er unbeholfen: »Es ist schlimm, Fräulein, wie Ihr gesagt habt, und nicht gerecht, dass ein so guter Mann für etwas leiden muss, das er ohne Absicht getan hat und niemals tun wollte. Und wir werden Euch vermissen, wenn Ihr nicht mehr zu Besuch kommt. Aber Gottes Wille soll getan werden.«

Diese freundlichen Worte in einem Moment, als Anna dergleichen am wenigsten erhofft hatte, noch dazu von einem Mann, von dem sie sich gar nichts erwartet hatte, berührten sie zutiefst. Als sie zu Peder und Vibeke kam und Peder sie fragte, wer der Mann sei, konnte Anna nur sagen: »Er ist jemand, der sehr freundlich zu mir war.«

Peder sah dem Gefängniswärter hinterher, der wieder in der Menge verschwand, und runzelte leicht die Stirn. Dann klärte sich sein Gesicht. »Ja, natürlich«, sagte er, »jetzt erinnere ich mich an ihn.«

In einfachen Worten berichtete Anna, was geschehen war, aber auch beim Erzählen wurde das Geschehene nicht wahrer. Sie sah das ungläubige Entsetzen in Vibekes Augen und den dunklen Schatten auf Peders Gesicht, empfand aber in ihrer eigenen tiefen Verzweiflung kaum Mitgefühl mit ihnen. Als sie geendet hatte, sagte Vibeke: »Er muss den Verstand verloren haben.«

»Er glaubt, dass es so geschehen ist«, sagte Anna. »Und er bittet uns, es auch zu glauben.«

Vibeke presste die Lippen zusammen und schüttelte den Kopf. Peder sagte bloß: »Vibeke, bring bitte Anna sicher nach Vejlby zurück. Ich komme später nach.«

19

Am Nachmittag kam eine Brise auf und vertrieb den Dunst, der über der Landschaft lag. Anna und ihre Begleiter ließen Rosmus hinter sich und ritten langsam an dem bewaldeten Höhenzug vorbei und durch das leicht hügelige Bauernland. Das Spiel von Licht und Schatten über den Bäumen wurde lebhafter. Sonnenstrahlen streiften die Eichen und brachten sie kupferrot zum Leuchten, ein Feld glänzte smaragden von dem frischen Grün des sprießenden Wintergetreides, und weite Flächen schimmerten in einem tiefen Meeresblau. Aber sobald die Sonne hinter den Wolken verschwand, ähnelten die Eichen wieder matten Kupfertöpfen in einer vom Rauch des Torffeuers dämmerigen Küche.

Anna ritt die große weiße Stute ihres Vaters, während Vibeke voranging und die anderen folgten, und sie lauschte dem Hufschlag auf der harten Erde und spürte das rissige Leder des Zaumzeugs zwischen ihren Fingern und die spröde Mähne, durch die der Wind fuhr. Sie beobachtete das Lichtspiel auf den Bäumen und Feldern und bemerkte mit einem unverhofften Glücksgefühl einen Flecken blauen Himmel hinter einer dunklen Wolke. Sie nahm diese Dinge mit ungetrübter Aufmerksamkeit wahr, doch jenseits davon war ihr

Verstand umwölkt und dunkler als der Himmel. Anna ritt wie in einem Wachtraum weiter und überließ sich ganz der Führung Vibekes.

In Aalsö verweilten sie kurz, dann schickte Vibeke die anderen voraus nach Vejlby, während sie Anna mit einer Hand auf dem Zaumzeug der weißen Stute am Weiterreiten hinderte. Das Mädchen wunderte sich nicht, noch protestierte sie, als sie zum Pfarrhaus von Aalsö abbogen. Auf der Holzbrücke vor dem Haus von Peder Korf dröhnte der Hufschlag. Der Bach darunter führte viel Wasser, das klar und sprudelnd dahinströmte. Anna sah hinunter, als sie über die Brücke ritt, und glaubte, in der silbernen Strömung die sich biegenden Spitzen der Kressehalme zu erkennen. Sie stieg ohne Hilfe ab und wartete mit den Zügeln in der Hand, bis der Stallknecht des Pastors sich des Pferdes annahm. Und während sie wartete, beobachtete sie, ähnlich wie sie zuvor die sich verändernden Farben unter den schnell dahinziehenden Wolken beobachtet hatte, mit sanftem Entzücken, wie die lanzettförmigen Buchenblätter blassgolden durch die feuchte Luft zu Boden schwebten und auf der Erde liegen blieben, dicht an dicht, wie Sterne an einem dunkelnden Sommerabendhimmel. Das Entzücken war losgelöst von ihrer eigenen Person und ihrem tragischen Schicksal. Es kam ihr wunderlich vor, dass sie sich trotz ihrer großen Bekümmernis der Schönheit des Tages so intensiv bewusst war. Sie schien an einem Scheidepunkt in ihrem Leben angelangt zu sein. Ihr Vater hatte sich selbst beschuldigt, und Tryg hatte die Selbstanklage angenommen. Jegliche Hoffnung und jegliches Vertrauen, die sie seit der Verhaftung ihres Vaters getragen hatten, waren mit einem

Mal wie weggewischt. Sie wusste nicht, was sie als Nächstes tun sollte, sie hatte nichts vorbereitet.

Bei jedem kleinen Windzug fielen mehr Buchenblätter zu Boden. Das neue Reetdach leuchtete golden. Die Fassade des Pfarrhauses war fensterlos, und das Dach reichte tief über den Eingang mit der breiten Tür. Vor der Schwelle war das Gras flachgetreten, ein Zeichen von Gastfreundlichkeit. Gleich neben der Tür war ein Mauervorsprung, der Anbau der neuen Stube, und alles war frisch geweißelt. Die Luft roch herbstlich, eine süße Mischung aus verschiedenen Düften, und Anna lauschte auf das Gurgeln des Baches. Die weiße Stute wandte fragend den Kopf, und das Mädchen spürte an der Hand, mit der sie die Zügel hielt, den warmen Atem aus den Nüstern. Nachdem das Pferd weggeführt worden war, folgte Anna Vibeke in die Küche und von dort in die neue Stube, wo Peder Korf sie empfing.

Er war nicht bei der Gerichtsverhandlung gewesen und erst vor Kurzem von seinem Gang durch die Gemeinde zurückgekehrt, deshalb wusste er nichts von Sören Qvists Geständnis. Anna überließ es Vibeke, die Geschichte zu erzählen und auf des Pastors Erstaunen und Mitgefühl zu antworten. Ihr fiel auf, wie widerspruchslos er die Selbstbeschuldigung hinnahm, als wäre sie schicksalhaft. Sie dachte, dass er, ähnlich wie Tryg, seltsam einverstanden damit schien. Sie selbst konnte sich nicht damit abfinden. Und auch Peder Korf hatte erst gestern noch seiner Hoffnung Ausdruck verliehen.

»Ein so guter Mann«, murmelte er. »Er hatte nur diese eine Schwäche. Dass er so davon heimgesucht wurde! Ein so guter Mann. Und mein Freund.«

Anna hörte, wie er versprach, mit ihrem Vater das letzte Abendmahl zu feiern, hörte auch, wie Vibeke ihm dankte, hörte sich selbst einen Dank aussprechen und wandte sich ab, weil sie glaubte, der Besuch sei beendet. Aber Vibeke zögerte. Sie wollte Peder Korf noch um eine Freundlichkeit bitten.

»Wenn ein Mensch stirbt«, sagte Vibeke, »ist nicht alles vorbei. Er muss begraben werden. Und wenn ein Mensch enthauptet wird, darf er nicht in geweihter Erde beigesetzt werden. Aber Pastor Sören sollte doch auf einem Friedhof ruhen. Wenn Niels Bruus, der sein Leben lang, und auch jetzt im Tod, nichts als Ärger gebracht hat, wenn der in geweihter Erde liegt, wie sollen wir es dann ertragen, dass ein so gütiger Mensch wie Sören Qvist für alle Zeiten unter Steinen und Brennnesseln liegt? Verzeiht mir, Pastor Peder, falls es anmaßend ist. Nein, seht mich nicht so entsetzt an. Ich weiß mir einfach nicht mehr zu helfen. Ich wollte nicht respektlos sein.«

Peder Korf antwortete: »Ich bin keinesfalls entsetzt. Ich hatte nur noch nicht bis zum Begräbnis vorausgedacht. Aber du hast recht. Es ist bitter, dass es einem Hirten Gottes verwehrt sein soll, in geweihter Erde zu ruhen. Trotzdem geziemt es sich nicht, einen Verbrecher auf dem Friedhof zu bestatten.«

Anna schwieg, aber Vibeke protestierte vehement. »Pastor Sören war niemals ein Verbrecher«, sagte sie.

»Er wird als Verbrecher sterben«, sagte Peder Korf.

»Aber Pastor Peder«, sagte Vibeke, »Ihr wisst selbst, dass Ihr ihm nie ein kirchliches Begräbnis verweigern würdet, wenn es allein Eure Entscheidung wäre. Wen gibt es in dieser Gemeinde oder auch in der Nachbargemeinde, der Euch einen

Vorwurf machen würde, wenn Ihr ihn dort zur Ruhe bettet, wo sein rechtmäßiger Platz ist? Nur Morten Bruus, und der ist des Teufels.«

»Ich glaube«, sagte Peder Korf und rieb sich etwas verstört über die Stirn, »Morten Bruus ist mit nichts weiter befasst als mit weltlichem Wohlstand.«

»Dann könnt Ihr Sören Qvist«, sagte Vibeke, ihr Ansinnen beharrlich verfolgend, »auf dem Friedhof von Aalsö beisetzen, und niemanden wird es stören.«

Als Peder Korf seine Einwilligung gab, war es sowohl eine Antwort auf Annas Schweigen als auch auf Vibekes Bitte. »Wir werden ihn nach Einbruch der Dunkelheit bestatten«, sagte er, »und niemand wird es erfahren, der es nicht zu erfahren braucht.«

Er gab den Frauen seinen Segen, dann gingen sie. Als sie schließlich in Vejlby angekommen waren, folgte Anna weiterhin Vibekes Anordnungen. In ihrem Wachtraum bereitete sie sich auf den letzten Besuch bei ihrem Vater vor. Vibeke stellte Brot und Fleisch bereit.

»Er wird keinen Hunger haben«, sagte Anna.

»Noch lebt er«, sagte die Haushälterin streng. »Er muss essen.«

Sie holte den schwarzen Talar des Pastors heraus und die weiße Halskrause und schüttelte die fein gearbeiteten Rüschen aus.

»Morgen früh muss er angemessen gekleidet sein«, sagte Vibeke.

Sie nahm ein leinenes Laken aus der Truhe, das für das Ehebett gewebt worden war.

»Er muss in ein Tuch gewickelt werden«, sagte Vibeke. »Wir dürfen ihn nicht wie einen Bettler sterben lassen.«

Anna saß im Brautgemach, das glatte Leinentuch über den Knien, als Peder Qvist zurückkam. Das Tuch duftete nach dem Lavendel des letzten Sommers und war so weich und so dick wie Sahne. Anna streichelte es zärtlich und lächelte schwach; sie erinnerte sich, wie glücklich sie gewesen war, als sie es gewebt hatte, und bei dem Gedanken kam ihr die Beschaffenheit des Tuchs umso kostbarer vor. Das Lächeln stand noch in ihren Augen, als sie zu ihrem Bruder hochsah. Peder erschien sie wie ein Kind, das von den Sorgen der Älteren nichts ahnt. Er schloss die Tür, schritt durch das Zimmer und kniete sich neben sie, dann sagte er mit großer Zärtlichkeit, wie man mit einem Kind spricht: »Du sorgst gut vor, aber wir haben, so Gott will, noch keine Verwendung für dieses feine Leichentuch.«

Zu seiner großen Erleichterung erlosch das Lächeln in Annas Augen, Röte schoss ihr ins Gesicht, sie erwachte aus dem seltsamen Traum und sagte flüsternd, aber deutlich vernehmbar: »Peder, du lässt ihn nicht sterben, nicht wahr?«

»Ich bin nicht aus Schonen gekommen, nur um seinen Segen zu empfangen«, sagte ihr Bruder. »Der Plan ist folgender: Heute Abend gehst du mit den Lebensmitteln und mit allem anderen, das du vorbereitet hast, zum Gefängnis. Wenn es an der Zeit ist aufzubrechen, wird niemand im vorderen Zimmer sein. Die Türen werden nicht verriegelt sein. Du führst ihn auf dem schnellsten Weg zum Fluss. In den Straßen ist es dann dunkel, einige Freunde werden über euch wachen. Am Fluss liegt ein Boot – das meiner Freunde aus Schonen –, es geht nach Varberg. Du musst dich warm anziehen. Und in wenigen Tagen werden wir alle zusammen in einem neuen Zuhause sein, du wirst eine Schwester haben und unser Vater eine weitere Tochter.«

»Aber wird man uns nicht verfolgen?«, fragte sie.

»Wir werden außerhalb von Dänemark und jenseits der Reichweite der dänischen Gesetze sein«, sagte er. »Und keiner weiß, wo ich lebe, außer Vibeke, die es niemandem verraten wird.« Er hatte mit dem Gefängniswärter gesprochen, der ihm sehr weit entgegengekommen war. Auch die Männer aus Schonen waren zu helfen bereit gewesen. Der Gefängniswärter wollte dafür sorgen, dass Wachen auf den Straßen postiert würden, damit kein Mensch zum Gefängnis kommen und es unbewacht vorfinden würde. »Du hast es gehört, oder?«, sagte er. »Das Urteil ist gesprochen und die Hinrichtung für den Morgen festgesetzt. Wir haben nur heute Abend und müssen zügig handeln.«

»Tryg hat das Urteil gesprochen?«, fragte sie. Und fuhr dann fort: »Aber er hatte keine Wahl. Unser Vater hat ihn darum gebeten. Oh, Peder, ich wünschte, ich könnte Tryg noch einmal sehen. Ich war nicht freundlich zu ihm, als ich ging. Meinst du nicht, dass er mit uns kommen kann? Wir könnten so glücklich miteinander sein. Meinst du, ich könnte ihn fragen?«

Ihr Bruder zögerte. Dann sagte er: »Und wenn er nicht mit uns käme?«

»Dann ist es doch kein Schaden.«

»Er wäre verpflichtet, uns zu hindern.«

»Oh, das würde er niemals tun!«, sagte sie erregt. Aber während sie sprach, hatte sie wieder Trygs Gesicht vor Augen, sah den ihr unbegreiflichen Kummer in seinem Blick, und sie erinnerte sich an die Mahnung ihres Vaters.

»Wenn du ganz sicher bist, dass er mit uns kommt, dann frag ihn«, sagte Peder sanft. »Aber wenn du den leisesten Zweifel hast, sollte er es besser nicht erfahren. Es wäre eine zu große Belastung in seinem Amt.«

»Ich würde mit ihm gehen, wenn er fliehen müsste«, sagte sie, »was immer er getan hätte oder in welches ferne Land er ginge.« Sie blickte auf das weiche Leinen auf ihren Knien, ohne es wirklich zu sehen, so schwer war ihr ums Herz. »Oh, mein Lieb, mein Lieb«, dachte sie. Dann sagte sie laut: »Ich werde ihn nicht fragen.«

Der Abschied von Vibeke war ungeheuer schmerzlich, und Anna gebot ihren Tränen keinen Einhalt. Seit ihr Vater ins Gefängnis gekommen war, hatte Anna sich jeden Tag auf den Weg gemacht, um ihn in Grenaa zu besuchen. Heute würde Peder Qvist mit ihr reiten, aber die Haushälterin mochte Anna nicht ziehen lassen und bot an mitzukommen.

»Das ist nicht nötig, Vibeke, schone lieber deine Kräfte«, sagte Peder Qvist. »Der morgige Tag wird schwierig, du wirst viel zu tun haben.« Dann beugte er sich, sehr zur Überraschung der Haushälterin, von seinem Pferd herunter und küsste sie, erst auf die eine Wange, dann auf die andere, und darauf stiegen ihr die Tränen in die Augen, und sie wandte sich ab. So sah sie nicht, wie Bruder und Schwester, die ihre Kinder gewesen waren, unter den Bäumen davonritten.

Anna hatte vor sich auf dem Sattel einen Weidenkorb mit Esswaren, auch der schwarze Talar und die Halskrause lagen darin. Unter dem Umhang trug sie am Arm einen Beutel mit einigen persönlichen Dingen. Merkwürdigerweise war ihre Müdigkeit verflogen.

Die ersten Sterne standen schon am Himmel, aber die Luft hatte ihre Bläue noch nicht verloren. Der Wind war nicht mehr so böig, und die Wolken verzogen sich. Schweigend ritten die beiden zwischen Waldung und Feld, bis sie in die Nähe der Allmende von Aalsö kamen. Hier war der Hügel, der Rabenkopf genannt wurde und seit Jahren als Hinrichtungsstätte diente. Als die Reiter sich der Anhöhe näherten, bemerkte Anna ein paar Männer, die sich mit Balken und Brettern zu schaffen machten. Sie bauten keinen Galgen, sondern eine Plattform.

Peder drehte sich zu ihr um und sagte: »Hab keine Angst«, und sie ritten weiter, an dem Feld vorbei.

Es war dunkel, als sie beim Wirtshaus von Grenaa ankamen, wo sie ihre Pferde unterstellten. Die letzte Strecke zum Gefängnis legten sie zu Fuß zurück. Die wenigen Menschen, denen sie begegneten, erkannten sie und sahen sie neugierig an, aber niemand wagte es, das Wort an sie zu richten. Peder hatte das in seinem Plan bedacht. Bei der Gefängnistür blieben sie im Dunkeln stehen.

»Hast du auch bestimmt keine Angst?«, fragte er. »Es ist besser, wenn wir nicht zu dritt gesehen werden. Bitte ihn, sich den Talar übers Gesicht zu ziehen, und wenn euch jemand begegnet, gib ihn als deinen Bruder aus. Wir warten bis Mitternacht auf euch, aber kommt so schnell wie möglich.«

»Ich habe keine Angst«, sagte sie.

»Und den Weg kennst du?«

»Ja«, sagte sie. »Ich habe mir alles gemerkt, was du gesagt hast.«

»Es ist mir nicht recht, dass ich dich allein lassen muss«, sagte er.

20

Die Frau des Gefängniswärters saß beim Herdfeuer mit dem Kleinen im Arm. Sie blickte kurz auf, als Anna eintrat, grüßte aber nicht. Der Gefängniswärter kam aus einer dunklen Ecke und ging sofort zur Zellentür, die er entriegelte und aufhielt. Auch er sprach nicht mit Anna. Sie dachte daran, wie freundlich er am Morgen gewesen war, und wunderte sich. Sie trug den Korb umständlich in der Hand, denn unter dem Umhang hing der Beutel mit ihren Sachen über ihrem Arm, und so schob sie sich ungeschickt an dem Gefängniswärter vorbei und streifte ihn versehentlich mit dem Korb.

»Verzeihung«, sagte sie leise, und er nickte zwar, sprach aber nicht und wandte sich rasch ab.

Als die Tür hinter ihr zugezogen wurde, lauschte sie aufmerksam, aber offenbar wurde der Riegel nicht vorgeschoben.

Einen Moment blieb sie stehen und sah sich in der schwach beleuchteten Zelle um. Es schien sonst niemand dort zu sein, obwohl unter dem kleinen Fenster frisches Stroh aufgeschüttet war. Ihr Vater lag auf dem Bett ausgestreckt, und neben ihm, in einer Halterung an der Wand, brannte eine Kerze. Es war eine Talgkerze, die qualmte und stark roch. Anna hatte bemerkt, dass ihr Vater seinen Blick auf sie richtete, als sie hereinkam. Aber er regte sich nicht.

Er lag nicht in Ketten. Als hätten seine Wächter ihn für zu schwach und gebrochen gehalten, sich zu bewegen, und ihm erlaubt, sich auf das harte Holzbett zu legen, wie ein gewöhnlicher Sterbender. Als Anna sich ihm näherte, hob er beide Hände, und nachdem sie den Korb abgesetzt und sich neben ihn gekniet hatte, nahm er ihr Gesicht in die Hände und sah sie lange und liebevoll an, dann küsste er sie.

»Nun«, sagte er, »Gott in seiner Güte wird dafür sorgen, dass ich bald frei bin und mein Kind nicht mehr an diesen traurigen Ort kommen muss.«

»Ja«, sagte sie bewegt, »bald kommst du frei. Fühlst du dich kräftig? Ich habe dir Fleisch und Wein mitgebracht. Kannst du einen kurzen Weg zu Fuß gehen, wenn du gegessen hast? Nur ein kleines Stück?«

»Das ist sehr freundlich von dir«, sagte ihr Vater, »aber ich bin nicht hungrig. Und den Weg, den ich gehen muss, werde ich schaffen. Gott wird mir die Kraft geben.«

»Nein, nein, das meine ich nicht«, sagte sie rasch und vergewisserte sich mit einem Blick über die Schulter, dass sie allein waren. »Peder hat mit seinen Freunden gesprochen. Wir werden zusammen fortgehen, heute Abend noch. Wir gehen mit Peder nach Schonen, da werden wir in Sicherheit sein, wir alle zusammen.«

Ihr Vater sah sie verwundert an, und sie erklärte ihm schnell, was Peder geplant hatte, dass der Gefängniswärter sich hilfsbereit gezeigt habe und die Fischer aus Schonen ebenfalls. »Sodass wir«, sagte sie zum Schluss, »heute Abend auf dem

Wasser sein werden, mit nichts als der freien Luft um uns herum und dem freien Wasser unter dem Boot.«

»Das alles hat Peder geplant?«, sagte der alte Mann verwundert. »Was für ein guter Sohn er ist! Ich bin wahrhaftig gesegnet mit meinen Kindern. Du musst ihm meinen Dank sagen, meine kleine Anna, und ihm ausrichten, dass er mich sehr glücklich gemacht hat.«

»Du kannst ihm selbst danken«, sagte Anna. »Und wir werden zusammen glücklich sein. Deine Enkelkinder werden auf deinen Schoß klettern, und die Felder und Wälder von Schonen – sind sie nicht ebenso schön wie die von Jütland?«

»Peders Kinder«, sagte der alte Mann lächelnd. »Was für eine Freude es wäre, sie zu sehen! Meinst du, meine kleine Anna, dass sie Peder ähneln?«

»Ganz bestimmt«, sagte Anna. »Und sie werden dich lieb haben. Iss ein bisschen von dem Brot, Vater, und versuch einmal, ob du dich erheben kannst, ohne dass dir schwindelig wird. Denn wir müssen bald aufbrechen.«

Aber der alte Mann schüttelte den Kopf. »Das ist ein schöner Traum«, sagte er, »aber ich kann nicht mit euch gehen.« Trotzdem blieb sein Lächeln, und sein Gesicht leuchtete hell und zufrieden. Nach einer Weile sagte er leise: »Gelobt sei der Herr, ich habe nicht den Wunsch zu gehen.«

Anna rief: »Sag das nicht! So schwach bist du gar nicht. Es ist nur eine kurze Strecke, und du kannst deinen Arm auf meine Schulter stützen und dich an mich lehnen, und wenn du frei bist, sorgen wir dafür, dass du wieder zu Kräften kommst.«

»Nein, nein«, sagte der alte Mann. »Du verstehst mich nicht. Ich bleibe gern hier. Was du dir für mich wünschst, macht mich glücklich, aber glücklicher bin ich mit meinem Wunsch, nicht zu gehen.«

»Wenn du dich nur ein klein wenig anstrengst«, sagte das Mädchen bittend.

»Ich danke Gott, dass er mich darin bestärkt, zu bleiben und mein Schicksal anzunehmen«, sagte ihr Vater in einem neuen Ton, der fest und entschieden war.

»Du kommst nicht mit uns?«, fragte Anna, die weniger die Bedeutung seiner Worte als den Ton seiner Stimme erfasste, und sie sah ihn mit großer Traurigkeit an. »Oh, bitte verlang nicht, dass ich dich hier zurücklasse.«

Als ihr Vater wieder sprach, war sein Ton zärtlich und liebevoll: »Du weißt mehr als irgendjemand sonst«, sagte er, »wie sehr ich gelitten habe. Schließlich warst du so lieb und bist jeden Tag an diesen abscheulichen Ort gekommen. Nicht das Gewicht der Ketten, nicht die Angst vor dem Tod, sondern der Gedanke, dass Gott mir gegenüber ungerecht war, hat meine Seele mit solcher Bitterkeit erfüllt, und das kann ich niemals tief genug bereuen. In meinem Herzen habe ich meinem Erlöser gegrollt, weil ich als Mörder gelten sollte. Aber ich hatte die innerste Tür meines Geistes vor der Erkenntnis meiner eigenen Schuldhaftigkeit verschlossen. Statt meiner Sünde ins Gesicht zu sehen, habe ich meinem Gott wegen seiner Grausamkeit mir gegenüber gezürnt und wegen seiner Ungerechtigkeit. Hätte ich nicht wissen müssen, dass Gott, der die Güte selbst ist, niemals ungerecht sein kann?«

»Du klingst, als wärest du glücklich«, sagte Anna, und ihre Augen füllten sich mit Tränen.

»Ich glaube wahrhaftig, dass ich glücklich bin«, sagte der

alte Mann, und auch diesmal klang Verwunderung in seiner Stimme mit.

»Dann musst du spüren, dass dir vergeben wurde. Du hast doch gewiss genug gelitten und genug Buße getan. Warum musst du hierbleiben und eine weltliche Strafe auf dich nehmen, wenn dir im Himmel vergeben worden ist?«

»Ob mir vergeben ist oder nicht, weiß ich nicht«, sagte er. »Aber wenn ich nicht bliebe, würde ich mich dem Plan entziehen, den Gott für mich vorsieht, und das kann ich nicht tun.«

»Gott möge mir verzeihen«, rief das Mädchen, »aber das erscheint mir nicht wie der Plan Gottes, sondern wie der des Teufels. Es ist ein Wirrwarr und eine Falle. Hast du mir das nicht selbst so erklärt?« Sie sprang auf, schlug die Hände zusammen, entfernte sich ein paar Schritte von ihm und kam wieder zurück, als könnte sie in der Bewegung einen Ausweg aus dem Wirrwarr finden.

Aber ihr Vater sagte: »Habe ich dir nicht auch erklärt, dass selbst die Teufel die Diener des Herrn sind?«

»Aber Morten Bruus –«, begann sie.

Er unterbrach sie sanft. »Auch Morten Bruus ist Teil von Gottes Plan.« Der Hauch eines Lächelns zog über sein Gesicht. »Aber wer ist Morten Bruus? Bestenfalls eine Verkörperung des Teufels. Und schlimmstenfalls ein Mann, der etwas begehrte, das zu besitzen er nicht wert war. Heute Abend hat er in meinen Gedanken keinen Platz.«

Anna stand vor ihrem Vater und sah auf ihn hinab, im Schein der Kerze leuchteten seine Hände und sein Gesicht golden, und sein Haar und Bart schimmerten weiß wie Salz. Außer ihm sah sie nichts in der Zelle, nicht den fleckigen Fußboden, nicht die Ketten, nicht die Feuchtigkeit an den kalten Mauersteinen. Mit leiser Stimme fuhr er fort: »Heute Abend ist auch der Mord an Niels Bruus ohne Belang, und auch, dass ich dafür sterben muss. Oh, nicht, dass ich nicht leide, weil ich ihn erschlagen habe. Doch das Vergehen war geringer als die Sünde, die darauf folgte, als ich in Bitterkeit gegen meinen Gott aufbegehrte. Ob vergeben oder nicht, das weiß ich nicht, aber ich spüre meinen Herrn so nah bei mir, dass mein Herz voller Frieden ist. Als läge ein mildes Abendlicht auf frisch grünenden Feldern.«

Seine Stimme erstarb in einem Flüstern, und dann war da kein Geräusch mehr in der Zelle außer dem Schluchzen eines Mädchens an der Brust ihres Vaters.

21

Das Boot glitt durch die Wellen, die hinter dem Heck mit einem langgezogenen Gurgeln ins Kielwasser übergingen, und wurde von dem steten Wind vorangetrieben. In gemächlichem Rhythmus hob und senkte sich der Bug und schlug auf dem Wasser auf. Das Segel war im Wind gebläht. Im Heck saß Anna Sörensdatter, den Umhang zum Schutz gegen die kühle Luft fest um sich gezogen, und schaukelte im Einklang mit den Bewegungen des Bootes. Um sie war Dunkelheit, die von dem bleichen Schimmer des Wassers erhellt wurde, das wiederum das Licht des Himmels reflektierte. Anna konnte schwach die Umrisse des Segels ausmachen, und auch die Umrisse der Männer, die darunter saßen. Neben ihr sagte eine Stimme, die einen starken schwedischen Akzent hatte: »An der Flussmündung stehen Fischerkaten. Ärmliche Hütten, aber ich kenne die Menschen dort seit Langem. Sie haben ein Feuer und ein Dach für uns. Du hast doch keine Angst?«

Anna verneinte, und die Stimme bestärkte sie darin.

»Er kommt nicht mit«, hatte sie zu Peder gesagt, als er ihr ins Boot geholfen hatte. Hände hatten sich nach ihr ausgestreckt und sie an den Platz gesetzt, wo sie jetzt saß. Sie hörte Stimmen, die sich murmelnd berieten, dann wurde das

Boot von seinem Liegeplatz abgestoßen. »Kommst du nicht mit?«, rief sie Peder in plötzlich aufsteigender Panik zu, und er antwortete: »Ich gehe morgen zum Rabenkopf. Danach treffe ich euch. Du bist unter Freunden.« Die letzten Worte waren kaum zu verstehen und verklangen über dem breiter werdenden Wasserstreifen zwischen ihnen. Aber sie glaubte ihm, und die Furcht wich von ihr. Dennoch, keine Angst zu haben, war seltsam. Die Stimmen, die zu ihr sprachen, waren freundlich, der Dialekt jedoch war fremd. Sie konnte keins der Gesichter erkennen und saß zum ersten Mal in ihrem Leben in einem Boot. Die schaukelnde Bewegung, diese gleichbleibende Unbeständigkeit, waren ihr neu und doch vertraut, als hätte sie all dies schon einmal in einem Traum erlebt.

Folgsam, unversöhnt und allein war sie aus dem hinteren Raum in den vorderen gegangen und hatte das Gefängnis verlassen. Allein war sie durch die dunklen Straßen von Grenaa zum Flussufer gegangen. Auf dem Weg kam ihr plötzlich der Gedanke, dass es keinen Grund zur Flucht gab. Sie konnte nach Vejlby zurückkehren. Sie konnte auch zu Tryg zurückkehren. Ihr Vater hatte sie Trygs Fürsorge anempfohlen. Doch kaum war der Gedanke da, löste er sich auf. Es gab keine Rückkehr. Sie hatte sich in das Boot heben lassen, und das Boot und die Dunkelheit waren alles, was von ihrer Welt blieb. Selbst Peder war nicht mehr da.

»Es gibt immer welche, die den Leuten aus Schonen Schwierigkeiten machen wollen«, sagte die Stimme neben ihr über das Plätschern des Wassers hinweg. »Besser, wir lassen die Stadt hinter uns.«

Der Wind blies ungehindert aus Südwest über Heide und

Marschland. Der Fluss wurde breiter, und das Ufer zu ihrer Rechten war so flach und so dunkel, dass sie nichts weiter als ein Schattenstreifen zwischen Wasser und Himmel zu sein schien. Es war unmöglich einzuschätzen, wie lange sie schon unterwegs waren, aber nach einer Weile hörte sie durch den Wellenschlag um das Boot ein neues Geräusch: das dumpfe, gleichmäßige Dröhnen der Brandung in einem Rhythmus, der langsamer war als menschliches Atmen, aber ebenso unausweichlich. Vor ihnen lag das offene Wasser des Kattegat und jenseits davon Schonen.

Das Segel glitt am Mast hinab. Mit Stangen und Rudern wurde das Boot gewendet und am Nordufer auf den Strand gezogen. Anna kroch, von Händen geleitet, im Dunkeln vorwärts, an dem schlaffen Segel vorbei zum Bug, wo jemand sie vom Bugspriet auf den Sandstrand hob, über den der Wind und die Ausläufer der Wellen strichen.

Mit den Männern aus Schonen ging sie auf festem nassem Sand, dann auf trockenem Sand, wo das Gehen schwieriger war, zu ein paar Hütten, die unterhalb der Dünen standen. Die Fischer klopften an die Tür der ersten Hütte und riefen auffordernd und beruhigend zugleich etwas auf Schwedisch, bis die Tür sich schließlich öffnete und alle zusammen in die Hütte traten.

Nie zuvor in ihrem Leben hatte Anna eine solche Hütte gesehen, so klein, nicht mehr als ein Schutz vor Wind, Regen und Sand. Sie war aus Steinen und Treibholz und Planken von Schiffswracks gezimmert und wurde mit einem Kitt aus Tonerde und Flechtwerk zusammengehalten. Es gab keinen Kamin, kein Fenster, nur die Tür. Sand lag auf dem Fußboden, und in der Mitte stand ein Eisenofen, in dem ein paar Brocken Torf teils qualmten, teils brannten. Der Rauch kräuselte sich durch die niedrigen Balken und fand durch Lücken allmählich den Weg ins Freie, oder er sank in grauen Schwaden auf den Boden. Als die Tür geöffnet wurde, flackerte und glomm das Torffeuer einen Moment lang auf.

Anna stand inmitten der Fischer aus Schonen, als deren Sprecher den Hüttenbewohnern erklärte, dass sie eine Unterkunft für eine Freundin brauchten und bis zum nächsten Tag auf einen weiteren Freund warten mussten. Sie selber würden auf dem Boot schlafen, aber dort hätten sie keinen Platz für Anna. Das Paar, das von den Seeleuten in seiner Nachtruhe gestört worden war, bot sofort seine Hilfe an.

Außer dem glimmenden Torf gab es kein Licht, aber in dessen Schein wurde Anna zum ersten Mal der Männer ansichtig, die ihre Hüter waren, bis ihr Bruder eintraf. Sie schüttelten ihr nacheinander die Hand und wünschten eine gute Nacht, bevor sie in den Wind hinaustraten, und Anna blieb zurück mit dem Eindruck von blassblauen Augen in geröteten Gesichtern, roten Wollmützen und blauen Wollmützen, kräftigen, rauen Händen, manche in der Berührung kalt und andere warm wie frischgebackener Kuchen. Dann war sie allein mit dem Paar.

Der Mann war klein und in sich zusammengesunken, sein graues Haar fiel über seinen mehrmals um den Hals gewundenen roten Schal. Er hatte sich vom Bett erhoben, so wie er sich offenbar hingelegt hatte, nämlich voll bekleidet, von den Schuhen abgesehen. Seine Füße waren nackt. Auch seine Frau, die ein Unterkleid und einen breiten Schal trug, war barfüßig und trug über ihrem Haar ein zerschlissenes blaues Kopftuch, das unter dem Kinn geknotet war. Sie war kräftiger gebaut als ihr Mann und wahrscheinlich ein paar Jahre jünger. Anna kam sie entfernt vertraut vor. Beide waren befangen, aber freundlich. Sie luden Anna ein, sich auf den Schemel beim Feuer zu setzen. Sie baten um Verzeihung, weil sie kein anderes Zimmer hatten, auch kein anderes Bett, und, was am bedauerlichsten war, keine weitere Decke.

»Mein Mann legt sich an die Wand, ich neben ihn, und Ihr, Fräulein, Ihr liegt außen, wo Ihr das Feuer wenigstens sehen könnt, auch wenn es kaum Wärme abgibt. Zu dritt im Bett ist es wärmer als allein.«

»Ihr seid sehr freundlich«, sagte das Mädchen.

»Ich frage nicht, warum Ihr hier seid«, sagte die Frau, »aber Ihr könnt versichert sein, dass ich wünschte, Ihr wäret an einem besseren Ort. Dies ist kein Ort, der sich für Anna Sörensdatter schickt.«

»Ich glaube nicht, dass die Männer meinen Namen gesagt haben«, sagte Anna.

»Fräulein«, sagte die Frau, »dass Ihr Euch nicht an die Fischerfrau erinnert, die vor zehn Jahren bei Euch war, wundert mich nicht, aber ich erinnere mich ohne Mühe an das kleine Mädchen, das in der Küche des Pfarrhauses umherrannte.«

»Dann«, sagte Anna, »braucht Ihr auch nicht zu fragen, warum ich hier bin mit den Fischern aus Schonen. Wir warten auf meinen Bruder Peder. Ihr könnt Euch vorstellen, dass wir Dänemark nicht verlassen, solange mein Vater noch lebt.«

Die Frau zuckte leicht die Schultern. »Hier ist weder Dänemark noch Schonen«, sagte sie. »Hier ist das Ende der Welt.

Aber Ihr seid unter Freunden. Kommt, legt Euch hin, und behaltet Euren Umhang an, dann habt Ihr es ein bisschen wärmer.«

Noch lange nachdem die Fischerfrau und ihr Mann eingeschlafen waren, lag Anna Sörensdatter wach. In der Hütte roch es intensiv nach dem Torffeuer und nach getrocknetem Fisch, aber Anna machte das nichts aus. Die schale Luft war ein zusätzlicher Schutz vor der unendlichen Nacht, aus der sie gekommen war, und der Unendlichkeit des Meeres, die am nächsten Tag vor ihr liegen würde. Sie sah den Rauchkringeln zu, die mit dem Luftzug stiegen und fielen. Sie hörte, wie der Wind an der Hütte rüttelte und Sand dagegenblies, und sie hörte den Atem derjenigen, die ihr Bett mit ihr teilten, so bescheiden es auch war. Die Selbstverständlichkeit, mit der das Paar Anna empfangen hatte, erfüllte sie mit Staunen, und doch fügte sich auch das in alles andere, was ihr an diesem Abend widerfahren war. Es war die schlichte Selbstverständlichkeit von Armut und Unglück, in der das Eigentliche klar und deutlich hervortrat. Sie dachte an ihren Vater, wie sie ihn zuletzt gesehen hatte, an sein weißes Haar im schwachen Schein der Talgkerze, an seine Augen, die ihr folgten und mit jedem Schritt, den sie sich in der Zelle von ihm entfernte, dunkler wurden. Sie dachte an Vibeke, deren Wärme ihr wie eine blühende Wiese in der Dunkelheit dieser Nacht vorkam, und an die Tiere auf dem Hof, an die scheckige Katze und den braunen Hund, an Goldstern, die Tochter von Goldrose, wie sie im Heu lag, während Anna das Licht für ihren Vater hielt, den Pastor von Vejlby, der stolz neben dem neugeborenen Kalb hockte. Schläfrigkeit überkam sie, ihre Gedanken wurden zu Bildern, die willkürlich kamen und gingen, bis Anna sich, mit einem Vertrauen ähnlich dem, mit dem sich ihr Vater in sein Schicksal ergeben hatte, dem Schlaf überließ. Wie groß dieser Akt des Vertrauens war, konnte sie kaum ermessen.

22

Das Mädchen schlief lange; ungeachtet des Kummers in ihrem Herzen verlangte ihr jugendlicher Körper sein Recht. Der Schlaf war tief und fest, im Traum gab es keine Erinnerung an ihren Schmerz, und als Anna erwachte, war sie erfrischt und gestärkt. Bevor sie die Augen öffnete, dachte sie, sie sei in ihrem Zimmer in Vejlby. Dann schlug sie die Augen auf und sah nah über sich die grauen, vom Wasser gebleichten Balken des Daches. Sie wandte den Kopf dorthin, wo der dreibeinige Eisenofen auf dem sandigen Fußboden stand, dahinter, an der Wand, waren ein Schemel, eine Truhe und ein Strohbesen, der neben der Tür lehnte. Die Hütte war von einem kalten, grauen Licht erfüllt, das durch die Ritzen zwischen den Balken drang. Neben ihr auf dem Bett lag niemand, niemand war in der Hütte, und als sie lauschte, hörte sie keine Stimmen von draußen.

Panik stieg in ihr auf: Sollte sie verlassen worden sein, sollten die Fischer ohne sie gesegelt sein, ohne Peder, würde Peder nicht zurückkehren? Sie schob die schwere, schmutzige Decke zurück und stellte beide Füße auf den Boden. Während sie auf der Kante saß und sich nach ihren Schuhen umsah, hörte sie eine Stimme, die vom Fluss herkam, dann eine andere, die aus geringerer Ferne antwortete, und die Wörter klangen schwedisch, das meinte sie zu erkennen. Sie atmete erleichtert auf und nahm ihre Schuhe in die Hand, während sie sich noch einmal in der Behausung umsah, in der sie Aufnahme gefunden hatte.

Die Ereignisse des vorangegangenen Tages fielen ihr in der richtigen Reihenfolge wieder ein. Am Tag zuvor war sie von Hoffnung in Verzweiflung gestürzt worden und nach erneut aufflackernder Hoffnung in ein Gefühl des Verlusts, das alles, was ihr in ihrem jungen Leben am teuersten war, umfasste, und sie hatte sich erschöpft niedergelegt. Jetzt war sie ruhig und stark und bereit, sich dem zu stellen, was der neue Tag bringen mochte. Ihre Ruhe glich einem Hochgefühl, obwohl sie selbst es nicht als solches wahrnahm. Dies war der Tag, auf den sie sich innerlich intensiv vorbereitet hatte. Er würde sie nicht überraschen, ihr würde es nicht wie einer Hausfrau gehen, die sich unerwarteten Gästen gegenübersah.

Sie schlüpfte mit nackten Füßen in die kalten Holzschuhe und ging auf dem sandigen Boden zu dem Ofen, in dem das Feuer erloschen zu sein schien. In dem Moment öffnete sich die Tür, und graues Licht flutete vom Strand und der See herein. Die Fischerfrau trat ein und ließ die Tür hinter sich offen. Anscheinend hatte sie draußen gestanden und auf die ersten Regungen in der Hütte gewartet. Zwar schien die Sonne nicht, aber das Mädchen sah, dass der Tag schon weit fortgeschritten war. Der Himmel war leicht bewölkt, das Meer hatte die Farbe von Blei. Die langen Wellen rollten an den Strand, und der Wind fing den Schaum des brechenden Wellenkamms ab und blies ihn zurück aufs Meer.

Die Fischerfrau war um Anna bemüht, und nachdem sie sicher sein konnte, dass das Mädchen gut geschlafen hatte, legte sie frischen Torf auf die Glut und schloss die Tür; dann brachte sie eine Schüssel kaltes Wasser herbei und half Anna bei der Morgentoilette. Sie bedauerte, dass sie keine Milch hatte, sondern nur eine dünne Fischsuppe und einen Kanten Roggenbrot, aber sie stellte die Suppe zum Wärmen auf den Ofen und versicherte Anna, dass sie sehr nahrhaft sei. Sie erwähnte wieder ihren Besuch in der Küche des Pfarrhauses und fügte hinzu, sie habe Anna auch in den Straßen von Grenaa gesehen. Sie sei manchmal in Grenaa, erzählte sie, aber nicht öfter als unbedingt nötig, und Anna mutmaßte, dass man die Frau irgendwie ausgestoßen hatte und dass die Menschen in den Strandbehausungen kaum derselben Welt angehörten wie die Stadtbewohner oder die Landbevölkerung. Dieses Flussufer lag jenseits der Gemeinde ihres Vaters, das wusste sie, aber so wie die Frau redete, schien es jenseits aller Gemeinden zu liegen.

Die Frau war alles andere als sauber, nicht so wie Vibeke, aber als sie dem Mädchen die Schüssel mit der lauwarmen Suppe brachte und zusah, wie Anna die ersten Löffel davon aß, erinnerte ihre Haltung ein wenig an Vibeke. Entgegen Annas Erwartungen schmeckte die Suppe gut, und als Anna sie würdigte und sich bedankte, nickte die Fischerfrau und lächelte. Darauf hatte sie gewartet.

Peder Qvist war zum Wirtshaus in Grenaa zurückgekehrt, wo die beiden Pferde unterstanden, und hatte die Stadt auf dem Braunen verlassen, während er den Schimmel seines Vaters an den Zügeln führte. Er wollte nicht im Wirtshaus oder überhaupt in der Nähe der Stadt bleiben. Er war erbittert wegen der Lage seines Vaters und ungehalten, dass sein Plan nicht aufgegangen war und er auf keinen anderen zurückgreifen konnte, und so schlug er aus reiner Gewohnheit den Weg nach Vejlby ein und erreichte das Dorf gegen Mitternacht. Er wollte unter keinen Umständen gesehen werden. Sein Vorhaben, mit Anna und seinem Vater unbemerkt zu verschwinden, war so klug durchdacht gewesen, dass Peder noch immer den Drang verspürte, sich unauffällig zu bewegen. Ginge er ins Pfarrhaus, müsste er Vibekes Fragen über sich ergehen lassen, und wenn er im Wirtshaus einkehrte, müsste er mit Menschen sprechen, die ihn kannten, und sie würden sich erkundigen, warum er nicht ins Pfarrhaus ging. Die Nacht war ziemlich kalt, und er war müde, aber er ritt am Wirtshaus vorbei und kam schon bald in die Nähe des Pfarrhauses, unweit der Felder am äußeren Rand ihres Landstücks. Er saß ab und führte beide Pferde auf die Koppel, weil er glaubte, sich zu Fuß eher unbemerkt bewegen zu können.

Aber er musste eine Unterkunft für den Rest der Nacht finden, und da fiel ihm Peder Korf ein, also lenkte er seine Schritte nach Aalsö. Doch als er nur noch eine halbe Meile von Aalsö entfernt war, kam es ihm in den Sinn, dass ihm der Pastor dort Fragen zu Annas Zukunft stellen würde. Überdies könnte Peder Korf versuchen, ihn mit dem Schicksal seines Vaters auszusöhnen, und Peder wünschte nichts weniger als das. Und so ging er an der Einfahrt zum Pfarrhaus von Aalsö vorbei und stand kurz darauf vor dem Wirtshaus Zum Goldenen Löwen. Die Kälte und der Gedanke, dass ihn hier niemand kennen würde, veranlassten ihn, die Tür einen Spaltbreit aufzudrücken. Der Raum war von einem ordentlichen

Kohlefeuer warm erhellt, und der Wirt war ihm fremd. Hier, vor dem Kamin, verbrachte er den Rest der Nacht auf einer Bank, und am nächsten Morgen, bevor die Bewohner wach wurden, brach er auf.

Die Allmende von Aalsö, zusammen mit dem Hügel Rabenkopf, wo die Plattform für die Hinrichtung aufgebaut worden war, lag nicht weit vom Wirtshaus, sodass Peder als Erster dort eintraf, und am liebsten wäre er aus Angst, bemerkt zu werden, gleich wieder gegangen. Als die Menschen auf den Feldwegen herbeiströmten, teils zu Fuß, teils zu Pferd, dass man meinen konnte, auf der Wiese wäre Kirchweih, beendete Peder sein zielloses Umherstreifen durch den Eichenhain und auf verborgenen Pfaden hinter Hecken und suchte sich einen Platz am Rand der offenen Fläche, wo er alles überblicken konnte und trotzdem im Schutz der Bäume stand.

Er hatte nicht erwartet, dass sich so viele Menschen einfinden würden. Auf der Wiese versammelten sie sich in kleinen Gruppen, die zu größeren Gruppen anwuchsen. Unter dem verschleierten Himmel wirkten die Farben der Kleider heiter – rote Schals, blaue Röcke, rostrote Übermäntel, grüne und rote Mützen –, und er begriff, dass diese Menschen ihre Festgewänder angelegt hatten. Es wurde gesprochen, es wurde sogar gelacht, Stimmen, die plötzlich erklangen und rasch wieder verstummten. Aber die meisten Menschen waren still und warteten geduldig. Sie warteten, bis es schon auf Mittag zuging, als zwei Soldaten zusammen mit Villum Ström bei der Plattform eintrafen. Danach waren es nur noch wenige Minuten, bis Sören Qvist in Begleitung von Pastor Peder Korf erschien. Die Menge verstummte.

Peder Qvist sah, dass sein Vater seine Amtstracht trug, nämlich den schwarzen Talar und die weiße Halskrause. Er sah, dass er mit den Männern auf der Plattform einige Worte wechselte, vielleicht äußerte er eine Bitte, und es schien, als würde sie ihm gewährt. Der Pastor wandte sich den Menschen zu, die ihn so aufmerksam beobachteten, dass ihnen nicht die kleinste Geste entgehen würde, und er faltete die Hände, wie er das bei seinen Predigten in der Kirche zu Vejlby getan hatte – Peder erinnerte sich von den Sonntagen in seiner Jugend daran –, und begann mit fester, klarer Stimme seine Predigt.

Sören Qvist überragte die anderen auf der Plattform, und aller Blicke waren auf ihn gerichtet. In seinem schwarzen Talar wirkte er noch größer. Der Wind, der ihm das weiße Haar um das Gesicht wehte und an der Riffelung seiner weißen Halskrause zupfte, blies auch einen Schwung Eichenblätter von den nahen Bäumen, aber Pastor Qvists Stimme übertönte den Wind, und jedes Wort seiner Predigt erreichte die Ohren der Menschen. Sie waren aus zwei Gemeinden gekommen und von noch weiter her. Niemand hatte je in seinem Leben eine solche Predigt gehört, und jeder behielt sie lange im Gedächtnis.

Er hatte den ihm wohlvertrauten Text aus den Sprüchen gewählt und begann mit dem Zitat der Bibelstelle, so wie er es auch in der Kirche getan hätte: »Ein Geduldiger ist besser denn ein Starker, und der seines Mutes Herr ist, denn derjenige, der Städte gewinnt.« Er sprach in einfachen Worten und auch nicht lange, aber als er zu Ende gesprochen hatte, gab es niemanden, der nicht zu dieser Überzeugung bekehrt war: Der Mann, der sich bezwingt, seinen Knecht zu schlagen, ist größer als der Mann, der das Kopenhagen des Königs einnimmt.

Danach segnete Sören Qvist die Gemeinde und hielt seine Hände über sie. Dann ließ er sich mithilfe von Peder Korf auf die Knie nieder und nahm das weiße Tuch von Villum Ström entgegen, mit dem er sich selbst die Augen zuband. Er gab Villum Ström ein Zeichen, und der Scharfrichter hob das Schwert.

Peder Qvist wandte den Kopf ab. Aber er hörte das Zischen der herabsausenden Klinge und das tiefe Seufzen der Zuschauer, wie ein Windstoß, der durch den Eichenwald fährt, und dann legte sich eine gewaltige Stille über Aalsö.

Den ganzen Weg zurück nach Grenaa und weiter durch die Dünen hörte Peder Qvist die Stimme seines Vaters, hörte das Zischen des Schwertes, den langen Seufzer der Menschen. Peder hatte unweit der Straße gestanden, sodass er sie erreichte, bevor die ersten Zuschauer die Allmende verließen. Einen Moment lang wünschte er, er hätte den Braunen bei sich behalten, aber es war wohl richtig, dass er das Pferd zum Hof seines Vaters zurückgebracht hatte. Doch er wollte eilends weiterkommen. Um keinen Preis wäre er zum Pfarrhaus in Aalsö gegangen, wo er mit Peder Korf hätte sprechen können, oder nach Vejlby, wo er Vibekes Tränen hätte ertragen müssen. Er ging geradewegs auf sein Ziel zu, so schnell seine Füße ihn trugen. Hinter Grenaa war wildes Heideland. Der Pfad schlängelte sich durch die Dünen, und Peder wusste den Weg nicht, aber mit Glück wählte er die richtigen Abzweige, und am frühen Nachmittag trat er aus der letzten Düne und sah vor sich die Hütten am Ufer und am Strand das Boot, um das eine kleine Gruppe von Menschen versammelt stand.

Anna war auch da, außerdem die Fischerfrau, deren Mann und die schwedischen Seeleute. Anna ging Peder entgegen und begrüßte ihn, er umfasste ihre Schultern und küsste sie, dann hielt er sie ein Stück von sich weg, sah in ihre klaren Augen und nickte ein einziges Mal. Zu den Männern sagte er: »Wann können wir aufbrechen?«

»Wir sind seit zwei Stunden bereit, in See zu stechen«, sagte der Älteste der Seeleute.

»Dann wollen wir in Gottes Namen aufbrechen. In Dänemark ist im Jahr des Herrn 1625 ein Heiliger hingerichtet worden.«

Sein Gesicht war angespannt und seine Stimme so rau vor Schmerz, dass Anna ihn nicht erkannt hätte, wäre da nicht sein vertrautes Gesicht gewesen.

»Je eher wir loskommen, desto besser«, sagte der Seemann. »Das Wetter wird nicht freundlicher. Ich glaube, zur Nacht bekommen wir Schnee.«

EINE PROSA VON FURCHTEINFLÖSSENDER KRAFT

Nachwort von Rainer Moritz

Es fällt nicht leicht zu sagen, worin das größte Faszinosum dieses schmalen Romans liegt. Zu vieles gibt es an ›Der Mann, der seinem Gewissen folgte‹ zu rühmen. Gleichgültig, aus welcher Perspektive man dieses Buch betrachtet, immer wieder tut sich Überraschendes auf, und immer wieder ist man verblüfft, mit welcher Konzentration Janet Lewis existenzielle moralphilosophische, religiöse und juristische Fragen verhandelt. Dass ihr das gelingt, ohne aus ihrem Roman eine Abhandlung zu machen und ihre Figuren Demonstrationszwecken unterzuordnen, ist eine Glanzleistung dieser Autorin.

Die 1899 in Chicago geborene und 1998 hochbetagt in ihrer nordkalifornischen Wahlheimat Los Altos verstorbene Janet Lewis war im deutschsprachigen Raum bis vor Kurzem kaum bekannt. Als Lyrikerin hatte sie früh Renommee erworben, doch sie zog es vor, um ihr Schreiben kein Aufhebens zu machen. Im Zentrum ihres Prosaschaffens stehen drei Romane, die sie zwischen 1941 und 1959 veröffentlichte, drei historische Erzählungen, die aufsehenerregende wahre Kriminalfälle zum Gegenstand haben. Gefunden hatte Janet Lewis sie in einem

Buch, einem Geschenk, das ihr Ehemann, der in Stanford lehrende Literaturkritiker Yvor Winters, ihr machte: die ›Famous Cases of Circumstantial Evidence‹ des Staatssekretärs und juristischen Kommentators Samuel March Phillips (1780–1862).

Lewis ließ sich von diesen spektakulären Justizfällen, in denen es um Urteile nach Indizienbeweisen geht, inspirieren und eröffnete ihre kleine Serie 1941 mit ›The Wife of Martin Guerre‹ (auf Deutsch 2018 bei dtv unter dem Titel ›Die Frau, die liebte‹ erschienen). Sechs Jahre später griff sie erneut auf Phillips' Sammlung zurück – mit ›The Trial of Sören Qvist‹ (so der Originaltitel von ›Der Mann, der seinem Gewissen folgte‹).

Die tragische Geschichte des Landpastors Sören Qvist spielt in Dänemark, im östlichen Jütland, in der ersten Hälfte des 17. Jahrhunderts. Der von seinen Gemeindemitgliedern hochgeschätzte Qvist nahm seinerzeit die Schuld am vermeintlichen Totschlag seines Knechts Niels Bruus auf sich, nachdem Indizien eine erdrückende Beweislast gegen ihn ergeben hatten. Dass er dabei unwissend das Opfer eines Rachefeldzugs wurde, den Niels' Bruder Morten geschickt inszeniert hatte, ist letztlich unerheblich: Qvist sieht sich von Gott auf die Probe gestellt, geht hart mit sich selbst ins Gericht, weil es ihm zeitlebens nicht gelang, Herr seines Jähzorns zu werden, redet sich (und seiner Familie) ein, schlafwandelnd die Tat begangen zu haben, und weigert sich schließlich sogar, mit seinen Kindern Anna und Peder in der Nacht vor der Hinrichtung zu fliehen.

Janet Lewis hat nicht nur Samuel Phillips' Sammlung studiert, sondern auch ein Werk, das der Pastor und Schriftsteller Steen Steensen Blicher 1829 veröffentlicht hatte. Dessen

Erzählung »Der Pfarrer von Vejlby« basiert auf Erik Pontoppidans ›Annales ecclesiae Danicae diplomatici oder Nach Ordnung der Jahre abgefassete und mit Urkunden belegte Kirchen-Historie des Reichs Dännemarck‹ (1741–1752).

Janet Lewis merkt in ihrem Vorwort zur amerikanischen Erstausgabe an, dass Phillips' und Blichers Versionen voneinander in Details abweichen. Zugleich betont sie, dass diese »Legende« für sie eher »Geschichte als Fiktion« sei und ihr Roman nichts enthalte, was sich nicht so hätte zutragen können. Sören Qvist zählt in Lewis' Augen zu jenen »Männern und Frauen«, denen es lieber war, »ihr Leben zu lassen, als eine Welt ohne Plan und Bedeutung zu akzeptieren«.

Genau darin liegt das verstörende moralische Kernproblem des Romans. Lewis schildert den Pastor als einen Mann, der am Ende nur auf sein Gewissen zu hören vermag und die falsche Anschuldigung, ja seinen Tod als logische Konsequenz sieht. »›Warum‹, fragte er, ›hat der Pastor sich von ihnen hinrichten lassen? Er wusste doch, dass er mich nicht umgebracht hatte‹« – die Frage, die Niels Bruus im vierten Kapitel stellt, ist der Angelpunkt. Qvist sieht in Niels, den er als Knecht anstellt und an dem er zum Unverständnis seiner Nächsten allen Provokationen zum Trotz festhält, eine Prüfung, die ihm Gott auferlegt. Niels' Bruder Morten, den Qvist als Freier seiner Tochter abwies, ist für den Pastor eine »Verkörperung des Teufels«, doch als solcher auch ein »Teil von Gottes Plan«. Was die Justiz an Indizienbeweisen anführt, ist für ihn nicht mehr von Belang.

Wie sehr es einen beim Lesen antreibt, Sören Qvist von seinem falschen Geständnis abzubringen und die Brüder Bruus hinter Gitter zu schicken, so stringent breitet Janet Lewis einen Konflikt aus, der das Individuum im Widerstreit mit höheren Mächten und die eigene Schwäche – der nicht zu kontrollierende Jähzorn – als Grund für Verdammnis sieht. Der von den Dorfbewohnern trotz seiner Verurteilung weiterhin geachtete Qvist ist ein Mann voller Widersprüche, und sich damit auseinanderzusetzen reizte die Erzählerin Lewis – wie sie in einem Interview ausführte: »Ich beginne mit einer Figur und entwickle dann die Begleitumstände. Es beschäftigt mich zuzusehen, warum eine Figur auf eine bestimmte Weise handelt.«

›Der Mann, der seinem Gewissen folgte‹ ist ein meisterhaftes Kabinettstück, das sich, je nach Blickwinkel, als kriminalistische oder als moralische Erzählung lesen lässt. Nebenbei ist es von zeitloser Aktualität, wenn Janet Lewis zeigt, wie sich ein Mensch in einem verhängnisvoll konstruierten, plausibel scheinenden Indiziennetz verfangen kann. Es zeigt uns in allen Facetten einen aufrechten Einzelnen, der zwischen seinem Glauben, den Erwartungen an sich selbst und der Liebe zu seinen Nächsten hin und her gerissen ist – ein Konflikt, den Sören Qvist nur auf seine beklemmende Art und Weise zu lösen vermag.

Lewis' Roman ist in einer historischen Epoche angesiedelt, die von schweren Erschütterungen geprägt ist. Auch Jütland ist von den Auswirkungen des Dreißigjährigen Krieges gezeichnet; gleich zu Beginn sehen wir den heimkehrenden Niels Bruus, der 1632 in der Schlacht von Lützen einen Arm verlor. Er hatte sich des besseren Lohnes wegen Wallenstein angeschlossen, der, wie es im Roman heißt, »in Jütland zweieinhalb Jahre lang Angst und Schrecken verbreitet hatte«.

So spielt sich das Drama um Sören Qvist in einem Umfeld ab, in dem der Kampf ums Überleben regiert und die Autoritäten der Kirche und der Justiz in Zweifel gezogen werden. Letztere wird durch den aufrechten Tryg Thorwaldsen verkörpert, der über Sören Qvist richten soll und gleichzeitig dessen Tochter Anna heiraten will – ein auswegloses Dilemma, das die Frage nach Moral und Recht auf einer weiteren Ebene stellt. Mit der Figur der alten Magd Vibeke, die Qvist einst gegen viele Widerstände bei sich aufnahm, finden zudem die Gebräuche des Hexen- und Aberglaubens Erwähnung, die das Böse auf althergebrachte Weise fernhalten sollen.

Die Sogkraft, die Janet Lewis' Roman entwickelt, entsteht vor allem durch die kluge Konstruktion, die nach den ersten – 1646 spielenden – Kapiteln zurückspringt in das Jahr 1625, als die schrecklichen Ereignisse ihren Lauf nahmen. Was damals im Garten des Pastors geschah, das scheint nach gut zwanzig Jahren ungewisser denn je. Als der für tot und begraben gehaltene Niels Bruus als Bettler zurückkehrt und das Erbe seines Bruders beansprucht, breitet er seine Version der Geschichte aus und erzählt der bass erstaunten Vibeke und dem alten Richter Thorwaldsen, mit welcher Intrige Morten Pastor Qvist in die Falle lockte. »Die Vergangenheit ist nie tot. In uns wird sie Teil von uns, und sie lebt, wie wir« – so räsoniert Thorwaldsen, als der Fall nach Niels' Rückkehr neu aufgerollt wird. William Faulkner fasst diesen Gedanken in ›Requiem für eine Nonne‹ (1951) so: »The past is never dead. It's not even past.« Und 1976 wird Christa Wolf ihren Roman ›Kindheitsmuster‹ so beginnen: »Das Vergangene ist nicht tot; es ist nicht einmal vergangen.«

Ein Justizirrtum scheint offensichtlich, doch darf man als Leser, als Leserin dem heruntergekommenen Niels wirklich Glauben schenken? Wenn also der Text ab dem fünften Kapitel ins Jahr 1625 zurückspringt und wir zusehen, wie sich Sören Qvist in den Fußangeln der gegen ihn sprechenden Indizien verfängt, entfaltet sich eine spannungsreiche Handlung, die ihre bewegendsten Szenen hat, wenn Anna ihren Vater im Gefängnis aufsucht und der verloren geglaubte Sohn Peder zurückkehrt. Man vermutet oder weiß, aus Niels Bruus' Erzählung, was sich damals abgespielt hat, und hofft doch bis zuletzt, dass diese sich als Lug und Trug erweise und über Pastor Qvist nicht das letzte Wort gesprochen sei. Vorgriffe und Rückblenden – oft nur als winzige Hinweise – bilden so ein wunderbares Gespinst, das Janet Lewis mit ihrer gelassenen Erzählweise Faden für Faden zusammenknüpft.

Lewis' Konstruktion unterscheidet sich deutlich von der, die Blicher in »Der Pfarrer von Vejlby« wählte. Er rekonstruierte das Geschehen anhand der Tagebücher des Landvogts Erik Sörensen und der Aufzeichnungen des Pastors von Aalsö, der Qvist in seiner Gefängniszelle besuchte. Lewis' Erzählen ist raffinierter, konfrontiert die Ereignisse von 1625 mit dem Rückblick des Jahres 1646 und sorgt so für irritierende Ambivalenz in der Interpretation.

›Der Mann, der seinem Gewissen folgte‹ ist keiner jener historischen Romane, die mit ihrem Budenzauber das Genre oft diskreditieren und allein in die Unterhaltungsschublade gehören. Nein, Lewis' Text ist von überzeugender Kargheit, lässt aus wenigen Einzelheiten farbige Bilder entstehen: die jütländische Landschaft, die zeitgenössische Kleidung, die mühevollen Lebensumstände. Das ist das Ergebnis eines langsamen, ruhigen Erzählens, das den verhandelten Ungeheuerlichkeiten besonderen Nachdruck verleiht. Manchmal – etwa wenn der Scharfrichter seines Amtes waltet oder wenn Qvist in heillose Wut gerät und mit dem Spaten auf den Provokateur Niels eindrischt – hat Lewis' Prosa eine furchteinflößende Kraft. Jedes Wort, so denkt man, steht am richtigen Platz, und würde man nur eines von ihnen verschieben, bräche dieses perfekte Romangebilde in sich zusammen.

Es ist höchste Zeit, die zurückhaltende Virtuosin Janet Lewis hierzulande breiter zu entdecken – die Gelegenheit ist mit ›Die Frau, die liebte‹ und ›Der Mann, der seinem Gewissen folgte‹ nun gegeben. Und ja, auch zur Vorfreude besteht Anlass, denn 1959 legte Janet Lewis eine dritte »Fallgeschichte« vor: ›The Ghost of Monsieur Scarron‹. Deren deutsche Übersetzung wird nicht lange auf sich warten lassen.

»JANET LEWIS GEHÖRT MIT ZUM BESTEN,
WAS DIE AMERIKANISCHE LITERATUR
ZU BIETEN HAT.«

VIKRAM SETH, ›SUNDAY TELEGRAPH‹